In Erinnerung an Ole

Judith Frei

# Eine (ge)rechte Sache
## Von Schuld und Zweifel

 tredition®

© 2020 Judith Frei
Autor: Judith Frei
Umschlaggestaltung und Satz: Reinhard Soll, München
Verlag & Druck: tredition GmbH, Halenreie 40 – 44, 22359 Hamburg
ISBN: 978-3-347-08150-5 (Hardcover)
ISBN: 978-3-347-08149-9 (Paperback)
ISBN: 978-3-347-08151-2 (e-Book)

Bibliografische Information der Deutschen Nationalbibliothek:
Die Deutsche Nationalbibliothek verzeichnet diese Publikation in der Deutschen National-bibliografie; detaillierte bibliografische Daten sind im Internet über http://dnb.dnb.de abrufbar.

# *Hanna*

In der ersten Nacht schlafe ich kaum. Ich friere, weil ich nur eine Wolldecke zum Zudecken habe. Ich liege auf meiner neuen Luftmatratze, atme den Geruch von Gummi und zittere vor Kälte. Erst gestern habe ich mit Papa die blau-rote Matratze gekauft. Extra für dieses Wochenende.

Eigentlich hatte ich mich darauf gefreut. Aber jetzt weiß ich nicht mehr, ob ich mich noch freuen soll.

Alles ist so fremd.

Der Raum, die Regale mit den Büchern, das Bild an der Wand, der Geruch, der von unten hoch steigt.

Die Bücher, Goethe, Schiller, bekannte Namen, aber auch viele, die ich nicht kenne.

»War es Hitlers Krieg?« Der Titel fällt mir auf, er ist in großen Druckbuchstaben geschrieben. Ich kenne das Buch von zuhause. Mama hat das gleiche in der Glasvitrine im Wohnzimmer stehen.

Das Bild an der Wand rechts neben mir in dem dicken Rahmen. Nymphen und Feen, die an einem Bach im Wald spielen. Ich habe schon mal so ein Bild gesehen, in Thüringen, bei Oma. Wenn wir da früher im Urlaub waren, schlief ich immer in einer kleinen Kammer, außerhalb der Wohnung. Omas Wohnung war sehr klein, da war kein Platz für uns alle, für Mama, Papa, Ragnhild und mich. Da schlief ich eben in der kleinen Kammer im Treppenhaus. Es hat mir nichts ausgemacht. Wenn ich morgens früh aufgewacht war und mich langweilte, konnte ich nicht anders, als dieses Bild mit den am Bach spielenden Nymphen anzuschauen. Ich stellte mir vor, ich wäre mitten drin in diesem Wald, an diesem Bach, ich würde mit den Nymphen spielen und alles würde sich ganz leicht anfühlen.

Ein bisschen so stellte ich mir vor, würde es im Himmel sein.

Ich atme weiter den Gummi-Geruch meiner neuen Luftmatratze ein.

Dabei bemerke ich noch einen anderen Geruch. Irgendwie muffig. Ich denke an den roten Teppich mit den weiß-beigen Ornamenten. Vorhin beim Aufblasen der Matratze war er mir aufgefallen. Riecht der vielleicht so muffig?

Auch die anderen Mädchen, die hier mit mir in diesem Raum schlafen, sind fremd.

Ich finde sie seltsam. Vor allem die mit den dunklen Zöpfen. Streng geflochten. Ute heißt sie. Die scheint hier was zu sagen zu haben. Sie ist ja auch die Tochter von dem, der hier was zu sagen hat. Die mit den blonden Locken, die finde ich nett.

Die scheint genau wie ich zum ersten Mal hier zu sein.

Während ich in die Dunkelheit starre, lausche ich dem ruhigen Atem der anderen. Ich friere und warte, dass diese Nacht endlich vorbei ist.

Meinen warmen Schlafsack habe ich dem anderen Mädchen gegeben. Dem Mädchen mit den blonden Locken. Mama wird mich morgen fragen, warum ich das getan habe und ich werde ihr sagen, es tat mir leid, dass das Mädchen keinen Schlafsack dabei hatte.

Ich weiß nicht, wie Mama reagieren wird.

Ich weiß eigentlich nie, wie Mama reagieren wird. Sie ist so unberechenbar. Mir erscheint sie wie ein Mensch, der eine zweigeteilte Seele in sich trägt.

Lachen, laut und herzhaft, zuhören, voller Herzenswärme und Verständnis, lange Gespräche bis in die Nacht, helfen, zupacken, Courage zeigen, alles das ist Mama.

Schlechte Stimmungen, hässliche Worte, Wutausbrüche, demütigen, beleidigen, provozieren, das ist der andere Teil in ihr.

Wird Mama mich also morgen für meine Hilfsbereitschaft loben oder als dumm und naiv beschimpfen? Ich weiß es nicht. Es kommt ganz darauf an, welcher Teil ihrer Seele mich morgen hier wieder abholen wird.

Oft bin ich traurig deswegen. Wegen Mamas zweigeteilten Seele. Ich glaube, wir sind dann alle traurig. Papa, Ragnhild, ich und ich glaube auch Mama. Dann träume ich davon, dass sie immer so fröhlich ist, wie sie es in ihrer einen Seelenhälfte sein kann. Ich träume, dass es überhaupt nur die eine Seelenhälfte in ihr gibt.

Irgendwie ist diese Nacht wie ein Versprechen. Jedenfalls ist sie der Beginn meiner Jugend. Ich werde Erlebnisse haben, die ich niemals hatte oder je hinterher haben würde. Gedanken und Gefühle, die ich mir noch nicht vorstellen kann. Aufregende, schöne Momente, bedrückende Ereignisse, Jahre der Zusammengehörigkeit mit Freunden und Kameraden, eine Zeit der Anerkennung und der inneren Stärke.

Bis eines Tages die Zweifel kommen.

Immer tiefer bohren sie sich in meine Seele. Schließlich gestatten sie mir nicht mehr wegzuschauen, schön zu reden was ich als hässlich empfinde, weiter zu machen, wo ich längst aufhören sollte.

Irgendwann sehe ich, was ich schon früher hätte sehen können, aber nicht sehen wollte.

Ich habe lange gebraucht. Immerhin ist es nicht zu spät.

Anders als bei Mama, die für immer an ihren Gedanken festhielt.

Die das Hinsehen bis zu ihrem Tod nicht ertrug.

# 1

Leise prasselte der Regen gegen das Fenster. Das Rauschen der Baumwipfel zeugte von leichtem Wind. Hanna lauschte dem Spiel der Natur, während sie in die Dunkelheit starrte. Das Nachthemd klebte an ihrem Körper. Sie schwitzte, nachdem sie sich bereits seit Stunden in ihrem Bett hin und her gewälzt hatte. Es war wieder eine dieser Nächte, in der sie keinen Schlaf finden konnte. Eine Nacht voller Bilder des Grauens und Gedanken schwer wie Blei.

Dabei war es doch nur eine kurze Meldung in der Zeitung gewesen. Einige Zeilen, eine Randnotiz.

»Brutaler Überfall auf zwei Brüder.«

Kurz vor den Osterferien war es. Die beiden Jungen waren auf dem Heimweg von der Schule. Im Bus lauerten sie ihnen auf, beschimpften, beleidigten sie und zwangen sie schließlich zum Aussteigen. Um was es gegangen sei, wurden die Fahrgäste später gefragt. Keiner wusste etwas, man habe nichts mitbekommen, hieß es. Am Ende ließen sie die Beiden auf dem Gehweg liegend zurück. Da lebten sie noch. Einer von ihnen schwebte in Lebensgefahr. Beinah erstickt am eigenen Blut.

Einige Zeilen, eine Randnotiz.

Nicht für Hanna.

Für sie war es die Geschichte zweier jäh und grausam zerstörten Leben. Die Geschichte zweier Menschen mit Gefühlen, Gedanken und Plänen. Sie spürte beinah körperlich, was die Brüder wohl zuletzt, auf dem kalten Pflaster liegend, gedacht und gefühlt hatten. Ob sie wohl am Morgen auf dem Weg zur Schule ahnten, welche schreckliche Wendung dieser Tag nehmen sollte?

Wenn nur diese Nacht endlich vorbei war. Wenn sie doch diese quälenden Bilder aus ihrem Kopf verbannen konnte. Sie versuchte, an etwas Schönes zu denken, an einen Spaziergang mit Lennart im bunten Herbstwald, an ihren Urlaub im vergangenen Jahr in Griechenland. Es gelang ihr nicht. Erst im Morgengrauen, die Vögel begannen schon zu singen, sank Hanna in erschöpften Schlaf.

Hanna liebte das Leben und die Menschen.

Fiel ihr die Liebe zum Leben, obwohl dieses es ihr oft nicht leicht machte, meistens dennoch leicht, wurde ihre Liebe zu den Menschen nicht selten auf die Probe gestellt.

Schließlich musste sie beinah täglich hören oder sehen, was Menschen anderen Geschöpfen anzutun vermochten. Und immer folgten dann diese Nächte. Diese Nächte, in denen ihre inneren Bilder sie wie Dämonen verfolgten und quälten. Dabei musste es sich nicht einmal um eine wahre Geschichte handeln. Da genügte schon ein Film, um vermeintliche Gefühle von Menschen wie ein Schwamm in sich aufzusaugen.

Einzig die Musik war es, die Hanna abzulenken vermochte. Musik hatte sie dann auch für jede Stimmung ihres Lebens. Etwa den Blues von B.B.King, wenn sie in Melancholie versank, den kubanischen Rhythmus von Omara Portuondo, wenn sie in Leichtigkeit schwebte, oder die Lässigkeit von J.J.Cale, die eigentlich immer passte.

Musik. Hanna schien geradezu besessen von immer neuen Rhythmen, Stimmen und Melodien.

Und so oft es ging nahm sie ihre Geige aus dem Kasten, um sich alles von der Seele zu spielen, was ihr das Herz oder Leben erschwerte.

Gerechtigkeit und Musik waren Hannas große Leidenschaften. Schon früh nahmen sie in ihrer Gefühlswelt einen bedeutenden Raum ein.

Allerdings hatte das Schicksal sie mit einer besonderen Gabe ausgestattet. Die Gabe, oder war es nicht doch eher eine Bürde, jedes menschliche Schicksal so ungewöhnlich intensiv in sich aufzunehmen, eben aufzusaugen wie ein Schwamm. Was es auch war, wie oft wünschte sich Hanna endlich frei zu sein. Frei von all den Bildern in ihrem Kopf. Endlich frei von den zermürbenden Gefühlen und Gedanken, denen sie sich immer wieder aufs Neue schutzlos ausgeliefert fühlte.

Kaum jemand ahnte wohl, welche Schwere oftmals auf Hanna lastete. Im Gegenteil, viele schrieben ihr eine fast naive Leichtigkeit zu, nicht zuletzt wegen ihrer unermüdlich gelebten Zuversicht. Nur wer sie wirklich kannte, erspürte bei ihr in seltenen Momenten einen Hauch von Traurigkeit.

Der vergangene Sommer war vom Sterben ihrer Mutter geprägt.

Vom Tag der Feststellung, dass sie an Krebs in fortgeschrittenem Stadium litt, schenkte das Schicksal ihr und der Familie eine Frist von sieben Monaten.

Sieben Monate für letzte Begegnungen, Umarmungen, Blicke und liebevolle Worte.

Tage in einem Schwebezustand zwischen Hoffnung und Angst, Zuversicht und Schmerz. Am Ende blieb nur der Schmerz.

Hanna war beinah erstaunt, wie banal der Tod letztlich in das Leben tritt und wie banal die Umstände sind, unter denen die Angehörigen davon erfahren.

Es konnte jederzeit passieren, bei einer lustigen Gartenparty etwa, während der romantischsten Stelle in einem Film oder bei einem gemeinsamen Essen am Familientisch.

Bei ihr war es an einem sonnigen Vormittag, als sie sich vorbereitete, ihre Mutter im Hospiz zu besuchen.

Hinter Hanna lagen zahlreiche Reisen zwischen München und Hamburg, die körperliche Pflege, das Organisieren von Hilfen, das hilflose Zusehen des gnadenlosen Verfalls ihres Körpers, das angstvolle Abwarten und Abwehren des unerbittlich näher rückenden Endes, der letztlich doch unerwartete, leise Abschied. Der Leidensweg ihrer Mutter lief auch jetzt noch so deutlich vor ihrem inneren Auge ab, als wäre es gestern gewesen.

Nur wenige Tage nachdem Hanna und Ragnhild ihre Mutter beerdigt hatten, tauchte Natalie auf. Sie stand plötzlich in Hannas Kanzleibüro, ohne Termin oder irgendeine vorherige Anmeldung. Ein kräftiges, junges Mädchen, das mit ausdruckloser Miene und ohne einen Gruß mit weit ausholenden, schnellen Schritten direkt durch den Raum auf den großen Schreibtisch zusteuerte.

Hanna hatte kaum Gelegenheit, ihr einen Platz anzubieten, da räkelte sich ihr Gast auch schon nervös vor ihrem Schreibtisch auf dem Stuhl.

Sie schien sehr angespannt zu sein, denn sie kaute unablässig auf ihrer Unterlippe.

Das Mädchen trug eine zerschlissene, schwarze Lederjacke und olivfarbene Hosen. Die Springerstiefel an ihren Füßen waren bereits so ausgetreten, dass sie bei jedem Schritt ein schlurfendes Geräusch verursachten. Ihre kräftigen dunklen Locken waren flüchtig zu einem buschigen Pferdeschwanz zusammengebunden, was ihre mehrfach gepiercten Ohrläppchen hervorhob.

Hanna musterte die junge Frau mit skeptischem Blick. Deren mürrisches Gesicht mit der tiefen Stirnfalte und den zu einem Schmollmund geformten Lippen, erinnerte sie für einen kurzen Augenblick an sich selbst. Aber schon im nächsten Moment überkam sie ein leichter Ärger über den seltsamen Auftritt ihres Gastes.

»Guten Tag, mein Name ist Hanna Friedberg und wie ist Ihr Name?«

»Natalie Schabbatz. Ich brauche eine Verteidigung vor Gericht.«

Gut, das hätten wir dann schon mal geklärt, dachte Hanna ironisch.

»Dann erzählen Sie mal«, sagte sie kurz.

»Meine Freunde und ich, wir haben jemanden zusammen geschlagen. So zwei Typen. Die liegen jetzt im Krankenhaus.«

Drei kurze Sätze, gesprochen mit tonloser Stimme und unbeweglichem Gesicht. Danach verstummte das Mädchen und kaute weiter auf ihrer Unterlippe.

Ratlos beobachtete die Anwältin ihren Gast. Die Weise, in der sie über ihr offenbar begangenes Verbrechen sprach, irritierte Hanna. Das Mädchen schien vollkommen teilnahmslos, während sich vor ihrem eigenen inneren Auge sofort ein Film abspulte. Ein Film, dessen genauen Inhalt sie zwar nicht kannte, den sie aber bereits jetzt als so schrecklich empfand, dass er sie heute Nacht vermutlich wieder schlecht schlafen ließ.

Allerdings regte sich in ihr eine dunkle Ahnung.

In der Zeitung hat es gestanden ... letzte Woche war das ... über alle Nachrichtensender war es gelaufen ... was für eine schlimme Geschichte ... Gott sei Dank haben sie überlebt ... Jerome und Noah hießen, nein, heißen sie ... sitzt jetzt hier etwa eine der Täter...

Die beiden aus Äthiopien stammenden Jungen waren auf dem Heimweg aus der Schule von vier anderen Jugendlichen vorzeitig zum Aussteigen aus dem Bus gezwungen worden. Auf dem Gehweg schlugen und traten sie sie solange, bis sich keiner mehr rührte. Erst ein hinzukommender Passant konnte die Gruppe in die Flucht schlagen und Hilfe rufen.

Die Jungen befanden sich seitdem mit zerschlagenem Gesicht und schweren Kopfverletzungen im Krankenhaus.

Beide lagen noch im Koma, immerhin einer war inzwischen außer Lebensgefahr. Die Zeitungen hatten geschrieben, seine dicke Mähne aus Dreadlocks hätte ihm vermutlich das Leben gerettet. Der andere, jüngere hatte weniger Glück. Ohne die kräftigen Dreads seines Bruders, war sein Kopf den Schlägen und Tritten vollkommen schutzlos ausgeliefert. Die Jugendlichen, drei junge Burschen und ein Mädchen hatten bei der Polizei beharrlich über ihre Motive geschwiegen.

»Nehme ich richtig an, dass es sich hier um Jerome und Noah handelt?«

»Wahrscheinlich, ich weiß nicht wie die heißen«, antwortete Natalie beiläufig.

»Jerome und Noah, sie heißen Jerome und Noah. Warum?«

»Was, warum?«

»Warum habt ihr das getan, warum habt ihr zwei Jungen das angetan, von denen ihr offenbar nicht einmal die Namen kennt?«

»Einfach so, weil sie halt da waren, die haben uns eben genervt. Die nerven eigentlich schon, seit wir die kennen.«

»Ihr kennt sie schon länger? Und womit nerven sie euch?«

»Wie die schon aussehen, die Klamotten und so, der eine mit seinen langen Zöpfen, die gehören nicht hierher, sind eben Schwarze, scheiß Hippies. Nehmen bestimmt Drogen und so.«

Hanna brauchte einige Sekunden, um die Worte auf sich wirken zu lassen. Sie überbrückte das Schweigen, indem sie schnell einige Notizen auf einen Block schrieb.

»Und warum kommen Sie ausgerechnet zu mir? Warum sollte ich Sie verteidigen?«

Das Mädchen warf ihr ein kurzes, ironisches Lächeln zu und antwortete dann knapp:

»Warum wohl? Kannst du dir's nicht denken?«

Hanna verschlug es die Sprache.

Kannst du dir's nicht denken?

Als hätte ihr Natalie diese Frage entgegen geschrien, so hallte sie in Hannas Kopf nach. Ob ich es mir nicht denken kann … und, kann ich es mir wirklich nicht denken … oder will ich es mir nicht denken?

Hanna spürte, wie sie sich in der Frage zu verlieren drohte. Also schob sie sie kurz beiseite.

Stattdessen fragte sie sich, woher selbst jetzt noch, nach dem Verbrechen, diese offensichtliche Verachtung gegenüber den Jungen kam. Zwei Jungen, deren Namen sie nicht einmal zu kennen schien.

Und wieso kommt sie hierher … einfach so, unangemeldet … ohne Termin … ohne Benehmen … redet mich plötzlich mit Du an … was wird das hier …

Abgesehen von all dem regte sich in Hanna aber noch etwas anderes. Tief im Innern wusste sie, warum Natalie Schabbatz ihr das Mandat antrug. Und so genau, wie sie wusste, dass ihr allein der Gedanke an die Verteidigung dieses Falles Widerwillen bereiten würde, so genau ahnte sie bereits jetzt, dass sie es dieses Mal vermutlich nicht ablehnen würde.

Mehrmals schon war Hanna die Verteidigung ähnlicher Fälle angetragen worden. Jedes Mal lief es in der gleichen Weise ab. Ein junger Mensch, aufgrund seiner Kleidung und Äußerungen erkennbar aus der rechten Szene, kam zu ihr, weil er irgendeinen anderen Menschen angegriffen und verletzt hatte.

Auch das Motiv war auf den ersten Blick immer das gleiche.

Der Angegriffene hatte sichtbar eine andere Herkunft oder vertrat eine andere politische Meinung.

Allein damit hatte er die Angreifer genervt oder aus sonst irgendwelchen Gründen gestört.

Auf Hanna setzten die Täter dann ihre Hoffnungen. Ihre Verteidigung und am Ende ihr Plädoyer sollten ihnen ein mildes Urteil verschaffen.

Im Kollegenkreis hatte man sich auch schon entsprechend darüber gewundert. Es handelte sich um eine kleine Kanzleigemeinschaft mit vier Anwälten.

Jeder hatte sein Spezialgebiet.

Niemand von ihnen hatte bisher politisch motivierte Straftäter vertreten.

Immer wieder fragten sie Hanna, warum derartige Mandatsanfragen so häufig auf ihrem Schreibtisch landeten.

Ganz beiläufig antwortete sie dann, dass sie sich ebenso wunderte und selbst keine Erklärung dafür hätte. Vermutlich sei ihr Name irrtümlich in einem Internetverteiler dieser Szene gelandet. Unerhört sei das und ja, sie müsse dem nachgehen.

In Wirklichkeit aber traute sie sich nie zu fragen, wie sie auf ihre Kanzleiadresse gekommen waren.

Vielleicht, weil sie die Antwort immer geahnt hatte.

Bisher wollte Hanna diese Fälle auch nicht annehmen.

Diebstahl, Raub, kleinere Betrugsdelikte, das war ihr Gebiet. Sonderlich lukrativ war das nicht, aber es gefiel ihr und sie hatte ihr Auskommen.

Als Anwältin setzte sie sich durchaus gern ein für die Menschen, die diese Taten begangen.

Meist waren sie irgendwo auf ihrem Lebensweg ins Straucheln geraten und dann vom Weg abgekommen.

Hanna fand, dass könnte jedem Menschen passieren. Jeder hat seine ganz eigene Schwachstelle, kann irgendwann an einen kritischen Punkt kommen und dann wäre es gut, wenn ihm jemand hilft da raus zu kommen.

Straftaten, wie sie jetzt dieses Mädchen und ihre Freunde begangen hatten, lehnte sie immer wegen Mangel an Kapazitäten ab. Jedenfalls begründete sie damit ihre Ablehnung den Mandanten gegenüber.

In Wirklichkeit wollte Hanna keinen Ärger haben. Nicht mit irgendwelchen Gruppierungen, nicht mit ihren Kollegen und nicht mit sich selbst.

Und auch nicht mit ihrer Mutter.

Allein der Gedanke daran, ließ Hanna für einen Moment zusammen zucken.

Aber dieses Mal war es anders.

Zum ersten Mal ließ Hanna eine ernsthafte Überlegung zu, ob sie den Fall annehmen würde oder nicht. Sie fragte sich, ob ihr wohl erst der Tod ihrer Mutter eine solche Überlegung gestattete.

»Ich kann Dir jetzt noch keine Zusage geben. Es kommt ganz auf dich an. Wir sollten uns morgen treffen. Ich brauche eine erste ausführliche Stellungnahme. Davon werde ich abhängig machen, ob ich dich vertrete. Du bist minderjährig, ich müsste also auch mit deinen Eltern reden. Ist es ok, wenn ich so gegen 17 Uhr zu dir komme?« sagte Hanna.

Mit ihrem mürrischen Gesicht, die Arme verschränkt, schaute Natalie sie von unten herauf an:

»Was soll das? Wieso bei mir zuhause? Meine Alten gehen dich nichts an.«

»So oder ich lehne sofort ab«, erwiderte Hanna kühl.


Als sie an diesem Abend in ihrem kleinen Jeep nach Hause fuhr, verfiel Hanna ins Grübeln. Sie fuhr mit offenem Verdeck und atmete den lauen Abendwind ein, während sie den Wagen durch die Stadt lenkte.

Ob Lennart wohl schon zu Hause war?

Wenn ja, dann würde er vermutlich was kochen. Er kochte gut, jedenfalls besser als sie selbst.

Soll ich ihm von meiner heutigen Begegnung mit Natalie Schabbatz erzählen?...ich weiß nicht… wahrscheinlich würde er meine Gedanken und Bedenken verstehen … ich denke doch …

Früher war's jedenfalls so … wir konnten immer reden … egal was los war … er hielt eigentlich immer zu mir … ich wusste, selbst wenn kein einziger Mensch in meinem Universum zu mir hielte, er würde trotzdem an meiner Seite sein …

Wenn Hanna Streit mit ihren Eltern oder ihrer Schwester hatte, kam von Lennart prompte Unterstützung.

Ihr selbst war es immer schwer gefallen, ihrer Familie gegenüber für sich einzustehen.

Betrachtete sie ein gehaltenes Plädoyer als misslungen, baute er sie wieder auf.

Allerdings lagen die Zeiten einer solchen vertrauten Übereinstimmung lange zurück.

Wann ist das passiert ... und warum ... ist einfach nicht mehr wie früher ... schon lange nicht mehr ...

Hinter ihr hupte es. Für einen Moment war sie so in Gedanken, dass sie nicht mitbekam, dass die Ampel längst auf Grün stand.

Entschuldigend hob sie die Hand und fuhr weiter.

Lennart und Hanna hatten sich immer auch über ihre Fälle ausgetauscht.

Aber jetzt war sie sich plötzlich nicht mehr sicher, ob sie wirklich mit ihm über den aktuellen Fall sprechen konnte.

Als Jurist hatte er einen anderen Weg eingeschlagen als Hanna. Lennart war Staatsanwalt geworden. Während ihres gemeinsamen Lebens hatte der Umstand, dass sie auf gegenüberliegenden Seiten des Strafrechts standen, nicht selten Konflikte ausgelöst.

Aber das war es nicht allein.

Haben wir uns vielleicht zu sehr in unsere Arbeit verrannt ... oder, haben wir vergessen miteinander zu leben ...

Vielleicht wäre alles anders, wenn wir Kinder gehabt hätten ... wir wollten ja, aber das Schicksal hat anders entschieden ... und wir dachten immer, wir bekommen es trotzdem hin ... war das vielleicht ein Irrtum?

Nicht, dass sie je wirklich gestritten hätten. Gerade das schätzte Hanna so an ihrer Beziehung.

Zwischen ihnen hatte es sie nie gegeben, die hässlichen Szenen, das Geschrei, die Beleidigungen, das Türenknallen, Porzellanzerschlagen, das tagelange Schweigen.

Eben diese Szenen, wie Hanna sie von zuhause kannte.

Sie wusste auch von keiner Affäre, die einer von beiden je gehabt hätte. Nein, alles das hatten sie sich immer erspart.

Und trotzdem war es zwischen ihnen schon lange nicht mehr, wie es einmal gewesen war.

Nur warum, fragte Hanna sich jetzt.

Sie waren jeder immer mehr ihre eigenen Wege gegangen, hatten immer seltener miteinander geredet, hatten irgendwann dieses unausgesprochene Einverständnis verloren.

War ich das … hab ich selbst möglicherweise eines Tages diesen Weg eingeschlagen … oder war es nicht doch vielmehr Lennart, der sich zuerst von mir zurückgezogen hat … ganz allmählich … schleichend … am Anfang kaum wahrnehmbar …

Sie fand es mit einem Mal seltsam, dass ihr die Gedanken über ihr Zusammenleben mit Lennart gerade heute kamen.

Während Hanna weiter nachhause fuhr, begann sie sich mit jedem Kilometer mehr darüber zu wundern.

Lag es an dem unerwarteten Besuch dieses Mädchens?

Hanna war müde.

Ein langer Arbeitstag lag hinter ihr, der eigentlich gut gelaufen war, an dessen Ende aber die Begegnung mit Natalie Schabbatz stand.

Hatte sie da wirklich noch die Kraft, sich mit solchen Problemen auseinanderzusetzen?

Inzwischen hatte Hanna die Stadt hinter sich gelassen und fuhr in zügigem Tempo die Landstraße entlang. Der Wind wurde etwas kühler, was sie im Moment als wohltuend empfand.

Während Hanna ihren Jeep nach Hause lenkte, spürte sie ganz deutlich, dass hier etwas auf sie zukam.

Etwas, dessen Verlauf und Ende sie nicht einschätzen konnte. Eine große, dunkle Welle, die da auf sie zurollte.

Mit diesem Gefühl schloss Hanna endlich die Haustür auf.

»Hanna … gab's was Besonderes? Du siehst erschöpft aus«, meinte Lennart und gab ihr einen kurzen Kuss auf die Wange.

»Hallo Lennart«, sagte sie nur matt.

Sie fühlte sich in der Tat erschöpft.

Ein Wirrwarr an Gedanken, einzeln kaum zu benennen, schwirrte ihr im Kopf herum.

Er schaute sie fragend an, während sie sich wortlos an die Theke in der Küche setzte. Der Tisch war bereits gedeckt. Lennart füllte Rotwein in die Gläser.

Sie stießen kurz miteinander an.

Im Hintergrund lief »Me and Bobby McGee« von Janis Joplin. Eine von Lennarts Lieblings-CDs.

Alle ihre großen Hits waren darauf vertreten. Er legte sie gern auf, wenn er für sich und Hanna kochte. Und Hanna hörte sie gern, weil sie mit den Liedern in diesem Ritual das schöne Gefühl des Zuhause zu sein verband.

»Freedom's just another word for nothin' left to lose«, sang sie unwillkürlich leise mit.

Der erste Schluck des Weins lief samtig ihre Kehle hinunter und in Hanna breitete sich eine wohltuende Entspannung aus.

Sie beobachtete Lennart, wie er mit dem Rücken zu ihr die Nudeln vom Herd nahm und in ein Sieb schüttete.

Fast gerührt bemerkte sie, wie seine blonden Locken hinten etwas lichter wurden.

Er war gut fünf Jahre älter als Hanna, aber sein Alter war ihm eigentlich kaum anzusehen.

Er hatte noch die gleiche sportliche Figur und eine Lässigkeit in seinen Bewegungen, die sie immer schon an ihm fasziniert hatte.

Es war die Art Lässigkeit, die bei Frauen gut ankam. Die souveräne Lässigkeit eines Musikers und in Freiheit aufgewachsenen Mannes.

Da tat sicher auch der charmante österreichische Dialekt sein Übriges.

Aus Kärnten stammte er, aus einem sehr kleinen Dorf. Kennengelernt hatten sie sich in Hamburg. Ihr fiel ein, wie weit weg damals seine Heimat war. Heimweh war ihm kaum anzumerken, erinnerte sie sich jetzt. Vermutlich hatte er es mit seiner Gitarre überspielt. Immer waren Lieder in österreichischem Dialekt dabei. Auch bei seinen Auftritten auf kleinen Kneipenbühnen. Wenn er dann einen Alpen-Blues sang, schmolz sicher nicht nur Hannas Herz.

Grundsätzlich gönnte sie ihm seinen Erfolg. Auch bei den Frauen. Hanna gestand sich ein, dass es sie geradezu stolz machte. Gleichwohl sie dadurch ständig fürchten musste, ihn eines Tages an eine andere zu verlieren.

Aber sie hatte ihn schließlich so kennengelernt.

Schon damals waren er und seine Gitarre unzertrennlich.

Wenn er während des Studiums gerade knapp bei Kasse war, hatte er sich spontan in der Spitalerstraße auf den Boden der Fußgängerzone gesetzt und sein Problem vorerst mit Hilfe einiger Songs gelöst.

Im Grunde war er schon damals mehr Musiker als Jurist … einen ehrbaren Beruf wollte er halt erlernen … andererseits ist er ein toller Staatsanwalt … nicht so vorverurteilend wie manche Kollegen … plädiert mild … nein, das ist es nicht … unkonventionell … nein, das trifft es auch nicht … ach ich weiß nicht … eben anders … vielleicht mit mehr Verständnis für das Menschliche?

Auch Hanna spielte in ihren jungen Jahren Gitarre. Früher hatten sie oft zusammen gespielt. Sie hatten gemeinsam »Me and Bobby Mcgee« geklimpert. Oder Hannas Lieblingsstück »Ode to Billie Joe«. Sie hatte dann gesungen, weil ihre Stimme zu dem Lied besser passte als seine und es doch ohnehin der Text einer Frau war.

Erst vor einigen Jahren hatte Hanna dann begonnen Geige zu spielen. Allerdings ist das ein eher einsames Musizieren.

Jedenfalls für sie, die im Gegensatz zu Lennart nicht vor anderen Menschen auf der Bühne, sondern zurückgezogen in ihrem Zimmer spielte.

Sie überlegte noch einen kurzen Moment, während sie ihn über den Rand ihres Weinglases hinweg beobachtete. Aber eigentlich war es ihr ja bereits auf der Fahrt klar.

Über Natalie Schabbatz würde sie heute nicht mehr mit ihm sprechen. Die Erklärungen, die Antworten, die Begründungen, die ein solcher Fall aufwerfen würde, all das war ihr im Moment zu viel.

Hanna brauchte erst einmal Zeit und Muße, sich klar zu werden, sich ihre eigenen Gedanken zu machen.

## *Jerome*

Zuerst ist da diese Erschütterung, die durch meinen Kopf geht. Dann ein Knacksen, dann nur noch dumpfer Schmerz. Er nimmt mir fast den Atem, so unerträglich ist er.

Es ist meine Nase, die zerbrochen ist.

Dann kommt der rechte Wangenknochen, der Kiefer und schließlich einige Rippen. Unerbittlich trommeln die Fäuste, treten die Stiefel mit den Stahlkappen auf mich ein. Ich spüre nur noch Schmerzen. Alles, mein ganzer Körper scheint aus einem einzigen unerträglichen Schmerz zu bestehen.

Zwischendurch höre ich ihre Stimmen.

»Scheiß-Nigger« grölen sie.

»Weiter so, macht sie fertig«, kann ich hören.

Mein Gott, was für schreckliche Angst ich habe Todesangst. Was, wenn die erst aufhören, nachdem ich tot bin?

Ich will nicht sterben, bitte lieber Gott ... aber es tut so unerträglich weh ... ich will nach Hause ... bitte ...

Und Noah? Mein Gott was ist mit Noah ... hab ihn gerade noch gehört ... er hat so geschrien, ich halt das nicht aus ... bitte lieber Gott, mach dass sie aufhören ... Noah ...

Mein Lederhalsband zerreißt und das schwarze Amulett schlittert leise surrend über den Asphalt. Aus den Kopfhörern neben meinem Kopf ist noch das tschak tschak tschak eines Hip Hop Liedes zu hören, als ich längst auf den Steinplatten des Fußwegs liege. Irgendwo, wie aus weiter Ferne höre ich Noahs Schreie …

Ich würde gern aufstehen und weglaufen. Aber jeder Versuch verpufft ins Leere. Ich spüre Lähmung und immer wieder diesen Schmerz und die Angst.

Etwas läuft warm über meine Lippen.

Es ist das Blut aus meiner Nase.

Ich spüre, dass ich es nicht schaffe, aufzustehen und wegzulaufen.

Irgendwie lasse ich los. Versuche nichts mehr. Lasse alles nur noch über mich ergehen. Die Schläge, die Tritte, die Schmerzen, die mich so umhüllen, dass ich sie beinah gar nicht mehr fühle. Die Angst, die langsam von mir abfällt.

Noahs Schreie, die aufgehört haben. Alles an mir ist taub. Ich lasse los. Irgendwann wird es vorbei sein. Vielleicht bin ich dann tot. Fühlt es sich so an? Das Sterben? An einem schönen Tag, gegen Mittag? Hier auf einem verdreckten Fußweg?

War das wirklich schon alles?


Es ist am späten Mittag.

Der Bus ist sofort weitergefahren, nachdem wir ihn drei Haltestellen früher als gewöhnlich verlassen haben.

Dabei wollten wir einfach nachhause fahren, gut gelaunt, mit lässigem Hip Hop im Ohr.

Ich freute mich, weil der Musiklehrer mir an diesem Tag in der letzten Stunde mein Musikprojekt genehmigt hat, um das ich so lange gekämpft habe. Eine Reggae-Band will ich gründen, gemeinsam mit den Schülern aus meiner Klasse, ich selbst am Schlagzeug.

Nicht alle sind dabei, aber immerhin die meisten.

Ich habe mir das schon genau ausgemalt, wie wir in einer Combo mit vierzehn Jugendlichen auf der Bühne stehen und alle mit unserem Sound begeistern werden. Sogar Dreadlocks habe ich mir dafür wachsen lassen, damit wenigstens einer von uns wie ein echter Reggae-Musiker aussieht.

Und heute hat es mir der Musiklehrer endlich erlaubt und auch der Rektor hat grünes Licht gegeben.

Ich darf mit meiner Band in der großen Aula üben.

Immer wenn kein Schulbetrieb herrscht. Ich habe sogar einen Schlüssel dafür bekommen, falls der Hausmeister nicht da ist. Was für ein Vertrauen, hab ich da noch gedacht. Mann, war ich stolz. Beim großen Jahresabschlussfest vor den Sommerferien sollen wir dann auftreten. Der ganzen Schule sollen wir zeigen, was wir drauf haben.

Wie habe ich mich darüber gefreut.

Aber jetzt ist alles anders.

Da stehen sie plötzlich vor mir und Noah, rempeln uns an, beleidigen uns. Sie fordern uns auf, sofort auszusteigen. Zu viert sind sie, wir haben keine Chance.

Hilfesuchend sehe ich mich nach allen Seiten um.

›Merkt denn keiner, was die hier machen‹, frage ich mich verzweifelt.

Aber niemand im Bus scheint uns und unsere Angst zu bemerken.

Die meisten schauen aus dem Fenster und mancher einfach nur vor sich auf den Boden.

Warum sagt denn keiner was, denke ich. Aber niemand sagt etwas, niemand hilft uns. Immer schneller schlägt mein Herz. Ich fühle Panik. Im Stich gelassen fühle ich mich.

Ich schaue zu Noah. Mein kleiner Bruder. Er sitzt neben mir. Ganz still ist er. Hat seine Augen weit aufgerissen. Plötzlich steht er auf. Ich greife nach seinem Arm, will ihn zurückhalten, erreiche ihn nicht. Fast mechanisch bewegt er sich auf die geöffnete Tür zu.

Also steige ich mit aus.

Warum ich das tue, werde ich mir später selbst nicht mehr erklären können. Ich hätte doch Hilfe holen können, warum also…

Es ist eher ein Automatismus als eine Entscheidung, eher Panik als eine klare Überlegung.

24

Dann geht alles ganz schnell.

Der Schlag gegen meine Schläfe, der Aufprall meines Körpers auf dem Asphalt, meine Angst, mein unerträglicher Schmerz. Zwischen alldem die Schreie von Noah.

Wie gut, dass ich inzwischen meine dicken Dreads unter der Mütze habe, denke ich noch, als mein Kopf mit einem dumpfen Geräusch auf dem harten Boden aufschlägt.

Zuletzt sehe ich in ihre hasserfüllten Gesichter, höre ihre hässlichen Worte.

Warum dieser Zorn, frage ich mich.

Dann wird es dunkel.

## *Hanna*

Mir ist schlecht. Beim Autofahren wird mir immer schlecht. Ich schaue aus dem Fenster. Wenn die grünen Felder an mir vorbeiziehen, geht es etwas besser. Zwischendurch schließe ich meine Augen. Auf keinen Fall will ich, dass Mama mich anspricht. Oder mich etwas fragt. Welcher Fluss das gerade war, welcher Ort als nächstes kommt oder wie der große Vogel, dort auf dem Zaun heißt. Das macht sie oft.

Nur selten weiß ich die richtige Antwort. Mama sagt dann immer, dass ich aufpassen und nicht durch die Gegend träumen soll. Aber wenn ich antworten muss, wird mir noch schlechter. Also stelle ich mich schlafend.

Dagegen kann doch niemand was haben.

Während ich mit geschlossenen Augen hinten im Auto sitze, kommen mir die Nachrichten vorn aus dem Radio noch lauter vor. Da reden sie schon wieder über diese Menschen, die offenbar echte Verbrecher sind.

Ganz Deutschland scheint deswegen in Aufruhr. Die Menschen stehen seit Monaten unter dem Eindruck des RAF-Terrors, sagt der Nachrichtensprecher. Die führenden Köpfe der roten Armee Fraktion, die RAF-Terroristen Ulrike Meinhof, Andreas Baader, Gudrun Ensslin und Holger Meins sind jetzt aber verhaftet worden. Ich höre, wie Mama zu Papa sagt, »die sind sowie ganz schnell wieder draußen. Außerdem geht's in unseren Gefängnissen zu wie im Hotel«. Papa gibt ihr mit leisem Murren Recht.

Mama ist selten einverstanden, wenn das Radio an ist.

Als im Sommer in München bei den olympischen Spielen das Attentat war, war sie sogar richtig wütend.

Zehn Sportler aus Israel wurden dabei erschossen. Im Radio sagte damals eine Frau, »In Deutschland wird wieder auf Juden geschossen«. Liebe Güte, hat Mama da auf diese Sprecherin geschimpft. Dass die selbst Jüdin ist und dass das eine Riesenschweinerei ist, was die von sich geben darf. Ich fand eigentlich nur seltsam, dass dieser IOC-Präsident Avery Brundage vor aller Welt verkündete »The Games must go on«. Wo doch gerade so viele Menschen gestorben waren. Immerzu musste ich an sie denken. Tagelang, nächtelang. Daran, wie sie doch gekommen waren, um sich ihren großen Traum zu erfüllen. Wie sie trainiert haben, wie sie voller Spannung auf ihren Start waren. Und jetzt sind sie einfach tot, weil irgendwer das so beschlossen hat.

Zwischen der Bundesrepublik und der DDR wird das Transitabkommen beschlossen, höre ich gerade von vorn aus dem Radio. Ich glaube, das ist mal eine Nachricht, über die Mama froh ist. Wenn wir im nächsten Sommer wieder zu Oma nach Thüringen fahren, brauchen wir dann nicht mehr so umständlich mit dem Zug reisen. Wir dürfen endlich mit dem Auto fahren.

Inzwischen stehen wir in Schleswig an einer Ampel. Meine Übelkeit lässt etwas nach. Wir sind bald da.

Ein junges Pärchen schlendert vor uns Hand in Hand über die Straße. Das Mädchen trägt knallrote Hot-Pants mit einer bunten Rüschenbluse. Er hat eine Jeans-Schlaghose mit einem engen T-Shirt an. Beide haben schulterlange Haare, die bei jedem Schritt auf und ab wippen. Strahlend lächelt sie ihn von der Seite an. »Guckt euch bloß diese Gammler an« sagt Mama in verächtlichem Ton. Papa sagt nichts dazu. Ich sage auch nichts. Ich finde die beiden eigentlich ganz hübsch.

Die Nachrichten sind vorbei. Gerade fängt Tony Christy sein »Way to Amarillo« an zu singen. Das Lied steht ganz oben in der Hitparade. Ich freue mich, ich mag das Lied. Gerade will ich ein bisschen mitwippen, da ist es auch schon vorbei. »Stell bloß diese Negermusik ab«, sagt Mama. Und Papa drückt auf den Aus-Knopf.

Schade, denke ich.

Langsam rollt unser grauer Mercedes endlich auf den Hof. Direkt vor dem alten Bauernhaus kommen wir zum Stehen.

Neben uns steht eine leicht heruntergekommene Scheune, deren Durchgang zu einem weiteren Hof mit angrenzender Wiese führt.

Aus einem Zwinger dringt das wütende Gebell zweier Schäferhunde.

In unmittelbarer Nähe sind die fröhlichen Stimmen einer größeren Gruppe Kinder und Jugendlicher zu hören.

Mama und Papa steigen zuerst aus. Mama wie immer sehr forsch, Papa eher bedächtig. Ich zögere noch etwas, traue mich nicht. Schließlich öffne auch ich meine Tür und steige vorsichtig aus.

Meine Haare habe ich mit einem Zopfgummi in Form zweier Kirschen zum Pferdeschwanz zusammengebunden. Die Kirschen finde ich wenigstens halbwegs hübsch.

Viel lieber würde ich meine Haare offen tragen. Aber lange offene Haare sind bei uns zuhause verboten.

Auf jeder Seite habe ich jeweils eine kleine Strähne frei gelassen. Als wollte ich zeigen, dass ich eigentlich schöne Haare habe, die ich aber zu verstecken versuche, indem ich sie in dieses Kirschengummi zwänge. Vermutlich denken das andere Menschen, wenn sie mich sehen.

Über der Schulter trage ich meinen großen, blauen Rucksack, der bis oben vollgepackt ist.

Ich verstecke mich etwas unbeholfen hinter Mama, die an der Türglocke des Bauernhauses läutet.

Niemand öffnet. Eine Sekunde lang hoffe ich insgeheim, dass niemand da wäre und wir einfach wieder nach Hause fahren.

Aber Mama dreht sich um und marschiert uns voran in Richtung Scheune.

Also nehmen wir gemeinsam den Weg durch die Scheune und gelangen so, vorbei an dem Hundezwinger, in dem sich die beiden Hunde jetzt rasend vor Wut gegen die Gitter werfen, auf den zweiten Hof.

In der Mitte thront eine große Fahnenstange, an deren Ende eine schwarz-weiß-rote Fahne mit einem Runensymbol in der Mitte, eigenwillig im Wind flattert.

Der Wind weht hier in Schleswig-Holstein allemal kräftig genug, um eine Fahne fröhlich flattern zu lassen, denke ich, während ich die Fahne beobachte.

Ich mag keinen Wind, habe ihn nie gemocht.


Auf der angrenzenden Wiese steht eine Gruppe mit vier größeren weißen Rundzelten. Um die Zelte herum laufen Kinder und Jugendliche beschäftigt hin und her.

Vermutlich sind auch sie gerade erst eingetroffen.

Die meisten Mädchen tragen einen Rock. Dunkelblau mit weißer Bluse. An den Füßen weiße Söckchen und schwarze Halbschuhe. Die die keinen Rock tragen, haben eine schwarze Cordhose an.

Und dazu dann eine weiße Bluse. Die Jungen haben alle eine schwarze Cordhose an. Dazu hellgraue Hemden. Und alle tragen so ein Abzeichen auf dem Ärmel.

Jeans und T-Shirt trägt hier niemand.

Heute sind hier viel mehr Jugendliche, als damals in diesem Haus mit dem muffigen Teppich, in dieser Nacht, in der ich so gefroren habe.

Skeptisch beobachte ich, wie alle miteinander reden, scherzen und offenbar ihre Schlafplätze in den Zelten einrichten. Sie scheinen sich gut zu kennen.

Ein großer, kräftiger Mann mit Stoppelfrisur und Schnurrbart in Kniebund-Lederhosen kommt auf uns zu.

»Heil dir, ich bin Gunnar« begrüßt er mich lachend mit polternder Stimme und derart festem Händedruck, dass meine Hand schmerzt.

Unwillkürlich versuche ich es ebenfalls mit einem lässig dahin geworfenen »Heil dir«.

Aber vielleicht habe ich es auch nur falsch verstanden, also murmele ich dieses »Heil dir« lieber etwas undeutlich, wirklich verstehen tue ich es eigentlich nicht.

Überhaupt weiß ich noch nicht, was ich von diesem Ort und den Menschen hier halten soll.

Alles ist so fremd, es scheint mir fast unwirklich.

Die Jugendlichen sehen alle anders aus, als ich es aus meiner Schule gewohnt bin.

Ist es die Kleidung, sind es die Haare, die Gesichter oder ist es von allem etwas, ich weiß es nicht.

Fast fürchte ich mich vor dem bevorstehenden Wochenende, vor dem Ungewissen. Befremdet versuche ich etwas von dem zu erspüren, was wohl auf mich zukommen wird. Hauptsache, ich friere nicht wieder so, wie damals beim ersten Mal in diesem Haus.

Diesmal schlafen wir in Zelten.

Aber diesmal behalte ich meinen warmen Schlafsack.

Ich sehe das Lachen von Mama, die mit einer so begeisterten Herzlichkeit mit Gunnar spricht.

Und ich sehe die, wenn auch zurückhaltende Freundlichkeit von Papa, der einen anerkennenden Blick über das große Anwesen schweifen lässt.

Mama und Papa nehmen mich jeder zum Abschied in den Arm. Mama meint scherzend, »mach keine Dummheiten«, und Papa wünscht »viel Spaß«.

Dann steigen beide in das Auto und der Mercedes rollt langsam wieder vom Hof hinunter auf die Straße zurück.

Ich winke dem Wagen hinterher, bis er hinter der nächsten Biegung verschwunden ist.

Ich fühle mich verlassen.

Ich weiß, ich werde für dieses Wochenende hier auf dem Hof bei dieser Gruppe zurückbleiben.

Ich heiße Hannelore, aber alle nennen mich Hanna.

Es ist der Herbst 1972.

Ich bin zwölf Jahre alt.

## 2

Am nächsten Morgen wachte Hanna schon lange vor dem Klingeln des Weckers auf. Der bevorstehende Tag lastete bereits die ganze Nacht auf ihr.

Noch ein bisschen benommen tastete sie den Platz neben sich ab und stellte fest, dass er leer war. Lennart war offenbar schon früh ins Gericht gefahren.

Mit einem leisen Gefühl der Enttäuschung stand sie auf. Es kam nicht mehr so oft vor, dass sie gemeinsam in einem Zimmer schliefen.

Da hätte sie gern mit ihm gefrühstückt.

Bevor Hanna ins Bad ging, öffnete sie ihren Kleiderschrank. Sie suchte die Stapel von T-Shirts durch und zog schließlich ein schwarzes Shirt mit Carmen-Ausschnitt und auffälligem roten Mohnblumenaufdruck hervor. Ein geliebtes Erinnerungsstück. Sie hatte es sich extra während ihres letzten Urlaubs in Griechenland in einem Geschäft bedrucken lassen, weil sie Mohnblumen so gern hatte. Dazu warf sie sich ihre Lieblingsjeans, die entsprechend ausgewaschen war, über den Arm. Sie drehte das Wasser in der Dusche auf, damit es sich erwärmte.

Die Zwischenzeit nutzte Hanna, um sich eingehend im Spiegel zu betrachten.

Akribisch suchte sie nach jedem Fältchen in ihrem Gesicht, das vielleicht über Nacht gekommen war, um dann beinah erstaunt festzustellen, dass sich rein gar nichts verändert hatte.

Hannas Gesicht war immer noch verhältnismäßig glatt, der kleine Pigmentfleck auf der linken Wange leuchtete ebenfalls immer noch weiß und der digitale Wert auf der Waage fiel wie schon seit Jahren immer noch höher als erhofft aus.

Nachdem sie sich geduscht und angezogen hatte, bürstete sie ausgiebig ihre Haare.

Wie oft wurde Hanna schon um ihre dunkelblonde dichte Haarpracht beneidet, die ihr Gesicht wie eine Mähne umrahmte. Meistens bändigte sie sie jedoch mit einer roten Spange.

Hanna ging die Treppe hinunter und setzte sich in die Küche an die Theke. Sie wollte zumindest noch einen Kaffee trinken, bevor sie losfuhr.

Außerdem hörte sie jeden Morgen, bevor sie irgendetwas anderes tat, zuerst die Nachrichten. Sie schaltete das kleine Küchenradio ein und musste feststellen, dass sie sie knapp verpasst hatte. Sie schüttelte kurz den Kopf über ihre Trödelei. Aber Musik war ihr für den Start in den Tag mindestens ebenso recht und so wiegte sie ihren Kopf im Rhythmus von Haddaways »What is love«.

›Baby don't hurt me, don't hurt me, no more‹, sang sie leise vor sich hin.

Lange konnte Lennart nicht weg sein, der Kaffee in der Thermoskanne war noch heiß. Gedankenverloren sah Hanna durch das Küchenfenster in den Garten. Diesen Blick liebte sie.

Von hier aus sah sie über den Rasen und die Hecke hinweg auf das Getreidefeld des benachbarten Bauern. Im Sommer, wenn die Ähren in voller Reife standen, mischte sich in das Gold des Getreides das tiefe Rot von Mohnblumen.

Wie oft hatten Lennart und sie geplant, in die Stadt zu ziehen. Das waren die Momente, in denen beide weg von hier wollten, »raus aus der provinziellen Gartenzwerg-Atmosphäre« wie Lennart ihr Vorstadtleben gern nannte.

Hanna amüsierte dieser Einwand und sie zog ihn damit auf, dass er selbst doch vom Lande komme.

Eben deshalb, entgegnete Lennart dann, er wisse immerhin, wovon er rede. Anders als Hanna, die als Hamburgerin bis zu ihrem Umzug in diese Wohnung nur das Großstadtleben kannte.

Saßen Hanna und Lennart jedoch miteinander auf den Hockern an ihrer Küchentheke und genossen diesen Blick, dann waren das die Momente, die sie zum Bleiben brachten.

Inzwischen sangen 4 non blondes »What's up«.

Hanna blieb noch eine Weile sitzen, um es bis zum Ende anzuhören. Gefiel ihr ein Lied, dann hörte sie es grundsätzlich bis zum Ende an, sei es im Auto, zu Hause oder in einem Lokal. Selbst wenn es bedeutete, einen Termin zu spät zu erreichen.

Um 10 Uhr hatte sie den ersten Mandantentermin. Aber eigentlich diente der ganze Tag nur einem einzigen Zweck, nämlich auf den letzten Mandantentermin zu warten.

Der letzte Termin hieß Natalie Schabbatz, die die Anwältin zuhause besuchen wollte.

Seit Natalie gestern in Hannas Kanzlei aufgetaucht war, hatte sie eine Flut von Gedanken, Bildern und Erinnerungen überrollt, die sie zutiefst aufwühlten.

Es waren Bilder von Menschen, die Hanna vor langer Zeit gekannt, gemocht und später verloren hatte.

Erinnerungen an kalte Nächte ... wärmende Lagerfeuer ... Geländespiele... schwarze Jacken ... Stahlkappenstiefel ... blaue Röcke, weiße Blusen ... still gestanden...rührt euch ... die Augen links ... vorwärts Marsch ... rot-weiße Fahnen mit schwarzen Odal-Runen ... Kampflieder zur Gitarrenbegleitung gesungen ...

Es war, als kehrte ein Teil ihrer Jugend zurück, ganz so, als wollte er sich langsam wieder in ihrem Leben ausbreiten.

Und da war sie wieder, diese große dunkle Welle.

Genau wie gestern schon ... auf dem Nachhauseweg.

Als Hanna gegen 17 Uhr in die Straße einbog, wo die Adresse von Natalie lag, begann es gerade leicht zu nieseln.

Was für eine Tristesse, dachte sie angesichts der grauen Wohnblöcke, deren Putz bereits abblätterte, was sie auch im Nieselregen noch verschwommen wahrnahm. Nie zuvor war Hanna in diesem Viertel, nichts hatte sie bisher je hier zu tun.

Sie hatte einige Mühe, gleichzeitig den schweren Aktenkoffer, ihre Handtasche und zudem noch den Regenschirm zu halten. In gebeugter Haltung, um der kalten Nässe zu entgehen, das Gesicht zu einer Fratze zusammengezogen, erkämpfte sie sich den Weg zur richtigen Hausnummer.

Vor dem Haus Nr.23 stehend, suchte sie auf den verblassten Klingelschildern den Namen Schabbatz.

Kaum hatte sie den Klingelknopf gedrückt, war kräftiges Hundegebell zu hören. Das Summen des Türöffners erklang und Hanna drückte die schwere Haustür auf.

Sie fühlte eine Mischung aus Beklommenheit und Neugier, als sie die vier Treppen in den zweiten Stock hinaufstieg.

Aus den Türen im Treppenhaus kroch der Geruch von gekochtem Essen.

Hanna spürte Armut und Hoffnungslosigkeit.

Als sie endlich Natalies Wohnung erreicht hatte, erwartete sie ein großer, kräftiger Mann in weißem Unterhemd, schwarzer Jogginghose und einem bis zum Rücken reichenden ergrauten dünnen Pferdeschwanz. An seinem mit Drachen und Schlangen tätowierten Arm hielt er ein dickes Lederhalsband, an welchem wiederum eine bedrohlich knurrende Kampfhund-Mischung hing.

»Sperren Sie bitte den Hund weg«, sagte Hanna kurz.

»Wer sagt das?«, murmelte der Pferdeschwanz-Typ undeutlich.

»Ich ... mein Name ist Friedberg ... ihre Tochter, ich nehme doch an, dass es ihre Tochter ist, hat mich gebeten, ihre Verteidigung zu übernehmen.«

»Nein, ist sie nicht.«

»Kann ich vielleicht trotzdem reinkommen?«

Der Pferdeschwanz und sein Kampfhund traten zur Seite und ließen die Anwältin vorbei in die Wohnung.

»Gerade aus, da wo die Musik dröhnt«, erklärte er mit einem Grinsen im Gesicht.

Aus dem Zimmer am Ende des Flures wummerten Hanna dumpfe Rhythmen entgegen. Aggressiv-kreischende Stimmen erfüllten die gesamte Wohnung. Hanna erhaschte einige Wortfetzen, die meisten undeutlich.

»Im Sturm voraus« und »Vorwärts Germanen« meinte sie zu hören.

Zunächst klopfte sie zaghaft, dann pochte sie kräftig gegen die Tür. Die Musik verstummte ruckartig.

»Was willst du?«, rief es von drinnen.

Die Anwältin gab sich zu erkennen und Natalie öffnete die Tür.

Als Hanna in ihrem Zimmer stand, blickte sie sich zunächst einige Sekunden lang um.

Die Stimmen kreischten und wummerten immer noch in ihrem Kopf, obwohl die Musik bereits abgestellt war.

Sie stand in einem kleinen, schmal geschnittenen Zimmer.

Außer einem Kleiderschrank, dessen Tür halboffen stand, einem Schreibtisch, der mit Red Bull Dosen und Chips-Tüten übersät war und einem Regal, auf dem sich jede Menge DVD's stapelten, gab es nur noch das Bett, auf dem Natalie saß.

An der Wand über ihrem Bett hatte sie mit Reißzwecken eine schwarz-weiß-rote Flagge befestigt.

Von der gegenüberliegenden Wand starrte ein martialisch ausgestattetes Phantasiewesen auf jeden Besucher herab, halb Mensch halb Drache, das Maul mit riesigen Zähnen weit aufgerissen.

In der einen Pranke hielt es ein Schwert in die Höhe, in der anderen schwang es eine Peitsche.

»Wer ist der Mann, der mich rein gelassen hat?«, fragte Hanna.

»Roland, der Freund von meiner Mutter … ist'n Arschloch … aber immerhin hat sie sich keinen Kanaken angelacht … naja, wenigstens ist er deutsch …« sagte Natalie in gleichgültigem Tonfall.

Naja, wenigstens das, dachte Hanna voller Ironie und schämte sich im nächsten Moment dafür.

Sie blickte sich nach einer passenden Sitzgelegenheit um, fand jedoch keine und setzte sich kurz entschlossen neben Natalie auf die Bettkante.

»Und wo ist deine Mutter?«

»Sie schläft...sie ist krank«, antwortete Natalie nach kurzem Zögern.

Etwas an ihrem Tonfall und ihrem Blick, der jeden Augenkontakt mit Hanna vermied, ließ sie aufhorchen.

Sie spürte sofort, Natalies Mutter lag sicher nicht mit Grippe im Bett. Hanna vermutete, es steckte eine schwerwiegendere Erkrankung dahinter.

Betroffen sah sie Natalie an.

Wie sie da auf dem Bett mit dem Rücken an die Wand gelehnt, die Beine fest angezogen, kauerte, wirkte sie beinah zerbrechlich.

Was ihrer Mutter fehle, fragte Hanna sie vorsichtig.

»Weiß nicht, sie liegt halt oft im Bett … hat irgendwie immer Kopfschmerzen … ist ja auch ein Scheißleben für sie«, sagte sie kurz.

Seit Natalies Vater die Familie vor fünf Jahren nach zahllosen Wort,- und Gewalteskapaden verlassen hatte, war ihre Mutter in tiefe Verzweiflung gestürzt.

Nicht, dass sie der Ehe mit ihrem Mann je nachgetrauert hätte. Aber die Trennung hatte die kleine Familie in extreme Geldsorgen gestürzt.

Natalies Vater hatte immerhin zeitweise einen Job, während Mutter und Tochter nun vollständig von der Stütze lebten. Also versuchte sie ihre Lage erträglicher zu gestalten, mit Hilfe von Alkohol und ihrer neuen Liebe.

»Findet deine Mutter denn keine Arbeit?«

»Nee, guck dich doch um, überall machen sich die Kanaken breit und nehmen uns die Jobs weg« entgegnete Natalie.

»Ach ja, und da haben sich du und deine Freunde gedacht, ihr zeigt es denen mal richtig und schlagt kurzerhand ein paar von denen krankenhausreif …« entfuhr es Hanna.

Schon im nächsten Moment bereute sie ihre voreilige Bemerkung.

»Jupp«, erwiderte Natalie indes.

Hanna stutze kurz und fragte, was genau denn nun Natalie eigentlich von ihr erwartete.

»Dass du mich verteidigst … ich dachte, du müsstest unsere Gedanken doch verstehen.«

Hanna fühlte, wie vom Hals ab eine Hitzewelle an ihrem Gesicht emporkroch.

Was soll das denn jetzt … wieso … was sollte ich da verstehen … Frechheit …

Nervös löste sie die Spange aus ihrem Haar und drehte sich ihren Zopf neu auf. Nachdem sie ihre Frisur wieder mit der Spange befestigt hatte, erhob sie sich von der Bettkante und ging mit raschem Schritt zur Tür. Bevor sie die Klinke drückte, drehte sie sich noch einmal zu Natalie um.

»Nein, das tue ich nicht. Ich verstehe eure Gedanken ganz und gar nicht. Aber ich werde es mir überlegen, das mit der Verteidigung«, sagte sie schließlich im Hinausgehen.

Nachdem Hanna das Zimmer verlassen hatte, verharrte Natalie noch einige Zeit regungslos auf ihrem Bett. In ihren Augen sammelten sich Tränen, die sie sich mit einer kurzen Geste aus dem Gesicht wischte, sobald sie die Wange herunterliefen. Ihr Atem ging schnell und aufgeregt. Schließlich, als hätte sie eine spontane Entscheidung getroffen, schwang sie sich aus dem Bett, trat an ihren CD-Player heran und schaltete die Musik wieder ein.

Die Stimmen schrien weiter, begleitet von dumpfen Bässen ihre hasserfüllten Texte heraus. Nur schienen sie jetzt noch etwas lauter als vorher.

Natalie trat an ihren Schreibtisch, öffnete eine Schublade und entnahm Schreibblock und Stift.

Nach dieser Begegnung brauchte sie nur noch Mannes Nähe. Und wenn sie ihn schon nicht fühlen, sehen oder sprechen konnte, dann wollte sie ihm wenigstens schreiben.


»Lieber Manne,

hey, alles klar bei dir? Ich glaub, du bist schon heftig lange im Knast. So eine Scheiße, dass sie dich nicht mehr raus gelassen haben. Die Wichser, konnte doch echt keiner wissen. Und gerade jetzt, wo ich so unbedingt mit dir labern will. Ist echt wichtig. Alles fuckt mich total ab. Ich könnte richtig ausrasten. Hab mich schon zweimal mit der einen Anwältin getroffen. Weißt schon, die von der wir dachten, dass sie mich aus dieser ganzen Scheiße rausholen kann. Ich glaube aber, die hat eh kein Plan. Sie fragt mich so behinderte Sachen. Warum wir die Nigger weg geklatscht haben, was die von uns wollten, dies das. Kennst ja die scheiß Fragen und so. Die Alte hat überhaupt kein Plan, was in unserm Kopf abgeht.

Wieso eigentlich nicht? Check ich nicht.

Aber egal, ich scheiß drauf. Geht doch ums Ganze und nicht um den einzelnen. Das ist doch richtig oder, du glaubst doch auch noch daran, oder? Manne, wenn ich von dir doch nur eine Antwort kriegen würde.

Mir geht's beschissen, ich hab Angst vor der Scheißverhandlung und so. Was dann alles auf uns zukommt und so. Hier zuhause fuckt mich auch alles ab. Roland, der Bastard. Denkt auch wer er ist. Ich dachte schon, er wollte mir eine geben. Hat er aber nicht. Alter, er hat so Glück, dass ich gegen diesen Wichser nichts machen kann. Aber du glaubst nicht, wie dieser Hurensohn geschrien hat. Ob wir eigentlich noch ganz dicht sind und so. Haben bestimmt alle gedacht, wir habn nen Schaden. Mama hat wie immer die Fresse gehalten. Hat sich zu gesoffen und ist die nächsten drei Tage nicht aus ihrem Schlafzimmer raus gekommen. Manne, glaub mir, ich vermiss dich richtig hart!

Kuss, deine Natalie«

## Hanna

»Die Augen gerade aus... rührt euch«, schreit Gunnar mit seiner polternden Stimme.

Die Reihe der Jugendlichen stellt einen Fuß nach vorn, alle scheinen sich jetzt etwas bequemer einzurichten.

Ich schaue auf die Füße der anderen und versuche es ihnen gleich zu tun, indem ich ebenfalls schnell einen Fuß nach vorn schiebe.

Ich merke, dass es der falsche ist und wechsele auf den anderen Fuß.

Verstehen tue ich im Moment eigentlich immer noch nichts. Obwohl ich ja schon einmal hier war.

Da war es genauso, da habe ich mir genau die gleichen Fragen gestellt.

Warum stehen wir auf diesem Hof, vor der Fahne, warum spricht Gunnar so streng mit uns, warum müssen wir immer militärische Kommandos befolgen?

Dabei habe ich mich so gefreut, wieder einmal für ein Wochenende von zu Hause raus zu kommen, einige Tage ohne Angst vor Streit, Langeweile und drohendem Ärger verbringen zu können.

Meine Schwester Ragnhild verachtet mich dafür, das weiß ich nur zu gut.

»Geh nicht dahin, die wollen, das alles so wie früher ist«, hat sie mir noch vor einigen Tagen gesagt.

Aber jetzt bin ich hier. Zum zweiten Mal, nein eigentlich zum dritten Mal, wenn ich das eine Mal in diesem muffigen Haus mitzähle.

Mama hat mich vor einigen Monaten gefragt, ob ich in eine Jugendgruppe gehen will.

Wir würden in Zeltlager fahren und tanzen und singen. Und sie hat
mir einen Artikel aus einem Heft gezeigt. Darin wurden die Bilder von
Jugendlichen gezeigt. Die einen haben lange Haare, sie trinken, rauchen, nehmen Drogen, haben keine Ziele und verbringen ihre Freizeit
desillusioniert, mit freudlosem Gesichtsausduck in irgendwelchen Dis-
kotheken. So jedenfalls stand es in dem Artikel. Die anderen dagegen
würden mit offenen, fröhlich lachenden Gesichtern in eine hoffnungs-
volle Zukunft blicken.

Wenn ich lieber zu denen gehören möchte, könnte ich solche wunderbaren jungen Menschen in dieser Gruppe finden, hat Mama gesagt. Da
habe ich eben »ja« gesagt. Mir gefiel der Gedanke, andere Jugendliche
kennenzulernen, nettere vielleicht als in der Schule.

Ich weiß auch nicht, was Ragnhild mit «früher» meint.

Ich weiß nicht, wie es früher war. Aber ich traue mich nicht, Ragnhild danach zu fragen. Ich habe Angst, dass meine Schwester mich für
dumm hält und auslacht.

Und ich spüre, dass es hier um etwas Großes, um etwas Wichtiges
geht, von dem ich keine Ahnung habe.

Also frage ich lieber nicht.


»Gregor, vortreten«, sagt Gunnar jetzt.

Der Junge ist etwas älter als ich, er trägt Parker und Jeans.

Er tritt verlegen grinsend vor.

»Du gehörst jetzt zur heimattreuen Sturmjugend. Du bist einer von
uns. Und wir sind keine Langhaaraffen«, sagt Gunnar zu ihm.

Gregor trägt seine blonden Haare ein wenig länger als die übrigen
Jungen in der Gruppe.

Mir gefällt er, sein Haarschnitt ist nicht so streng gescheitelt wie bei den
anderen. Aber jetzt sollen die schönen Locken abgeschnitten werden.

Alle Kameraden stehen unter der eben hochgezogenen Fahne. Wir warten gespannt, wie Gregor sich wohl entscheiden wird.

Gregor hat die Wahl – Haare schneiden oder nach Hause fahren. Fast unbeweglich steht er da, den Blick gesenkt.

In der nächsten Sekunde scharrt er mit der Stiefelspitze im Sand. Er scheint irgendwelche Kreise zu ziehen.

Seinen Blick hält er weiterhin gesenkt.

Wir anderen wagen kaum zu atmen, niemand sagt etwas, die Spannung ist zum Greifen.

Auch ich kann nur noch wie elektrisiert auf diesen Jungen starren und warten, wie er sich wohl entscheiden wird.

Gregor entscheidet sich fürs Haare schneiden.

Vermutlich würden es seine Eltern so wollen.

Also verschwindet er mit Gunnar in dem Bauernhaus, um eine halbe Stunde später wieder zu erscheinen – mit kurz geschnittenen Haaren, exakt über den Ohren gestutzt und ohne hinten noch den Kragen zu berühren.

Ich stelle mir vor, was seine Schulfreunde am nächsten Tag sagen werden, wenn er so in die Schule kommt.

Ob es ihm möglicherweise schon jetzt davor graut? Ob sie lachen, ihn verhöhnen oder gar beleidigen werden?

Ich kenne das so gut.

Ich weiß, wie es ist, anders als alle auszusehen.

# 3

Hanna und Natalie trafen sich am darauf folgenden Nachmittag im Cafe. Natalie hatte es der Anwältin noch am Telefon deutlich zu verstehen gegeben. Keinesfalls sollte sie sie wieder bei ihr zu Hause besuchen.

Hanna respektierte ihren Wunsch, bestand aber im Gegenzug auf mehr Offenheit.

Mit gelangweilter Miene saß das Mädchen ihr gegenüber und rührte in ihrer Latte Macchiato.

Hanna hatte einen grünen Tee bestellt, den sie zwei bis drei Minuten ziehen ließ, bevor sie dann sorgsam den Beutel ausdrückte.

Das Cafe war zu dieser Zeit nicht sehr gut besucht, nur wenige Tische waren besetzt. Die beiden Frauen wählten einen in der hintersten Ecke und waren also weitgehend ungestört. Fasziniert starrte Hanna auf das kleine weiße Häkeldeckchen, das den runden Bistrotisch knapp bedeckte.

Wie aus einer anderen Zeit ... scheint alles irgendwo stehen geblieben ...

»Geht es Deiner Mutter wieder besser?«, fragte sie dann, nur um überhaupt das Gespräch zu beginnen.

»Nein, ihr geht's nie wirklich besser, nur manchmal vielleicht weniger schlecht«, murmelte Natalie tonlos.

»Und was ist mit ihrem Freund? Wieso bezeichnest du ihn als Arschloch?«

»Hey, was geht dich das eigentlich alles an?«, entfuhr es Natalie. Dann starrte sie wieder vor sich auf den Tisch, mit ihrem mürrischen Gesicht, welches Hanna an sich selbst erinnerte und rührte weiter gelangweilt im Latte Macchiato Glas.

Spinnt die jetzt...ist doch wohl das Letzte … wieso gebe ich mich hier überhaupt mit ihr ab … hab Besseres zu tun, als mich von der zum Narren halten zu lassen …

Am liebsten wäre Hanna sofort aufgestanden und hätte das Mädchen hier sitzen gelassen.

Aber irgendetwas in Natalies mürrischen Blick hielt sie zurück.

Sie bemühte sich um Fassung.

»Ich sag dir jetzt mal was. Du bist hier diejenige, die was von mir will. Du hast dich in Schwierigkeiten gebracht und willst jetzt von mir, dass ich dich daraus hole. Aber soll ich dir was sagen, ich habe überhaupt keine Lust dazu. Wenn ich es mir also anders überlege und deine Verteidigung tatsächlich übernehmen sollte, dann musst du schon mitziehen. Entweder du zeigst dich jetzt kooperativ und beantwortest höflich meine Fragen oder ich verlasse auf der Stelle das Cafe und lehne jeden weiteren Kontakt mit dir ab. Ist das klar?«

Natalie war inzwischen hochrot angelaufen und schaute Hanna verdutzt an.

Deren Worte hatten sie offenbar getroffen, denn sie willigte prompt ein, die Fragen zu beantworten.

»Also, wo und wie hast du deine Freunde kennengelernt?«

Sie verdrehte kurz die Augen, schilderte dann aber den Beginn ihrer Begegnung.

So genau war dieser Beginn indes gar nicht mehr festzumachen. Sie kannten sich bereits, seit sie Kinder waren. Alle vier stammten aus dem gleichen Viertel. Erst spielten sie im gleichen Sandkasten. Später, als Jugendliche hingen sie an den gleichen Orten rum.

Die Sommerabende verbrachten sie gemeinsam auf dem Dach des Müllhäuschens, ausgestattet mit Kästen von Cola, Bier und Red Bull.

Im Winter hockten sie dann miteinander im Fahrradkeller auf dem kalten Steinboden.

Vielmehr hatte das Viertel ihnen nicht bieten können. Mehr ließ das Ambiente der grauen Wohnblöcke nicht zu.

Manne, der älteste von ihnen, hatte schon damals das Sagen. Er wusste, warum sie einen schlechten Start hatten, warum sie vermutlich niemals einen Job bekommen würden und wer ihnen helfen könnte, aus ihrer Lage rauszukommen.

Ronny und Tom hingen an seinen Lippen, wann immer Manne den Mund aufmachte.

Natalie, die jüngste im Quartett verliebte sich in ihn und erlebte einige Monate lang ihre glücklichsten Momente in seinen Armen.

Sie trafen sich meistens bei ihm zuhause.

Viele Stunden verbrachten sie miteinander in seinem Zimmer. Sie redeten und schliefen miteinander.

Manne war für Natalie der erste Mann. Er war ihr Held, mit seinen Begründungen für ihre schlechte Lage und den ständigen Beteuerungen, eines Tages etwas dagegen zu unternehmen. Und so träumte Natalie bereits von einer gemeinsamen Zukunft, mit Job, Haus und Kindern.

»Wir waren alle vier so dicke miteinander und wir hielten immer zusammen wie Pech und Schwefel«, schwärmte sie noch jetzt mit glänzenden Augen.

»Und Manne? Bist du noch mit ihm zusammen?«

Natalies Gesicht verdunkelte sich.

»Naja, er hatte dann immer viel zu tun, auf Versammlungen gehen und so, eben für die Sache kämpfen. Da konnte er sich nicht nur an mich binden. Aber er liebt mich, da bin ich sicher«, meinte sie immer leiser werdend.

»Für welche Sache genau hat er gekämpft?«

»Na, dass die Ausländer verschwinden und so.«

»Wer redet euch das ein? Dass die Ausländer schuld sind an euren Lebensumständen und wer weiß was sonst noch?«

»Wieso einreden …, das stimmt doch …, das weiß doch jeder«, meinte Natalie verlegen auf ihrem Stuhl hin und her rutschend.

»Ok, kommen wir auf Jerome und Noah zu sprechen. Was haben die beiden euch getan? Jerome ist 16, Noah 14 Jahre, also beide noch jünger als ihr. Was genau also haben sie deiner Meinung nach mit eurer Lage zu tun?« Schweigend kaute sie auf ihrer Unterlippe herum. »Wirst du mir nun helfen oder nicht?«, fragte sie schließlich ungeduldig.

»Wenn ich dir helfen soll, muss ich es zumindest in Ansätzen verstehen können.«


»Aber wieso kannst du es denn nicht verstehen? Du warst doch auch mal eine von uns«, sagte Natalie mit einem zaghaften Lächeln.

Hanna spürte wieder diese unangenehme Hitze in sich aufsteigen.

Fast hatte sie das Gefühl, jeder im Umkreis könnte ihre glühenden Wangen sehen.

»Wie kommst du dazu, so etwas zu behaupten? Ich war ganz sicher niemals eine von euch«, entfuhr es ihr.

Natalie blickte mit gerunzelter Stirn vor sich auf den Tisch.

Zwischen den beiden entstand ein angespanntes Schweigen.

Plötzlich hielt Hanna es nicht mehr aus.

Eine Welle von Übelkeit überkam sie mit einer Heftigkeit, dass sie nur noch raus wollte. Raus aus diesem Cafe, das ihr mit seinem Wiener-Kaffeehaus-Flair mit einem Mal muffig und beklemmend erschien und raus aus dieser Situation, die sich vor ihrem inneren Auge wie ein schwarzer Abgrund darstellte.

»Entschuldige mich bitte«, sagte sie kurz, legte dann das abgezählte Geld für die Rechnung auf den Tisch und verließ rasch das Lokal.

Für den Moment konnte Hanna nicht anders.

Dieser eine Satz von Natalie, dieses »du warst doch auch mal eine von uns« berührte sie in einer Weise, dass ihr nur noch die Flucht als passender Ausweg schien. Es war, als wäre die große, dunkle Welle ein bedrohliches Stück näher gekommen.

Draußen atmete Hanna erst einmal tief durch.

Die Tage wurden bereits kürzer, aber es war immer noch angenehm warm. Sie nahm den Weg in den angrenzenden Park und setzte sich auf eine Bank.

Direkt vor ihr war ein kleiner See, auf dem einige Enten schwammen. Das Laub an den Bäumen färbte sich schon leicht und sie genoss einen Moment lang die ruhige Vorabendstimmung.

Eine alte Frau kam mit ihrem Rollator vorbei und Hanna dachte unwillkürlich an ihre Mutter.

Sie dachte daran, dass sie bald Geburtstag gehabt hätte. Sie wäre dann mit Lennart nach Hamburg gefahren. Sie hätten ihre Mutter schlafen lassen und erst zum Frühstück geweckt.

Sie hätte dann wie ein Kind strahlend vor Freude vor ihrem Geburtstagstisch gestanden. Hanna hätte ihr ein Ständchen auf der Geige gespielt. Später hätte ihre Mutter die unglaublich vielen Telefonate angenommen und dann hätten alle zusammen einen Ausflug ins Grüne unternommen. Wie sehr sie sich über die einfachsten Dinge freuen konnte.

Dann kam Hanna Ostern in den Sinn. Sie musste unwillkürlich lächeln.

Wir waren bereits lange erwachsen … trotzdem hatte sie immer darauf bestanden, dass sie am Vorabend in der Küche die Eier färbte und eine bunte Wiese aus Götterspeise zubereitete … niemand durfte vorher rein und das sehen … am Nachmittag haben wir dann alle im Garten unsere Osternester gesucht …

Wie gern erinnerte Hanna sich auch an die Abende zuhause, wenn die ganze Familie zusammen Ohnsorg-Theater angeschaut hat. Da kam feierlich die gute Trumpf-Schokolade auf den Tisch, die später, als Ragnhild und Hanna älter waren, gegen Mon Cherie eingetauscht wurde.

Wie haben wir dann alle über Heidi Kabel und Henry Vahl gelacht … wie fröhlich wir miteinander sein konnten … wärs doch nur immer so gewesen …

Seit dem Tod ihrer Mutter, waren es vor allem die schönen Seiten des Familienlebens, an die Hanna oft denken musste.

Vor allem denke ich an die schöne Seite von Mamas Seelenhälfte zurück … die am Ende allein übrig geblieben war … als hätte es die dunkle Seite nie gegebe … ist das wirklich so … in seinen letzten Tagen, Wochen wird der Mensch so sanft … freundlich … voller Demut …

Drei Wochen waren inzwischen vergangen, seit sie fort gegangen war. Wieder überkam Hanna der Schmerz des Verlustes.

Die Trauer ist doch ein hinterhältiger Feind … sie überfällt einen von einem Moment auf den anderen … an irgendeiner Ecke, hinter irgendeinem Blick, einem Geräusch, hinter jedem Geruch kann sie sich verbergen …

Hanna wollte nur noch, dass es aufhörte weh zu tun.

Das Klingeln ihres Handys riss sie abrupt aus ihren Gedanken. Es war Lennart. Wo sie bleibe, wollte er wissen. Machte er sich etwa Sorgen? Hanna kannte das kaum noch von ihm. Wie oft hatte sie sie sich schon erhofft, diese Sorge, diese Bitte bald nach Hause zu kommen, dieses leise Versprechen, sie in den Arm zu nehmen und nach den Ereignissen ihres Tages zu fragen. All das hatte sich Hanna in den vergangenen Monaten oder gar Jahren immer wieder gewünscht, während es immer seltener kam.

Während sie darauf wartete, brütete Lennart meist ohne das Gespräch zu suchen in seinem Zimmer am Laptop über die Fälle des kommenden Tages. Manchmal packte er auch seinen Gitarrenkoffer, weil er einen Gig in irgendeiner Kneipe hatte, oder er ging zum Sport ins Fitnesscenter um die Ecke.

Kaum noch schien er sich dafür zu interessieren, wo Hanna blieb oder wann sie kam.

Und sie nahm es hin, ohne Gründe von ihm zu fordern. Versuchte sie jedoch, sich mögliche Gründe vorzustellen, war es ähnlich wie bei ihrer Begegnung mit Natalie. Da fühlte sie die die gleiche dunkle, große Welle.

Also schob sie ihre Gedanken beiseite und redete sich ein, dass es die Arbeit sei, die sie daran hinderte, gegen ihre zunehmend größer werdende Distanz anzugehen.

Irgendwann würde sie es tun, irgendwann würde sie zu ihm gehen und ihm alles sagen, was sie fühlte, dessen war sich Hanna absolut sicher.

Und jetzt fragte er plötzlich, wann sie käme.

## *Lennart*

Hi Nina, schön dich zu sehen. Es tut so gut, mit dirww zu reden.

Was magst du trinken? Ich hoffe nur, dass ich dich nicht langweile. Aber du bist eine Frau und irgendwie glaube ich, du kannst mir allein schon aus der Frauenperspektive weiter helfen. Und vielleicht kann ich mich ja mal bei dir revanchieren. Dann sitz ich vielleicht neben dir und du erzählst mir von deinen Problemen.

Ich weiß nicht, wann es angefangen hat.

Wann ich das Gefühl zum ersten Mal hatte. Dieses Gefühl, dass sie mir etwas verschweigt.

Ein trauriges, ein einsames Gefühl.

Dabei hatte ich doch immer gedacht, dass es gut zwischen uns läuft. Und dass wir uns vertrauen. Ich vertraute ihr jedenfalls. Naja, sie hatte es irgendwie schwer, damals als wir uns kennenlernten. Ihre Mutter war sehr streng. Anfangs durften wir uns nur heimlich treffen. Ihre Mutter war der Meinung, Hanna sollte erst die Ausbildung fertig machen. Ich fand das komisch und nervig, eben altmodisch. Vor allem kannte ich so etwas von zu Hause nun gar nicht.

Bei uns war Freiheit angesagt, auf der ganzen Linie.

Aber später war doch alles ok. Wir hatten eine tolle Zeit, Hanna und ich. Naja, dass wir keine Kinder haben konnten, war schon schwer für mich. Ich mag Kinder einfach, weißt du…und bei Hanna ging das nicht. Naja, irgendwie hat sie sicher auch darunter gelitten.

Trotzdem hatten wir eine tolle Zeit. Wir haben so vieles zusammen gemacht und auch durch gemacht. Kennst du diesen alten Schlager? Von Katja Ebstein? Wo sie singt, dieser Mann ist ein Mann und er ist mein Mann.

Und wir haben geweint und wir haben gelacht und so weiter und so weiter. Alter Hit aus den 70ern. Dieser Schlager hat mich immer an uns erinnert. Natürlich war ich nicht so toll, wie der Typ im Lied. Brauchst gar nicht so zu grinsen. Aber dieses Ding, dass wir so vieles miteinander teilten, eben gemeinsam weinten und lachten und uns allen Widrigkeiten des Lebens entgegenstellten. Genauso war es immer bei Hanna und mir.

Bis dann dieses Gefühl auftauchte.

Nein, plötzlich war es nicht.

Man wacht ja nicht eines Morgens auf und hat ein Gefühl.

Es kommt vielmehr wie ein schleichender Dämon. Man fühlt, spürt, vermutet, hinterfragt. Aber nie weiß man. Zum Verrückt werden ist das. Und lange bevor am Ende sich alle Gefühle in Misstrauen dem anderen gegenüber verwandeln, beginnt man seinen eigenen Wahrnehmungen zu misstrauen.

Das ist wohl die schlimmste Zeit.

Die habe ich schon hinter mir. Es fällt mir schwer, das zu sagen, aber nicht meinen Wahrnehmungen, sondern Hanna misstraue ich. Ich weiß es. Irgendetwas aus ihrem Leben verschweigt sie mir. Und das zu wissen tut sehr weh. Stell dir das vor, meine Partnerin hat ein Geheimnis und ich habe keine Idee, wie ich sie dazu bringen könnte, mit mir zu reden. Also machen wir irgendwie weiter, Hanna und ich. Nur weniger miteinander, als nebeneinander. Ich mache jetzt meistens mein eigenes Ding. Meine Musik und so. Arbeit haben wir natürlich alle beide jede Menge.

Und jetzt habe ich dich kennengelernt. Du bist so offen. Das gefällt mir so an dir. In diesem Punkt sind wir uns wohl ziemlich ähnlich.

Bist jedenfalls für mich eine richtig gute Freundin geworden.

Als du zum ersten Mal bei meinem Konzert aufgetaucht bist, habe ich sofort diese Wellenlänge zwischen uns gespürt. Allerdings wird mir durch dich wieder klar, was ich mal mit Hanna hatte, welche Gespräche wir führten, was wir alles miteinander unternommen haben.

Wie schön es immer mit ihr im Bett war. Ist inzwischen leider selten geworden. Sorry, ist mir so raus gerutscht. Darüber sollte ich nun wirklich nicht sprechen.

Ich weiß, du bist da ganz anders, du hast mit solchen Offenbarungen kein Problem. Trägst dein Herz auf der Zunge. Aber selbst bei der größten Offenheit habe ich mich noch nicht daran gewöhnt über Intimitäten mit Hanna zu sprechen. Ist aber eigentlich gar nicht so schwer. Vielleicht gewöhne ich mich ja doch noch daran.

Warum Hanna und ich nie geheiratet haben?

Schwierige Frage … naja, ich sag's mal so … es lag an mir. Ich wollte mich nicht endgültig einfangen lassen. Ich denke, Liebe sollte nicht in ein amtliches Korsett gepresst werden. Besser ist doch, man bleibt in absoluter Freiheit miteinander verbunden.

Du hältst das für snobistischen Blödsinn? Hey, du willst doch selbst nicht heiraten. Ok, aus anderen Gründen, ich weiß.

Jetzt muss ich aber gehen. Hanna kommt gleich nach Hause. Ich werde etwas kochen.

# Hanna

Der Wecker klingelt. Ich wache auf.

Es ist Montag. Heute ist herrliches Wetter.

Ich sehe vom Bett aus, dass die Sonne bereits ihre hellen Strahlen durch das Fenster schickt. Ich freue mich aber nicht darüber, ich bin vielmehr unglücklich.

Denn dieses ist wieder ein Tag, an dem ich mich fürchte, in die Schule zu gehen.

Schon das Betreten des Schulgeländes wird für mich zum Spießrutenlauf werden.

Ich werde das braun-weiß gemusterte Perlon-Kleid aus den 60ern tragen müssen, dazu weiße Söckchen und rote, spitze Halbschuhe. Es sind die Sachen, die schon die Tochter einer Freundin von Mama getragen hat.

Für Mama sind das Kleid und die Schuhe immer noch in Ordnung.

»Die Sachen sind noch tadellos«, sagt sie, wenn ich sie nicht anziehen will. Ich weiß, dass Mama und Papa das Haus abbezahlen und daher nicht viel Geld haben.

Da habe ich eben das Pech, dass die Sachen dieser Tochter mir jetzt in den 70ern passen.

Alle tragen Jeans, Boots und T-Shirts. Ich trage ein braun-weißes Perlonkleid mit Rüschenborte, weiße Söckchen und rote Halbschuhe.

»Du musst gegen den Strom schwimmen«, sagt Mama außerdem immer. Seit ich in das Jugendalter gekommen bin, höre ich diese Worte.

Ahnt Mama, wie sehr dieses Motto für mich tagtäglich zur Last wird?

Und warum sagt sie es nur mir und niemals Ragnhild?

Warum muss die denn nicht gegen den Strom schwimmen?

Ragnhild scheint gern in die Schule zu gehen. Sie hat Poster von Barry Ryan und den Lords in ihrem Zimmer hängen, sie geht zum Reiten und in die Tanzstunde.

Ich aber schwimme gegen den Strom, widersetze mich dem Zeitgeist, nicht weil ich es will, sondern weil ich es muss. Dabei finde ich es so ungerecht gegenüber Ragnhild.

Kommt es außerdem nicht auch darauf an, auf welche Weise man sich dem Zeitgeist widersetzt? Ich fühle, dass es nicht meine Weise ist.

Wie gern würde ich meine langen Haare offen über die Schulter fallen lassen, auch mal eine Blue Jeans mit Boots tragen und vielleicht ein modernes T-Shirt dazu.

Aber für Mama kommen lange offene Haare und diese Ami-Hosen, wie sie immer sagt, nicht in Frage.

Und mir bleibt nichts anderes übrig, als es so hinzunehmen.

Denn jedes Aufbegehren hat einen heftigen Streit zur Folge.

Dann schreit und beschimpft mich Mama und sagt kränkende Sachen wegen meiner Schulleistungen.

Und am Ende gehe ich schließlich doch zur Schule, mit hängenden Schultern, gesenktem Blick und dem braun-weißen Perlon-Kleid.

Kaum habe ich das Fahrrad angekettet und mich mit meiner Aktentasche auf den Schulhof begeben, sehe ich die belustigten Blicke der anderen Schüler.

Ich bin es längst gewohnt, daran gewöhnen werde ich mich nie.

Ich betrete das Klassenzimmer und schon werde ich begrüßt, wie ich jeden Morgen begrüßt werde.

»Hey, da ist ja unser hässliches Entlein. Sie sieht ja heute wieder besonders schick aus«, grölt es mir von einigen Jungen entgegen.

Die anderen, auch die Mädchen, grinsen beifällig.

In Schutz nimmt mich niemand.

Ich sage nichts und setze mich auf meinen Platz in der letzten Reihe. Ich werde meinen Kopf kaum noch heben, auf die Tischplatte starren und mir wünschen unsichtbar zu sein.

Dabei habe ich gestern noch so gelacht. Gestern noch, da war alles schön. Da war ich im Lager mit all den anderen. Da hab ich vor dem Zelt Gitarre gespielt, wir haben gesungen, abends ein Lagerfeuer gemacht und ich hab Volkstänze gelernt.

Gestern war ich noch so glücklich, denn gestern war ich die fröhliche, die beliebte Hanna. Da musste ich nicht gegen den Strom schwimmen, da wurde ich nicht gehänselt, da war ich nicht das hässliche Entlein.

Während vorne der Unterricht abläuft, sitze ich hinten an meinem Tisch und bekomme nichts von dem mit, was der Lehrer erzählt.

Meine Gedanken sind woanders.

Ich zähle die Wochen, wann die Zeit, die mir so grau erscheint, endlich vorbei ist und ich wieder ins Lager fahren darf. Aber bis dahin heißt es durchhalten, mich beschimpfen und demütigen lassen und gegen den Strom schwimmen.

# 4

Die nächsten Tage dachte Hanna intensiv über Natalie und ihre Freunde nach.

Noch immer konnte sie keine Entscheidung darüber treffen, ob sie die Verteidigung des Mädchens übernehmen sollte.

Offenbar wusste sie Dinge, die sie gern bei sich allein gewusst hätte. Nur woher war ihr ein Rätsel.

Von wem hatte Natalie ihre Kanzleiadrwesse. Wer war der geheimnisvolle Geldgeber, wer würde ihr Mandat bezahlen?

Allerdings wollte Hanna sich keineswegs ein Mandat aufzwingen lassen, welches sie im Innern ihres Herzens ablehnte. Immerzu musste sie an diese Jungen denken. Daran, wie sie vermutlich nichts Schlimmes ahnend, an diesem Mittag in den Bus gestiegen waren und später auf dem harten Bürgersteig liegend so grausam verprügelt wurden, dass beide jetzt statt zu Hause bei ihrer Familie zu sein in irgendeinem Krankenzimmer um die Überwindung von Schmerz und Angst kämpften.

Und kämpfte nicht der eine sogar ums Überleben?

Wie soll das gehen … mit diesen Bildern im Kopf … werd ich einfach nicht los … waren wieder grauenhafte Nächte … wie sollte ich die da verteidigen können … ich wünschte, sie würde einfach wieder verschwinden …

Allerdings war Natalie eines bereits jetzt gelungen. Sie hatte in Hanna Erinnerungen hervorgeholt, die ihr nicht mehr aus dem Kopf gingen.

Sie sah sich im flackernden Schein des Lagerfeuers auf einem Baumstamm sitzen.

Seite an Seite mit Viktor.

Sie spielte auf ihrer Gitarre und sie sangen gemeinsam mit allen Kameraden ein Lied nach dem anderen.

Zwischendurch lächelten sie sich verliebt von der Seite an.

Das Bild war plötzlich wieder so gegenwärtig, dass Hanna die Hitze des Feuers in ihrem Gesicht zu spüren schien, während von hinten die nächtliche Herbstkälte an ihrem Rücken hochkroch.

Dann sah sie sich mit einem Kleinkalibergewehr im Anschlag auf einem Stein sitzen und auf den aus Pappe gebastelten Hirsch zielen. Sie drückte ab und irgendjemand rief »Bravo, ein echter Blattschuss«. Wie strahlte sie da voller Stolz über diesen Schuss, der den Hirsch prompt erlegt hätte.

Und sie sah sich einige Zeit später gemeinsam mit den Kameraden im Gleichschritt durch diesen kleinen Ort in der Eifel mit den bunten Fachwerkhäusern marschieren. Alle sangen dabei im Rhythmus ihrer Schritte »Auf der Heide steht ein kleines Blümelein und das heißt Erika«.

Zwo, drei, vier. Laut hatten die Stiefel auf dem Asphalt geklackt und selbst jetzt noch zählte Hanna in ihren Gedanken mit. Wie stark sie sich gefühlt hatte, im Schulterschluss mit den Kameraden. Gleichzeitig hatte sie damals den Kopf vor den Blicken der Passanten gesenkt gehalten, weil sie sich heimlich schämte dabei zu sein.

Mit diesen Bildern der Erinnerung wurde es für Hanna noch schwieriger zu entscheiden, ob sie Natalies Verteidigung übernehmen oder besser jede weitere Konfrontation mit dem Fall vermeiden sollte.

Für heute und die kommenden Tage konnte sie die Entscheidung jedoch auf Eis legen. Es galt für sie andere, vermutlich nicht weniger schwierige Dinge zu regeln.

Die nächsten drei Tage gehörten Hanna und den Erinnerungen an ihre Eltern.

Zusammen mit Ragnhild musste sie den Haushalt der Eltern auflösen.

Gemeinsam hatten sich die beiden Schwestern daher einige Tage frei genommen.

Hanna flog nach Hamburg. Lennart begleitete sie.

Er hatte dort einen alten Freund, den er endlich mal wieder besuchen wollte. Zusammen hatten sie sich ein Hotelzimmer in der Nähe von Hannas Elternhauses genommen.

Heute ging Hanna allerdings allein in das Haus, denn ihre Schwester war auf einer Tagung in Frankfurt.

Erst morgen Nachmittag wollte sie zurückkommen.

Mit Wehmut im Herzen blieb Hanna einige Sekunden vor dem Haus stehen. Fast schien es, als würde jemand die Gardine am Küchenfenster bei Seite schieben, um nachzusehen ob sie schon angekommen war.

Sie öffnete die kleine Gartenpforte und schritt durch den Vorgarten auf den Eingang zu.

Die letzten Rosen blühten in einer Pracht, als würden sie noch immer liebevoll von ihrer Mutter gehegt.

Als Hanna die Haustür aufgeschlossen und die Diele betreten hatte, durchströmte sie der vertraute Geruch des nach Hause Kommens mit einer solchen Macht, dass ihr unwillkürlich die Tränen in den Augen standen.

Langsam, geradezu andächtig ging sie von Zimmer zu Zimmer. Links war die Küche, aus deren Fenster ganz sicher niemand hinausgeschaut und auf Hannas Kommen gewartet hatte. Rechts lag das einstige Arbeitszimmer ihres Vaters.

Auf seinem Schreibtisch lag noch immer die Notiz von der Ankunft ihres Fluges vor sechs Jahren.

Die Ankunft, die er nicht mehr erlebte, weil er drei Wochen zuvor gestorben war.

Ihre Mutter hatte diese letzte mit Bleistift geschriebene Kalendernotiz nie weg geräumt.

Gleich neben dem Zimmer des Vaters lag das von Ragnhild. Die Tür war geschlossen und Hanna erlaubte sich nicht, während der Abwesenheit ihrer Schwester einen Blick hineinzuwerfen.

Vom Flur aus hatte man einen direkten Blick durch das Wohnzimmer in den Garten.

Die lila Blüten am Sommerflieder haben bereits zu welken begonnen … Mamas großer Stolz … nimmt fast den ganzen Garten ein, so groß ist er …

Langsam stieg sie die geschwungene Holztreppe hinauf und verharrte einen Augenblick lang in ihrem alten Mädchenzimmer.

Angesichts der rot-weißen Schränke und der Tapete mit den großflächigen orange-braunen Ornamenten musste sie lächeln. Was für eine Mode … .ich durfte mir die Einrichtung selbst aussuchen … Mitte der 70er war das … zu meinem 14. Geburtstag … knallbunte Kunststoffmöbel und wildgemusterte Tapeten waren der Hit …

Vom Fenster aus hatte sie immer noch den gleichen Blick über das Dach in den Garten hinunter wie früher.

Die Tanne des Nachbarn thronte so hoch und schlank auf dem Grundstück, dass sie automatisch jeden Blick nur auf sich lenkte.

Wie oft habe ich hier gestanden… hinaus geschaut … vor mich hin geträumt … von einer wunderbaren Zukunft … so bunt wie mein Zimmer …

Sie dachte zurück an Momente ihrer Jugend. Als sie hier gestanden und aus diesem Fenster gesehen hatte.

Damals als ihr die Tränen über das Gesicht liefen, weil sie in der Schule wieder besonders heftig gehänselt und als hässliches Entlein verspottet worden war. Ihre Gedanken von damals kamen ihr jetzt wieder in den Sinn.

Wie ich gedacht hab, dass die Anderen mich doch alle gar nicht kennen … haben immer nur meine äußere Hülle gesehen … haben doch gar nicht gewusst, wie ich wirklich war … dass ich doch immer freundlich zu allen war … und dass alles, wirklich alles ganz anders gewesen wäre, wenn sie mich nur richtig kennen gelernt hätten. Wenn sie mir doch eine Chance gegeben hätten …

Hanna sah sich in ihrer Erinnerung auch mit ihrer Mutter am Fenster stehen. Beide hatten gemeinsam auf die Tanne im Nachbarsgarten geblickt und die Mutter hatte sie gefragt, ob sie glaubte, es könnte etwas werden mit ihr und Viktor.

Und wie sie, Hanna, sich das zu der Zeit so sehr gewünscht hatte, dass sie fest daran glaubte.

Viktor … wo magst du wohl stecken … was wurde aus dir … ist alles schon so lange her … eine kleine Ewigkeit …

Der Anblick der verwaisten Räume erschien ihr mit einem Mal unerträglich. Kurzentschlossen und obwohl sie wusste, dass er bei seinem Freund war, rief sie Lennart auf dem Handy an.

»Hanna, was gibt's?«

Wie froh sie war, seine Stimme zu hören.

Selbst jetzt noch, wo der Graben zwischen ihnen immer tiefer zu werden drohte, überkam sie plötzlich das tiefe Gefühl ihn jetzt, hier allein im Haus ihrer Kindheit und Jugend mit all den Erinnerungen stehend, zu brauchen.

»Bitte … ich halt es hier allein nicht aus … kannst du nicht her kommen?«

Am anderen Ende der Leitung herrschte einen kurzen Moment Schweigen.

Bitte sag nicht nein …

»Ich trink nur noch meinen Kaffee aus. Wir sitzen hier am Hafen. Gib mir eine Stunde, dann komm ich zu dir. Eher schaffe ich es nicht«, sagte er schließlich mit weicher Stimme.

Eine Stunde – Zeit genug, vertraute Gegenstände zu berühren, die Luft im Garten zu atmen, Bilder für immer in der Seele festzuhalten, sich in schönen wie auch schmerzlichen Erinnerungen zu verlieren.

Als Lennart schließlich kam, hatte Hanna die Kraft, sich den unausweichlichen Dingen zu widmen.

Sie öffneten Schränke, überlegten bei jedem einzelnen Gegenstand, ob sie ihn brauchen könnten, sie diskutierten über ihre unterschiedlichen Erinnerungen, lachten gemeinsam über einstige Begebenheiten und trafen nach Stunden auf ein kleines Kästchen.

Das Kästchen gehörte Hannas Mutter.

Vorsichtig, als würde sie deren sorgfältig gehütetes Geheimnis bloß legen, öffnete Hanna die mit buntem Papier beklebte Pappschachtel.

Sie hatte etwa die Größe eines Schuhkartons.

Mit Spannung hob Hanna den Deckel ab. Das Kästchen enthielt sorgfältig gestapelte Briefe und Fotos. Ganz unten lag noch etwas. Hanna zog es hinaus. Ein mit der Handschrift ihrer Mutter gefülltes kleines Notizbuch. Es war mit dem gleichen bunten Papier beklebt, wie der Schuhkarton.

Hannas Atem ging schnell und heftig, so aufgeregt war sie.

Ein Schuhkarton mit den wichtigsten Erinnerungen aus dem Leben ihrer Mutter. Nie zuvor hatte sie ihn gesehen, die Mutter hatte ihn stets gut verborgen gehalten.

Wie hätte Hanna ihn auch je an diesem Ort, hier in ihrem Nachtkasten, inmitten ihrer Nylonstrümpfe finden sollen. Vermutlich hatte ihre Mutter es für sich immer so geplant, dass der Tag erst nach ihrem Tode kommen sollte.

Schlagartig wurde es Hanna klar.

Wenn es Antworten auf Fragen nach dem Leben ihrer Mutter, die sie sich in ihrer Jugend so oft gestellt hatte gab, dann steckten sie in diesem Schuhkarton.

»Komm, wir machen für heute Schluss, lass uns nach Hause gehen«, sagte sie abrupt zu Lennart.

Das Kästchen wollte sie mitnehmen und erst öffnen, wenn sie allein war. Entschlossen klemmte sie es unter den Arm, löschte das Licht im Haus und verschloss hektisch die Tür, während Lennart bereits auf dem Gehsteig wartete.

Auf dem Weg zum Hotel wechselten beide kaum noch ein Wort. Mit raschen Schritten liefen sie schweigend nebeneinander her. Während Lennart sich auf den weiteren Verlauf des Abends mit seinem Freund zu konzentrieren schien, drehten sich Hannas Gedanken nur noch um den Inhalt des Kartons in ihrem Arm.

Im Hotelzimmer angekommen nahm sie den Karton und setzte sich auf das Bett.

Lennart gab ihr einen flüchtigen Kuss auf die Wange und verabschiedete sich gleich wieder.

Hanna war es mehr als recht.

Keinesfalls hätte sie sich jetzt mit ihm unterhalten wollen.

Allein zurückbleibend hielt sie einige Minuten lang inne. Die Schachtel auf ihrem Schoß hielt sie fest umklammert, wie ein Sakrileg. Hanna spürte, wie ihr Herz pochte.

Vorsichtig hob sie dann den Deckel der Schachtel hoch und legte ihn neben sich auf das Bett.

Ganz oben auf dem Stapel lag ein Bündel verschnürter Briefe. Hanna erkannte die Handschrift ihres Vaters.

Abgesendet waren sie alle mit der Aufschrift »Feldpost«.

Es handelte sich offenbar um die Briefe, die ihr Vater von seinen Fronteinsätzen geschrieben hatte.

Hannas Vater hatte an fast allen Fronten gekämpft und er hatte zu Lebzeiten oft davon gesprochen.

Erst der Polenfeldzug, dann Frankreich, später Russland und schließlich Afrika. Allerdings hatten seine Erzählungen immer geklungen, als sei er für einige Jahre auf einem großen Abenteuerurlaub gewesen.

Niemals ging es um die Schrecken des Krieges, um Todesangst oder gar das eigene Töten.

Hanna hatte sich so oft gefragt, wie es denn wirklich für ihn, den jungen Mann gewesen sein mochte, auf das ersehnte Architektur-Studium zu verzichten, Eltern, Freunde und die Geliebte im Heimatort zu verlassen und statt dessen irgendwo in der Fremde im Schützengraben zu liegen, auszuharren, das Sterben der Kameraden zu erleben oder gegnerische Soldaten aus eigener Hand sterben zu sehen.

Von all dem erfuhren sie und ihre Schwester nichts zu seinen Lebzeiten.

Sie hörten amüsante Geschichten aus kleinen Dörfern im besetzten Frankreich und wie er später in amerikanischer Gefangenschaft lernte, seine tägliche Ration verhasste, aber überlebensnotwendige Büchsenmilch zu trinken.

Allerdings hatte er später oft davon gesprochen, noch einmal nach Amerika fahren zu wollen. Und nach Tunesien, da wollte er auch hin. Er hatte sich gewünscht, diese Orte seiner Jugend im Krieg noch einmal wiederzusehen. Der Wunsch war jedoch unerfüllt geblieben.

Wie anders klangen da die Briefe an seine Geliebte in der Heimat, Hannas Mutter. Sie erzählten von Hoffnungen, Wünschen, Sehnsüchten, vom langen Warten und von der Geduld. Und Geduld mussten sie beide wahrlich aufbringen. Denn als der Vater aus Frankreich zurückkehren und die Mutter heiraten wollte, machte ihnen der Krieg einen Strich durch die Rechnung.

Hannas Vater wurde kurzfristig nach Russland abkommandiert, später wurde er für tropentauglich erklärt und nach Afrika geschickt, wo er in Gefangenschaft geriet und direkt nach Amerika verschifft wurde. Eben noch voller Vorfreude auf das künftige gemeinsame Leben, sollten sie sich nun für lange Zeit nicht wiedersehen.

Hannas Mutter blieb nichts anderes übrig, als die schon fertig geplante Hochzeitsfeier abzusagen, die Gäste auszuladen und ihren Kummer tapfer für sich zu behalten.

»Hab Geduld, eines Tages werden wir uns wieder sehen«, war auf einer Postkarte von Hannas Vater zu lesen.

Und ihre Mutter hatte Geduld.

Fünf Jahre lang wartete sie auf ihn.

Inzwischen war es spät geworden und Hanna war neben der offenen Schachtel eingeschlafen. Den letzten der Briefe ihres Vaters hatte sie noch in der Hand. Sie wusste jetzt, dass es ganz und gar kein Abenteuerurlaub gewesen war, auch für ihn nicht. Dass es vielmehr gestohlene Jahre seiner Jugend waren, voller Kummer und Schmerz über all das Sterben um ihn herum, aber auch voller Zuversicht und Freude auf die Zukunft mit seiner Hildegard, Hannas Mutter.

Lennart war noch nicht zurückgekehrt.

Hanna war mit dem Gedanken eingeschlafen, ihren Vater noch nach dessen Tod ein Stückchen mehr kennen gelernt zu haben.

## *Lennart*

Weißt du, Hannas Mutter ist gestorben. Hanna ist natürlich total fertig. Schon allein deshalb, weil sie zu ihrer Schwester ein eher kompliziertes Verhältnis hat und die beiden jetzt ihr Elternhaus auflösen müssen. Eigentlich eine Situation, in der wir beide, Hanna und ich, fest zusammen halten sollten. Ihr geht's schlecht und ich helfe ihr, so einfach ist das. Sollte man meinen. Ist es aber nicht.

Ihr geht's schlecht und ich weiß im Grunde gar nicht, wie ich ihr denn überhaupt helfen könnte. Findest du das nicht grotesk? Meiner Lebenspartnerin geht's schlecht und ich stehe daneben wie ein Trottel. Weil ich schon lange den Draht zu ihr verloren habe. Oder sie zu mir? Andernfalls würde sie mir doch nichts verheimlichen, oder? Ja, ich denke, nein ich bin überzeugt, zuerst hat sie ihren Draht zu mir verloren. Wenn auch nicht den Draht, so doch zumindest das Vertrauen.

Niemals hätte ich gedacht, dass sich unsere Beziehung so entwickeln würde. Dabei bin ich mir nicht einmal sicher, ob sie es überhaupt merkt. Ich meine, diese immer größer werdende Distanz zwischen uns.

Glaubst du, Hanna spürt es auch? Wirklich, du meinst ja?

Ich weiß nicht. Dann würde sie doch bestimmt mal mit mir reden wollen. Ihr Frauen müsst doch immer über alles reden. Ja, ich weiß, das war jetzt etwas platt. Vor allem ist es ja wohl gerade Hannas Problem, dass sie eben nicht mit mir reden will. Worüber auch immer sie nicht mit mir reden will.

Hey, wieso ist sie manchmal so verdammt verschlossen?

Merkst du, wie mich das beschäftigt? Ganz verrückt macht mich das. Dabei passt es gar nicht zu mir, ich meine, so ein Psycho-Gequatsche. Auch, dass ich mich nicht traue, ihr meinen Verdacht, dass sie Geheimnisse vor mir hat einfach ins Gesicht zu sagen.

Bei uns zuhause wurden die Dinge immer direkt ausgesprochen. Immer klar und offen. Wenn's Probleme gab, wurde gestritten. Danach war dann alles wieder ok. Es hat irgendwie gepasst.

Vermutlich kann ich gerade deshalb nicht mit diesem unterschwelligen Geheimnis umgehen. Es passt nicht.


## Hanna

Es ist Samstag.

Ich packe meinen Rucksack. Ich bin bester Laune.

Heute geht es wieder ins Wochenendlager.

Gleich wird Mama zum Mittagessen rufen.

Es gibt Hackklößchen mit Kartoffelbrei und Salat. Das gibt es meistens am Samstag. Ich esse es so gern.

Ich hoffe nur, dass es nicht wieder Streit zwischen Ragnhild und den Eltern gibt.

In letzter Zeit streiten sie häufig und heftig.

Es geht um die Politiker in der Regierung, deren Versagen im Kampf gegen den Terrorismus der »Baader-Meinhof-Bande«, den Kniefall von Willy Brandt in Warschau, die Zunahme der Gastarbeiter, oder das

Fehlen von Anstand und Moral bei der Jugend von heute.

Über all das schimpft Mama dann immer.

Mama meint auch, für Ragnhild sei die Heimattreue Sturmjugend zu spät gekommen, weil sie selbst erst zu spät davon erfahren hat und daher sei Ragnhild schon zu stark beeinflusst vom Zeitgeist. Ragnhild erwidert dann meistens, sie wäre sowieso nicht dahin gegangen, niemals hätte sie da mit gemacht.

Aber sie mache sich halt nicht Lieb-Kind wie Hanna das tut.

In diesen Momenten schäme ich mich dann immer ein bisschen.

Außerdem spüre ich, dass Ragnhild wohl deshalb mehr Freiheiten genießt, weil sie eben nicht in der HSJ ist, sie sich anders entschieden hat und dafür lieber mehr Ärger in Kauf nimmt.

Aber heute fängt niemand eine Diskussion bei Tisch an, heute sagt niemand ein falsches Wort.

Eigentlich sagt niemand überhaupt etwas.

Wir essen einfach alle vier schweigend unsere Hackklößchen mit dem Kartoffelbrei.


Danach fahren wir gemeinsam, ohne Ragnhild, nach Butenstedt in das kleine Dorf, oben bei Schleswig.

Schon die ganze einstündige Fahrt dahin freue ich mich.

Ich freue mich, meine Freundin Lisa zu sehen und heimlich wünsche ich mir, dass Viktor kommt.

Ich glaube, er mag mich und ein bisschen glaube ich, dass ich verknallt in ihn bin. Aber vielleicht will ich auch nur verknallt in ihn sein, einfach weil er mich mag. Das passiert mir ja nicht so oft. Wenigstens nicht bei den Jungs in der Schule. Wie auch immer, ich weiß es nicht so genau und eigentlich ist es mir egal. Ich freu mich darauf, ein bisschen mit ihm zu flirten und gespannt darauf zu warten, dass er mich beim Volkstanz auffordert.

Wie anders es hier inzwischen gegenüber dem ersten Mal ist.

Wenn ich daran zurück denke, wie schüchtern und ängstlich ich damals war. Wie seltsam ich alles fand. Dieses Geschrei von Gunnar, die komische Kleidung der anderen, dieses Stillgestanden und Marschieren und erst die merkwürdigen Texte in den Liedern. Aber wie ich mich von Mal zu Mal mehr daran gewöhnt habe, wie all das Seltsame immer normaler für mich geworden ist. Wie es anfangs nur eine willkommene Abwechslung von zu Hause war, bis es irgendwann die besten Zeiten in meinem Leben geworden sind. Alles das kommt mir gerade wieder in den Sinn.

Und wie fröhlich werde ich jetzt, ein halbes Jahr später, von allen begrüßt.

»Heil dir, Hanna«, grüßt es von allen Seiten.

HSJler begrüßen sich alle mit «Heil Dir» und alle sagen »Du« zueinander. Wir sind schließlich Kameraden.

Ich richte mich im Zelt mit den anderen Mädchen ein.

Ich pumpe meine Luftmatratze auf und breite meinen Schlafsack aus. Der Boden ist sorgfältig mit einer dicken Strohschicht ausgelegt. Die Nächte sind noch kühl, der Boden ist zum Teil gefroren. Da brauchen wir das wärmende Stroh.

Alle sind gekommen – Lisa, Dietmar, Bruni und auch Viktor. Diese vier sind meine besten Freunde hier. Wir umarmen uns lachend und begrüßen uns mit dem vertrauten Heil Dir«.

Ich fühle die freudige Begeisterung der Anderen über das Wiedersehen mit mir. Ich gehöre jetzt richtig dazu.

Insgesamt sind wir an diesem Wochenende zweiundzwanzig.

Schrill pfeift die Trillerpfeife von Gunnar.

»Antreten zum Fahnenapell« schreit er mit seiner kräftigen Stimme.

Anfangs hatte ich immer ein wenig Angst vor ihm, aber jetzt mag ich ihn richtig gern. Das Schreien gehört eben einfach dazu, ich hab mich längst an seine zackigen Kommandos gewöhnt. Und wenn er nicht schreit, ist er richtig nett, dann lacht und scherzt er mit uns allen.

»Still gestanden, die Augen gerade aus, rührt euch.«

Während wir alle aufgereiht neben der Fahne stehen, Jungen und Mädchen getrennt in jeweils gegenüberliegenden Reihen, freu ich mich schon auf den Abend, auf das Lagerfeuer.

Und auf den Volkstanz.

Laut ertönt die schwungvolle Musik vom Plattenteller und alle nehmen Aufstellung zur Sternpolka.

Ich liebe diesen Tanz, schließlich ist es der erste, den ich hier gelernt habe und bereits sicher kann. Aber ich liebe das Tanzen überhaupt.

Sorgen, ich könnte nicht aufgefordert werden, brauche ich mir nicht zu machen.

Hier ist es nicht wie in der Schule, hier bin ich nicht das hässliche Entlein, dass bei Klassenfesten vergeblich darauf wartet, dass ein Junge eng umschlungen mit mir zu »Hot love« oder ganz lässig zu meinem Lieblingslied »Jeepster« von den T-Rex tanzen will.

Hier komme ich aus dem Tanzen gar nicht mehr raus, egal ob zur Sternpolka, Holsteiner Polka oder zum Siebenschritt. Unsere Volkstanz-Abende kommen mir immer vor wie ein fröhliches Fest. Ein Fest, an dem ich keine Angst davor haben muss, dass Mama hinein platzt und mich weit vor dem Ende des Festes vor allen anderen abholt. Wie peinlich das doch immer ist. Alle anderen grinsen dann immer.

Als es dunkel und kühl wird, entfacht Gunnar mit den älteren Jungen das große Lagerfeuer.

Wir setzen uns alle im großen Kreis auf Baumstämmen um das wärmende Feuer herum.

Die Gesichter sind in das schmeichelnde Licht des Feuerscheins getaucht. Auf der anderen Seite des Kreises, mir direkt gegenüber, sitzt Viktor.

Unsere Blicke treffen sich und er zwinkert mir zu. Ich lächle ihn durch den Feuerschein hindurch an. Wie beschützt und geborgen ich mich doch in diesem Moment, inmitten meiner Kameraden fühle.

Martin hat seine Gitarre mitgebracht und fängt mit voluminöser Stimme an zu singen. Ich hole schnell meine eigene Gitarre aus dem Zelt und begleite ihn.

»Auf Kreta, bei Sturm, Wind und Regen, ein Fallschirmjäger einsam in der Nacht«.

Ich singe aus Leibeskräften mit.

Ich mag dieses Lied von dem einsamen Kriegshelden, der sehnsüchtig darauf wartet, seine Liebste eines Tages wieder zu sehen, der aber am Ende doch erschossen wird und sterbend dem Kameraden einen Ring für das Mädel in der fernen Heimat in die Hand drückt.

Einer wünscht sich jetzt die »Legion Condor«, den Bombenfliegermarsch aus dem spanischen Bürgerkrieg und wir alle singen lautstark »Wir flogen jenseits der Grenzen, nach Spanien war unser Ziel. Hoch über der spanischen Erde, mit den Fliegern Italiens vereint«. Mein Gott, was für ein Chor. Hier um dieses Feuer herum. Was für eine Kraft geht doch von unserem Gesang aus. Eine Kraft, die von uns allen in den sternenklaren Nachthimmel gesandt wird. Es geht mir durch und durch. Ich habe direkt Gänsehaut.

Um 22 Uhr ist Zapfenstreich, schließlich heißt es morgen früh um 6 Uhr aufstehen. Dann wird Gunnars Trillerpfeife uns alle aus dem Schlaf reißen und zum Frühsport rufen.

Der nächste Tag ist ein sonniger Frühlingstag, die Sonne hat schon ein bisschen Kraft und schickt milde Luft.

Nach der üblichen Programmabfolge «Antreten zum Frühsport, Waschen, Fahnenapell, Frühstück», machen wir gemeinsam eine Wanderung. Ich finde sie schön, die Wanderungen durch die holsteinische Knicklandschaft, vorbei an Feldern, aus denen das erste Grün sprießt, entlang auf lehmigen Wegen.

Vor allem aber genieße ich die Gespräche mit meiner Freundin Lisa und das lustige Geplänkel mit den Jungen. Wie wir uns gegenseitig Neckereien zuwerfen und dann völlig ausgelassen miteinander lachen.

In diesen Momenten bin ich glücklich und ich habe das Gefühl, dass ich wohl niemals den herb-süßen Duft jener Frühlingstage und den Geruch der lehmigen Felder vergessen werde.

# 5

Es waren zwei anstrengende Tage, an denen Ragnhild und Hanna den Hausstand ihrer Eltern auflösten.

Dabei waren es weniger die Gegenstände, als vielmehr die gemeinsamen Erinnerungen an ihre Kindheit und Jugend, die ihnen die Aufgabe so schwer machten.

Ihr Verhältnis als Schwestern war nie wirklich gut gewesen. Eigentlich seit Hanna denken konnte.

Schon immer war das so ... schon als Kind hatte ich das Gefühl, dass ich für Ragnhild ein Störenfried gewesen bin ... glaube fast, sie hasste mich ... hab mich immer so anders gefühlt ... warum war das nur so ...

Und so war es wohl für jede eine Herausforderung, sich in dieser Situation, in dem Gefühlsstrudel aus Verlust, Trauer und Anspannung zu begegnen.

Sie hatten in den vergangenen Jahren so wenig miteinander zu tun, dass sie gar nicht mehr voneinander wussten, wie sich jede in solchen Momenten fühlen oder verhalten würde.

Bisher hatten sie ihre Eltern und bis zum Schluss ihre Mutter als Bindeglied.

Jetzt gab es mit einem Mal nur noch sie beide, Hanna und Ragnhild.

Selten hatten sie in den letzten Jahren noch direkt miteinander gesprochen und wenn, dann war die angespannte Distanz beinah körperlich spürbar.

Zu unterschiedlich waren ihre Einstellungen, die sie in der Jugend vertraten und ihre Wege, die sie bis heute gingen.

Ragnhild arbeitete als promovierte Diplom-Biologin in einem staatlichen Institut.

Sie hatte ihr geregeltes Einkommen und eine strikte Beständigkeit in ihrer Arbeit, während Hanna als selbstständige Anwältin für Strafrecht oft um ihr Auskommen kämpfen und Beständigkeit nicht selten der Flexibilität ihrer Klienten weichen musste.

Für Ragnhild hatte das Berufsziel schon früh fest gestanden. Entsprechend hatte sie ihre Karriere von Anfang an geplant und strikt durchgezogen.

Hanna hingegen wusste lange nicht, was sie wollte.

Selbst dann, als sie es wusste, erreichte sie ihre Ziele erst auf Umwegen.

Hielt Hanna ihre Schwester für starr und festgefahren, hatte diese im Gegenzug nie einen Hehl daraus gemacht, dass sie Hannas lockere Lebensführung ablehnte.

Und nicht zuletzt war da noch Hannas besonderer Weg in der Jugend, den ihr Ragnhild wohl niemals verziehen hat.

Trotz allem galt es nun für die Schwestern, die Angelegenheiten ihrer Eltern gemeinsam und einvernehmlich zu regeln.

Letztlich waren sie doch eine Familie.

Waren sie doch Schwestern.

Sie gingen daher in dieser Situation so vorsichtig miteinander um, als könnte jedes zarte Pflänzchen von Einverständnis sofort wieder zerbrechen.

Über Stunden saßen sie beieinander, gingen Gegenstand für Gegenstand in jedem Zimmer durch, um ihn noch einmal in den Händen zu halten, aufzuteilen, vorerst beiseite zu legen oder am Ende auch wegzuwerfen.

Zaghaft sprachen sie über ihre gemeinsame Kindheit, ihre Jugend.

Über Schönes, Lustiges, über Schwierigkeiten und Ungerechtigkeiten.

Hanna hielt Ragnhild vor, wie diese sie verpetzte, als sie eine fünf in

Mathe bekommen hatte und es nicht erzählen wollte, weil ihre Mutter an dem Tag gerade so schlecht gelaunt war.

Hanna erinnerte die Schwester auch an deren Scherz, damals in den Sommerferien in Österreich.

Beide badeten im See und Ragnhild hatte Hanna einen Stein gezeigt. Sie meinte, sie hätte ihn beim Tauchen in der Mitte des Sees gefunden.

Hanna war sofort los getaucht, um ebenfalls einen Stein aus der Tiefe hinauf zu holen.

Keinesfalls wollte sie sich die Blöße geben und ohne einen Stein wieder auftauchen.

Sie schaffte es nicht den Stein zu holen und beinah auch nicht, wieder aufzutauchen. Hinterher erfuhr sie, dass der See 80 Meter tief war und Ragnhild den Stein vom Ufer mitgenommen hatte.

Im Gegenzug beschwerte Ragnhild sich darüber, dass Hanna immer so geklammert hätte, dass sie ihr damit die Mutter weggenommen hätte. Sie warf ihr vor, sie hätte sich immer Lieb-Kind gemacht, um gut dar zu stehen bei den Eltern.

So traurig sei Ragnhild oft gewesen. Hanna hätte ihre Mutter zu sehr vereinnahmt und sie hatte sich beiseite gestellt gefühlt.

Es machte Hanna betroffen, das zu hören. Es tat ihr so leid, dass ihre Schwester diese Gefühle hatte. Sie hatte doch nur nicht gewollt, dass es wieder Streit gab.

Nie hatten sie doch wissen können, mit welchem Wort, mit welcher Geste sie ihre Mutter verärgerten.

Der schönste Nachmittag hatte dann zum bedrückendsten Abend werden können.

Aber wie schön war es gewesen, am Sonntagnachmittag zusammen Schokolade essend auf dem Sofa zu hocken und ihre Lieblingsserien »Raumschiff Enterprise« und »Bonanza« im Fernsehen anzuschauen. Ragnhild schwärmte für Käpt'n Kirk und Little Joe und Hanna für Adam und Mr. Spock.

Und dann fiel ihnen der Urlaub in Schottland ein, den sie beide miteinander verbracht hatten.

Die ganze Halbinsel hatten sie mit dem Auto umrundet. Ragnhild war gefahren, weil Hanna Angst vor dem Linksverkehr hatte. Im Radio waren immer die gleichen Lieder gelaufen.

»Late in the evening« von Paul Simon lief beinah stündlich und Hanna liebte es. Auf dieser Reise hatten sie viel miteinander gelacht und sich gut verstanden.


Und jetzt saßen die Schwestern im Wohnzimmer ihres Elternhauses und sortierten die alten Schallplatten und Bücher aus. Sie tauschten Blicke, lachende, nachdenkliche, fragende und weinten Tränen.

Hanna erzählte von dem Kästchen, von dem auch Ragnhild nichts geahnt hatte.

Sie erlaubte ihr, es mitzunehmen und für eine Weile zu behalten.

Wie freundlich wir jetzt zueinander sind … es ist so ganz anders … ich fühl mich nicht abgelehnt … gehasst … sondern gemocht … dazugehörig … warum ging das früher nicht … was lief denn nur so schief … all die Jahre …


Gern hätte Hanna sich tagelang verkrochen, um die Lebenserinnerungen ihrer Mutter zu lesen, sie aufzunehmen, in sich aufzusaugen. Der Gedanke, dass die Antworten auf ihre Fragen in greifbare Nähe gerückt zu sein schienen, raubte ihr jede Ruhe. Aber schon am nächsten Tag flogen sie nachhause. Lennart hatte einen wichtigen Gerichtstermin und Hanna eine Entscheidung zu treffen.

Die Exkurse in die Lebensgeschichte ihrer Mutter mussten also vorerst warten. Die Zeit drängte und der Prozesstermin von Natalie rückte bedrohlich näher.

Hanna rief Natalie an und vereinbarte kurzfristig einen Termin mit ihr im Cafe.

Sie wollte mit dem Mädchen über ihre Familie und die weiteren Pläne sprechen. Vor allem aber wollte sie wissen, wie Natalie an ihre Adresse gekommen war.

Natalie erzählte bereitwillig von der Alkoholsucht ihrer Mutter, der Hass-Liebe zwischen ihrer Mutter und ihrem Freund Roland, die seinerseits immer wieder in Prügelattacken mündete und von ihrer eigenen schlechten Schullaufbahn, die sie letztlich ohne Abschluss beendete.

Sie hatte noch einige Versuche gestartet, Arbeit als ungelernte Packerin in einem Supermarkt zu finden, war aber immer auf Ablehnung gestoßen.

Natalie wirkte niedergeschlagen, während sie ihre Geschichte erzählte. Ihre Schultern hingen herab und ihren Blick hielt sie die ganze Zeit unbeweglich vor sich auf den Tisch gerichtet. Zwischendurch drehte sie ihr Latte-Macchiato-Glas in den Händen.

Als sie eine kurze Pause machte, nutzte Hanna die Gelegenheit und fragte unverblümt, ob ihr Manne Mitglied in der NPD oder sonst irgendwo sei.

Natalie zögerte ein wenig, bis sie schließlich einräumte,

»ja schon, da gibt's so ne Gruppe … die ist total wichtig für ihn … die volkstreue Aktionsfront.«

»Und Manne, ist der auch ohne Schulabschluss und ohne Job?«
»Manne hat Realschulabschluss, findet aber trotzdem keinen Job. Tom und Ronny haben's auch nicht gepackt, ich mein den blöden Abschluss zu machen. Schule war eben scheiße.«

»Und ihr kommt ganz und gar nicht auf die Idee, dass eure Arbeitslosigkeit mit euch selbst zu tun hat und nicht mit zwei 14 -und 16 jährigen Jungen, die euch zufällig über den Weg laufen und eine schwarze Hautfarbe haben?«

Die niedergeschlagene Haltung wich sofort wieder aus ihrem Körper. Natalie richtete sich auf, ihre Gesichtszüge verhärteten sich.

»Hey, darum geht's doch gar nicht … sondern um das große Ganze … es sind einfach zu viele hier. Wir müssen immer wieder Zeichen setzen, damit die Kanacken kapieren, dass sie hier in unserem Land unerwünscht sind.«

»So, das ist also euer Land? In meinem Land sind sie nicht unerwünscht, da sind sie auch nicht schuld, wenn mal was schief läuft in meinem Leben.«

»In meinem Land trägt jeder die Verantwortung für sein Leben selbst«, antwortete Hanna provokant.

Natalie sackte in sich zusammen, starrte wieder vor sich hin, rührte in ihrer Latte Macchiato und sagte nichts.

»So geht das nicht«, meinte Hanna nach einer Weile.

Sie könne sie nicht verteidigen, wenn sie nicht wenigstens einen Ansatz von Reue zeige.

»Womit soll ich denn vor Gericht punkten? Was soll ich zu deiner Verteidigung sagen? Denk mal darüber nach.«

Endlich kam sie auf den Punkt zu sprechen, der sie so intensiv beschäftigte, seit Natalie aufgetaucht war.

Sie zögerte noch ein wenig, aber dann fasste sie sich ein Herz und fragte das Mädchen.

»Natalie, von wem hast du meine Kanzleiadresse bekommen?«

Die hob den Blick, lächelte etwas spöttisch und erwiderte in beißendem Tonfall:

»Tja, man sieht sich immer zweimal. Die Welt ist manchmal klein.«

»Natalie, bitte.«

»Ok, von Viktor.«

Hanna traute ihren Ohren nicht.

Viktor … wie ist das möglich … das kann doch nicht sein … aber das würde ja bedeuten … ach du liebe Güte … , das würde bedeuten, er wäre hier in München … .

Viktor, sofort tauchte sein Bild wieder vor ihr auf.

Ihr schöner Held von damals, der, wäre er als Tier geboren worden, dann bestimmt als stolzer Panter.

Zwischen Hanna und Natalie herrschte inzwischen verstörtes Schweigen. Sie entschieden daher das Treffen jetzt zu beenden. Jeder wollte für sich allein sein.

Mit verschränkten Armen, gesenktem Kopf und stampfenden Schritten verließ Natalie das Cafe als Erste.

Sie verspürte das dringende Bedürfnis, sofort alles Manne zu erzählen.

»Hey Manne, ohne Scheiß, ich muss dir jetzt schreiben. Auch wenn ich die Briefe wohl nie weg schicke. Aber ich brauch das grad. Stell mir halt vor, wie du sie lesen würdest. Wär schon cool. Ist halt behindert, dass du nie antworten kannst. Aber ich schreib diese Briefe an dich, weil ich weiß nicht, aber ich packs nicht ohne dich. Außerdem gehen so die Tage schneller rum. Ohne dich ist es einfach so scheiße. Gestern habe ich mich nochmal mit der einen Anwältin getroffen. Einfach nur stressig. Sie übertreibt total mit ihren Fragen, blablabla. Und dabei kann ich doch an gar nichts anderes denken als an dich, Manne. Dass du jetzt eiskalt einfährst. Ich packs einfach nicht. Lass dich nicht verarschen da drin. Wenigstens habe ich die anderen ja noch, Ronny, Tom und überhaupt alle anderen. Die andern vermissen dich auch. Fragen schon alle nach dir. Da bin ich echt stolz, weil die mich als deine Freundin akzeptieren. Ich tu dann so, als würde ich wissen, dass alles bei dir passt. Ich hab halt gesagt, dass du mir Briefe aus dem Knast schreibst. Wir alle müssen jetzt noch mehr zusammen halten als so wie sonst immer. Gestern hat mich die Anwältin gefragt, von wem ich ihre Adresse hab. Ich hab ihr halt gesagt, dass ich sie von Viktor hab. Du hättest mal ihr Gesicht sehen sollen, als ich das gesagt hab. Ich glaube, es war einfach behindert, die Alte zu fragen. Aber irgendwie dachte ich, die versteht uns. Tut sie aber nicht. Die ist doch gar nicht richtig auf meiner Seite.

Aber Viktor ist echt cool. Der hilft mir total. Schaut, dass alles klar geht. Von ihm krieg ich auch die Kohle für den ganzen Gerichtsscheiß.

Er sagt immer, ich soll mich von niemandem verbiegen lassen. Und das mache ich auch nicht. Auch nicht von ihr.

Immer stark bleiben, sagt Viktor. Bloß nicht umfallen.

Die Anwältin wird mich schon raushauen aus dieser Scheiße, dafür wird er sorgen, sagt er immer. Ich soll das nur ihm überlassen. Irgendwie ist Viktor wie ein Papa für mich. Aber wie ein richtiger, einer der mich mag und der stark ist und mich beschützt. Jedenfalls anders als dieser Hurensohn Roland. Der ist noch behinderter geworden, seit die Anwältin bei uns war. Jetzt labert er mich nur noch blöd von der Seite an.

Ich packs einfach nicht mehr zuhause.

Unsere Kameraden finden das auch richtig klasse, wie wir's den Niggern gegeben haben. Die stehen richtig hinter mir.

Bin ich vielleicht froh, dass ich die alle habe. Sind eben echte Kameraden.

Ich wünsch mir so sehr, dass du bald wieder kommst.

Viktor sagt immer, wir haben noch viel vor, eine gemeinsame wichtige Aufgabe, ein großes Ziel.

Kuss und bis bald,

Deine Natalie


## Hanna

Es ist Winter. Draußen liegt eine üppige Schneepracht.

Wie freundlich die Welt aussieht, denke ich beim Anblick der schneebedeckten Zweige im Garten.

Ich empfinde einen angenehmen Frieden, während ich in meinem Zimmer stehe und aus dem Fenster schaue.

In der Ferne höre ich die Kirchenglocken läuten.

Sie klingen immer am Samstagabend um diese Zeit, wenn ich mich gerade auf das Abendessen freue, weil es da meistens etwas Besonderes gibt.

Die Weihnachtstage sind harmonisch vorbei gegangen. Niemand in der Familie hat gestritten und mir bleibt nur noch, meinen Rucksack für morgen früh zu packen.

Mama und Papa fahren mich morgen mit dem Auto an eine Autobahnraststätte.

Dort wird mich der Bus abholen und in die Rhön fahren.

Ich bin aufgeregt, denn das Winterlager ist eines meiner Lieblingslager.

Als ich in den Bus steige, gibt es ein fröhliches »Heil Dir« von allen Seiten. Der Bus ist fast voll, ich bin eine der Letzten, die zugestiegen ist. Die anderen kommen aus Schleswig-Holstein, ich kenne sie alle aus den Wochenendlagern.

Die nächsten Stunden im Bus lachen und erzählen wir ausgiebig.

Wir haben uns seit dem Herbst nicht mehr gesehen.

Für mich ist es bereits das zweite Winterlager.

Vor kurzem habe ich meinen 14. Geburtstag gefeiert.

Vor mir liegt der Jahreswechsel 1973/74.


Deutschland ist seit dem Herbst von der Ölkrise geschüttelt. Eine Folge des Jom-Kippur-Kriegs.

An vier Sonntagen hintereinander herrschte allgemeines Fahrverbot und auf Autobahnen gilt Tempo 100. Diese Sonntage mit dem Fahrverbot fand ich furchtbar fad. Wir konnten keine Ausflüge machen, Mama, Papa, Ragnhild und ich. Ich fühlte mich da an mein Zimmer gefesselt. Es war langweilig. Außerdem haben sich Mama und Papa da wieder schrecklich gestritten. Unsere Sonntagsausflüge finde ich schon allein deshalb allemal besser, als zu Hause zu sitzen. Weil dann weniger gestritten wird. Auch ins Wochenendlager durfte ich nicht fahren, weil Mama und Papa mich am Sonntag nicht abholen konnten.

Im Sommer kam eine für Mama aufwühlende Meldung im Radio. Die DDR trauert um ihren ersten Staatsratsvorsitzenden Walter Ulbricht, der am 1. August gestorben ist, hieß es da. Mama sagte, »Na Gott sei Dank, Spitzbart ist tot. Um den ist es nicht schade.« Ich weiß, dass sie ihn immer Spitzbart nannte. Ich weiß auch, dass es den Menschen in der DDR nicht so gut geht wie uns hier im Westen.

Trotzdem erschrecken mich ihre Worte. Ich finde, es ist doch eigentlich um jeden Menschen schade. Sie sagt das oft, wenn jemand gestorben ist. Ich erinnere mich, als Jimi Hendrix und Janis Joplin tot aufgefunden wurden. Da hat sie auch so unglaublich verachtende Worte gesagt, über diesen Nigger und diese Gammlerin und das solche wie die beiden unsere Jugend verdorben hätten. Mir läuft trotzdem jedes Mal ein Schauer über den Rücken, wenn sie sagt, »Gott sei Dank, um den oder die ist es nicht schade.«

Die USA ist erschüttert von der Watergate-Affäre, die das unrühmliche Ende der Amtszeit von Präsident Richard Nixon einleitet. Mama findet, dieser ganze Mist aus Amerika kommt auch zu uns nach Deutschland. Weil wir Deutschen den Amis alles nach machen.

In Chile schlägt der Versuch von Salvador Allende, eine Demokratie zu installieren, fehl. Es gibt einen Militärputsch und General Augusto Pinochet übernimmt die Macht im Land. Tausende Chilenen, die gegen die während der Diktatur geschehenen Menschenrechtsverletzungen protestieren, werden verschleppt, gefoltert und ermordet. Während ich den Gedanken, dass all diese meist jungen Menschen so grausam zu Tode kommen unerträglich finde, schimpft Mama über die Demonstrationen gegen die Militärjunta, die hier abgehalten werden und die Berichterstattung im Fernsehen.

»Lügen, nichts wie Lügen und ihr glaubt das auch alles noch«, sagt sie und »außerdem geht uns das gar nichts an. Das muss doch jedes Land selber wissen. Wir stecken unsere Nase in jeden Dreck, der uns nichts angeht.«

Zu der großen Meldung, dass der Vietnam-Krieg wohl bald vorbei ist, sagt Mama kaum etwas. Nur über die Friedens-Demonstrationen der letzten Monate hat sie sich schrecklich aufgeregt. Für sie sind das alles Krawallmacher.

Ach Mama, wie schwer fällt es mir doch oft, dich zu verstehen.

In Frankreich stirbt der Maler Pablo Picasso. Wieder einer, »um den es nicht schade ist.«

Immer mehr junge Männer tragen lange Haare. Die Frauen tragen Maxi-Mäntel mit Stiefeln. Mir gefällt diese Mode, ich finde, dass die alle so schick aussehen. So einen Maxi-Mantel mit Stiefeln hätte ich auch gern. Aber davon bin ich bei mir zu Hause Lichtjahre entfernt.

Im Radio besingt Thoelkes »Wum« seine »Miezekatze« die er sich für sein Wochenendhaus wünscht, Suzie Quattro rockt in schwarzem Leder »can the can« und Lobo schnulzt »Baby, love you to want me«. Das Lied war mal Titellied beim Kommissar mit Erik Ode. Jetzt ist es ein Ohrwurm.

Wenn ich dieses ganze Jahr mit all seinen Ereignissen, Liedern und Modetrends für mich Revue passieren lasse, finde ich es beinah absurd, in welcher Welt ich mich die kommenden Tage wieder befinden werde.

In das jährliche Winterlager reisen die Kinder und Jugendlichen aus ganz Deutschland und sogar aus Flandern und Frankreich an.

Heimattreue Sturmjugend, Storm-Jeugd, Attaque-Jeunesse, die Heimattreuen sind inzwischen auch im Ausland vertreten. Ich habe einige der Flamen und Franzosen sehr gern und freue mich, dass sie dabei sind.

Ich frage mich jedoch manchmal, warum Franzosen und Belgier sich so mit Deutschland identifizieren, dass sie sogar der »heimattreuen Sturm-Jugend« angehören.

Es ist ein beeindruckender Fahnenappell.

Immerhin sind über 200 Jungen und Mädchen in sich gegenüberliegenden Reihen angetreten.

Alle tragen schwarze Hosen, weiße Hemden und Blusen und darüber schwarze Jujas oder Jungenschaftsjacken, wie alle dieses Kleidungsstück nennen, auf deren Ärmel die schwarze Odal-Rune aufgenäht ist.

Es gibt einen lauten Ruck, als alle unsere Stiefel zum «Stillgestanden» aneinander schlagen.

Viktor ist heute der FvD, der Führer vom Dienst.

Laut und zackig begrüßt er die Kameraden und verkündet den weiteren Ablauf der nächsten Tage. Wir werden jeden Morgen zum Frühsport geweckt, am Tag werden wir lange Wanderungen unternehmen, ein Panzermuseum besichtigen, einige Stunden mit Formalausbildung zubringen, gemeinsam singen und Filme zur Rassenlehre anschauen.

Wir Kameraden hören gespannt zu.

Am Ende singen wir alle gemeinsam unter der hochgezogenen Fahne das Deutschland-Lied ab der ersten Strophe.

»Deutschland, Deutschland über alles, über alles in der Welt«. Ich singe aus Leibeskräften mit.

Mir gefällt der große, stimmgewaltige Chor.

Da fühle ich sie wieder, diese Kraft, die von unserem gemeinsamen Gesang ausgeht und die mir immer wieder aufs Neue diesen Gänsehautschauer beschert.

Dass eigentlich nur die dritte Strophe des Liedes erlaubt ist, habe ich schon einmal gehört, aber ich mache mir keine Gedanken darüber. Lieber schaue ich auf den schönen Viktor, wie er so aufrecht und selbstbewusst da vorn steht und seine Kommandos gibt.

Ich bewundere ihn. Er ist sieben Jahre älter als ich und gehört in die obere Führungsriege der Sturm-Jugend.

Zwei besondere Höhepunkte prägen das Winterlager in jedem Jahr – der bunte Kameradschaftsabend und der Fackelmarsch in der Silvester-Nacht.

Während es sich bei ersterem um ein großes, fröhliches Volkstanz-Fest mit Lachen, Flirten und Geselligkeit handelt, wird die darauf folgende Silvester-Nacht zu einem gleichermaßen imposanten wie bedrückenden Ereignis.

Alle müssen sich warm anziehen, denn in der eisigen Silvester-Nacht werden wir lange im Freien still stehen.

Die Füße werden trotz dicker Stiefel frieren, das weiß ich noch vom vergangenen Jahr.

Da hilft auch die brennende Fackel nicht, die jeder in der Hand trägt.

Gemeinsam marschieren wir mit unseren leuchtenden Fackeln einen Steinbruch hinauf, von wo aus wir über Stacheldraht und Todesstreifen hinweg in ein kleines Dorf der DDR blicken können. Man sieht kaum etwas in der Dunkelheit, bestenfalls einige entfernte Lichter in den Häusern. Der Grenzstreifen selbst ist vollkommen unbeleuchtet.

Aber alle hier wissen, dass die Sturm-Jugend in dieser Nacht wieder aufmarschiert ist, denn die 200 Fackeln leuchten weit über die Grenze hinaus.

Auch die dumpfen Trommelschläge der Fanfarengruppe werden bis in die Häuser des Dorfes dringen.

Viktor hält eine leidenschaftliche Rede über die Verbrechen der Kommunisten auf der anderen Seite des Stacheldrahts, über die Verbrechen der Alliierten, die Deutschland nach dem verlorenen Krieg geteilt haben und über die allgegenwärtige Bedrohung des deutschen Volkes durch Verräter, das Judentum, Ausländer und den Zeitgeist.

Wieder singen wir alle gemeinsam »Deutschland, Deutschland über alles« und um Mitternacht ertönen noch einmal laut die Trommeln und Fanfaren.

Ich denke an die Menschen da unten in dem kleinen Dorf, die diese Grenze niemals überschreiten dürfen, sondern im sozialistischen Regime als Gefangene in ihrem eigenen Land leben. So gern will ich glauben, dass die Trommeln, Fanfaren und Fackeln ihnen Mut machen und zeigen, dass sie nicht vergessen sind.

Ich will daran glauben, das Richtige zu tun.

Als die Trommeln und Fanfaren ihr Lied zu Ende gespielt haben, fangen einige Kameraden neben mir an, laut von zehn aus rückwärts zu zählen. Dann ist Mitternacht und wir alle fallen uns untereinander in die Arme, reichen uns die Hände und wünschen uns fröhlich »ein gutes neues Jahr«.

In diesem Moment spüre ich es wieder.

Das Zusammengehörigkeitsgefühl, diese Verbundenheit mit meinen Kameraden, dieses Dazugehören. Da vergesse ich, dass ich friere.

Da denke ich nicht mehr an Richtig oder Falsch.

# 6.

Seit Natalie ihr gesagt hatte, dass die Empfehlung ihrer Kanzlei von Viktor stammte, begann sich Hannas ablehnende Haltung gegenüber ihrer Verteidigung zu verändern.

Auf einmal hatte sie das Gefühl, dass es zwischen ihr und dem Mädchen eine Verbindung gab.

Zwar war sie, als sie Natalie vor einigen Tagen an den Kopf warf, niemals eine von ihnen gewesen zu sein, von der Richtigkeit dieses Satzes überzeugt.

Und ebenso war sie zutiefst überzeugt, dass sie niemals eine solche Tat gut geheißen oder gar begangen hätte.

Gleichwohl spürte Hanna, dass das Verbrechen an Jerome und Noah mehr einem fehlgeleiteten Denken, dem Hunger nach Anerkennung und der verhängnisvollen Bewunderung eines Idols geschuldet war, als einem vordergründig bösartigen Kalkül.

Nicht zuletzt musste sie sich eingestehen, dass es doch nicht ganz so war, wie sie behauptet hatte – dass sie niemals eine von ihnen gewesen ist.

Sie beschloss, sich am nächsten Tag bei Natalie zu melden. Hanna wollte wissen, welche Gedanken genau Manne ihr vermittelte, welche Rolle ihr einstiges Idol Viktor inzwischen spielte und ob sich bei ihr, Natalie, wirklich keine Skrupel geregt haben, als sie zu viert zwei wehrlose Jungen fast tot prügelten. Inständig hoffte Hanna, dass es auch bei dem »fast« bleiben würde.

Bei Noah, dem Jüngeren, war das keinesfalls sicher.

Für heute wollte Hanna sich indes weiter den in einen Schuhkarton gepressten Erinnerungen ihrer Mutter widmen.

Das würde sie vielleicht auf andere Gedanken bringen.

Ob diese aber letztlich besser waren?

Unter den Briefen ihres Vaters fand Hanna einige Karten, welche die Unterschrift »Deine Friedl« trugen.


»Meine liebe Hildegard,

Seit zwei Tagen bin ich bereits hier in der Führerschule in Pritzwalk. Ich denke viel an dich, es ist ja dein ehemaliger Bann. Schade, dass wir nicht zusammen hier sein können.

Die Tage sind ausgefüllt mit sehr viel Lernstoff.

Aber bei meinen Spaziergängen durch das schöne Pritzwalk kann ich mich erholen. Und ich verstehe dich nur allzu gut, dass du ungern hier weg gegangen bist.

Ich hoffe, dir geht es inzwischen besser? Pass nur immer gut auf dich auf!

Liebe Hildegard, wirst du Weihnachten wieder mit uns verbringen? Meine Eltern würden sich sehr freuen.

Und ich erst, aber das weißt du ja.

Ich wünsche mir ein recht baldiges Wiedersehen mit dir und verbleibe mit den herzlichsten Grüßen,

Deine Friedl.«


Über Friedl hatte Hannas Mutter oft gesprochen. Sie fragte sich allerdings, was jene Friedl damit meinte, als sie Hannas Mutter fragte, ob es inzwischen besser ging.

Friedl war Mädel-Führerin beim BDM und ihre beste Freundin gewesen. Bis sie nach einem Tieffliegerangriff kurz vor Ende des Krieges einer tödlichen Kopfverletzung erlag.

Für Hannas Mutter war das ein Schlag, den sie niemals ganz überwand. Friedl hatte offenbar in ihrem Leben eine so große Bedeutung, dass die Lücke, die sie durch ihren Tod hinterließ, für die Mutter nie geschlossen werden konnte.

Über Jahrzehnte hinweg sprach sie von dem feigen, unmenschlichen Angriff auf das mit wehrlosen, jungen Menschen besetzte Zivilfahrzeug.

Stets betonte sie dann, dass zu solchen abscheulichen Taten nur Amerikaner und Russen imstande waren.

Schon als Teenager konnte Hanna das so nicht glauben.

Es war doch Krieg, war da nicht auf allen Seiten Schlimmes geschehen?

Genau wie Hannas Vater hatte ihre Mutter oft über die Kriegsjahre gesprochen.

Allerdings bewegten sich ihre erzählten Erinnerungen zumeist in einer Welt aus Tapferkeit, edler Kameradschaften und treuem Pflichtbewusstsein gegenüber Volk, Führer und Vaterland. Sie erzählte vom Zusammenhalt unter den Deutschen und der großen Hilfsbereitschaft gegenüber den Soldaten an der Front.

Ihre Mutter schilderte, wie wenig man damals brauchte, um zufrieden zu sein und dass trotz des Krieges keinerlei Not und Entbehrung geherrscht hätten. Diese seien in Deutschland erst nach dem Krieg über die Menschen hereingebrochen.

Verbrechen, Gewalttaten und Verrat verübten in ihren Erzählungen nur die Anderen – die alliierten Siegermächte, die Kommunisten, Sozialisten, die Volksverräter und über allem immer die Juden.

Bis zu ihrem Tod beharrte Hannas Mutter darauf, dass es eine deutsche Schuld, oder gar den größten organisierten Völkermord der Geschichte nie gegeben hatte.

# *Hanna*

Eines Tages komme ich aus der Schule nach Hause und meine Musik ist weg. Alle meine sorgsam aufgenommenen Cassetten und auch die Schallplatten sind verschwunden.

Meine Augen füllen sich mit Tränen, leise weine ich in mich hinein. Wie sehr hing ich an meiner Musik, an meinen Deep Purple,- und T-Rex Platten, meist Geburtstagsgeschenke meiner besten Freundin in der Schule, an den Aufnahmen der Hitparaden aus dem Radio.

Und wie viel Mühe hat es mich gekostet, zu meiner Musikzusammenstellung zu kommen.

Mühe hat es vor allem deshalb gekostet, weil moderne Popmusik in unserem Elternhaus nicht geduldet ist und es daher schwierig war, Aufnahmen mit dem Radiorecorder ungestört zu vollenden.

Immer wenn am Sonntagmittag die Hitparade im Radio läuft, sitze ich gerade mit Mama, Papa und Ragnhild beim Mittagessen. Da versuche ich dann rechtzeitig vorzutäuschen, dass ich zur Toilette muss. Schließlich will ich oben in meinem Zimmer pünktlich den Aufnahmeknopf am Cassetten-Recorder drücken.

Meistens ist Ragnhild die Erste, die vermeintlich zur Toilette rennt. Ich warte innerlich aufgeregt, äußerlich völlig ruhig, bis Ragnhild wieder kommt.

Allerdings habe ich dann schon das erste Lied verpasst.

Ich ärgere mich in dem Moment, dass ich nicht so mutig bin wie meine Schwester. Mama und Papa beschweren sich jedes Mal, wenn auch ich noch während des Essens aufstehe.

Trotz aller Widrigkeiten, habe aber auch ich bereits eine beachtliche Musikmischung zusammengebracht.

Meist kann ich meine Musik nur heimlich am Abend im Bett hören und auch nur ganz leise, damit ich es mit bekomme, wenn Mama die Treppe hinauf steigt.

Aber jetzt ist auch das vorbei, jetzt kann ich meine Musik überhaupt nicht mehr hören.

Vorsichtig frage ich Mama nach dem Grund.

Schließlich darf Ragnhild ihre Musik doch behalten.

Ich bin bei der heimattreuen Sturm-Jugend und da hört man keine Negermusik, lautet die Antwort.

Ich verstehe und sage nichts mehr.

Aber das traurige Vermissen bleibt.


Ich fahre ins Wochenendlager.

Wir hören diesmal einen Vortrag von einem Mann, der Bücher schreibt und für uns HSJler irgendwie ein großer Held ist.

Ich bin gespannt.

Endlich werde ich bestätigt bekommen, dass alles gar nicht wahr ist, was man erzählt, die ganze Geschichte mit den Juden und dass sie alle vergast wurden im dritten Reich.

In der letzten Zeit habe ich solche Geschichten öfter gehört. In der Schule lernen wir es jetzt und auch Ragnhild hat mir wiederholt von diesen schrecklichen Dingen erzählt. Ich sage ihr dann, dass das alles doch gar nichts mit der Sturm-Jugend zu tun hat, dass wir doch hier nichts Schlimmes machen und dass doch sowieso alles gar nicht wahr ist.

Worauf Ragnhild mich als dumm und naiv beschimpft, da ich schließlich allein schon durch meine Leugnung ein solches System unterstütze.

Aber Mama sagt, das seien alles nur Propaganda-Lügen der Alliierten, die Deutschland zerstören wollen.

Ich bin dann immer erleichtert.

Denn wenn diese Abscheulichkeiten wirklich wahr wären, wie könnte ich dann je noch in die Lager fahren und mit meinen Kameraden zusammen sein.

Der Vortrag dieses Autors, der echte Beweise liefern werde, ist für mich daher sehr wichtig.

In der Scheune sitzen wir alle zusammen auf Holzbänken und lauschen gebannt den Worten von Thies Hanssen, einem hageren, älteren Herren mit Halbglatze und Kniebundhosen.

Alles klingt vollkommen klar und ich will es so gern glauben. Dass die Juden unmoralisch und geldgierig seien und wegen ihrer ständigen Geschäftemacherei für Deutschland eine Gefahr seien, weil sie den Deutschen Geld und Arbeit weg nehmen würden, dass Hitler ihnen daher die Möglichkeit zur Ausreise gegeben habe und dass KZ's niemals existiert haben und niemals Juden vergast wurden.

Ich sauge Hanssens Worte in mir auf wie eine wohltuende Droge.

Ich sehe meine Kameraden, die Beifall spendend an Hanssens Lippen hängen und meine leise aufkommenden Zweifel verschwinden nach und nach wieder.

Hanssen zeigt uns sogar Fotos und erklärt uns ganz genau, wie man erkennt, dass alles nur gefälscht wurde. Bilder von Massengräbern mit ausgedörrten Körpern werden herum gereicht.

Überall wurden kleine rote Kreise aufgemalt. Die sollen die gefälschten Stellen markieren. Es kostet mich Mühe, mein Entsetzen zu verbergen.

Aber ich will es mir auch gar nicht gestatten, dieses blanke Entsetzen.

Schließlich sind solche Bilder doch überhaupt nicht real, sagt Thies Hanssen. All diese Propaganda-Lügen dienen nur dazu, Deutschland kaputt zum machen.

Seine Worte und die von ihm angeführten Beweise geben mir doch die Gewissheit, dass es in Ordnung ist, was ich mache und woran ich glaube. Endlich gehöre ich zu einer Gruppe von Menschen, die mich als eine der ihren anerkennen.

Da darf doch nicht alles verkehrt sein.

Ich entscheide mich, Hanssens Worten zu glauben.

Alles andere könnte ich nicht ertragen.

# 7

Hanna hatte Natalie zu sich in die Kanzlei bestellt. Irgendwie mussten sie schließlich weiter kommen. Vor allem musste sie als Anwältin endlich ihre Entscheidung treffen.

Ihr Prozess sollte in drei Monaten beginnen.

Natalie erschien beinah pünktlich und nur wenige Minuten später räkelte sie sich genauso ungeduldig in dem Stuhl vor Hannas Schreibtisch, wie am ersten Tag ihres Auftauchens.

Sie starrte mit dem gleichen mürrischen Gesichtsausdruck vor sich hin und Hanna war schnell klar, dass sie einen anderen Weg gehen musste, wenn sie je zu dem Mädchen vordringen wollte.

Hanna schlug ihr kurzerhand einen Spaziergang vor.

Die schwierigsten, aber auch besten Gespräche ihres Lebens hatte sie jeweils während eines Spaziergangs geführt.

Sei es mit Lennart, mit ihrer Mutter, mit Freundinnen und nicht zuletzt vor langer Zeit auch mit Viktor.

Natalie willigte ein, sie schien geradezu froh über Hannas Vorschlag zu sein.


Es war ein ruhiger Spätsommertag.

Die Sonne hatte die Welt in ein goldenes Licht getaucht.

Gemütlich schlenderten die beiden Frauen in die Isarauen, wo sich ihnen ein Eldorado von herrlich bewaldeten Spazierwegen auftat.

Sie gingen schon eine ganze Weile nebeneinander her, ohne dass sie auch nur ein einziges Wort gewechselt hatten.

Hanna hing ihren eigenen Gedanken nach, dachte an Ragnhild, ihre Mutter, an ihre Beziehung zu Lennart, an Viktor.

Irgendwann war sie so vertieft, dass sie Natalie beinah vergaß.

Diese war es schließlich selbst, die das Wort ergriff.

Sie räusperte sich zunächst nur und Hanna wurde immerhin hellhörig.

»Was soll ich denn sagen?«, begann Natalie.

»Was genau passiert ist an diesem Tag, wie es dazu kam«, sagte Hanna.

Es dauerte einen Augenblick, bis Natalie zur Antwort anhob. Offenbar wusste sie nicht recht, wie sie beginnen sollte.

Aber dann brach es aus ihr heraus.

Als sie noch klein waren, seien die eines Tages mit ihren Eltern aufgetaucht. Ja, im gleichen Viertel hätten sie damals gewohnt. Nein, ihre Namen hätten sie tatsächlich nie gekannt. Die haben nie mit ihnen gespielt und sie wollten ebenfalls nie etwas mit denen zu tun haben.

»Diese ganze Familie war so anders. Schwarz waren sie halt und immer so still und aus ihrer Wohnung roch es am Abend immer so komisch. Die haben wohl nicht mittags gekocht, sondern immer erst am Abend und mit komischen Gewürzen.«

Später seien sie dann weg gezogen, in eine andere, bessere Gegend. Der eine, der mit den Zöpfen, sei dann auch nicht mehr in ihre Schule gegangen, sondern besuchte das Gymnasium.

»Er hat sich aufgespielt, dachte wohl, er ist was Besseres. Jedenfalls hat er uns nicht einmal mehr gegrüßt, wenn wir ihm im Bus begegneten. Tat so, als kannte er uns nicht. Ja und der andere war sogar noch auf unserer Schule. Der hat uns auch nicht gegrüßt.«

An diesem Tag aber, da seien sie alle irgendwie schlecht drauf gewesen.

Manne war sogar richtig wütend, weil er gerade wieder einen Job nicht bekommen hatte. Er meinte, dass bestimmt so ein Kanake jetzt diesen Job erledigen dürfe. Ronny und Tom stimmten ihm zu.

»Wir fanden, dass das eine Schweinerei ist, dass Schwarze, Türken und Juden uns Deutschen hier die Arbeit wegnehmen.«

Und dann haben diese Typen, dieser schwarze Hippie mit seiner Rasta-Mähne und sein Bruder vor ihnen im Bus gesessen.

Mit seinem Kopf habe der Rasta zur Musik genickt, die aus seinen Ohrstöpseln kam. Und wieder habe er die Clique aus seinem alten Viertel nicht beachtet, wieder habe er sie nicht gegrüßt. Und der andere hat einfach nur aus dem Fenster geschaut.

»Manne war der Erste von uns, dem das auffiel. Und plötzlich waren wir alle vier so unglaublich wütend auf diese Nigger. Naja, und dann ergab sich das eben alles so.«

Natalie hatte die ganze Zeit als einzige gesprochen.

Hanna war nur schweigend neben ihr her gelaufen.

In ihren Gedanken bastelte sie bereits an einer Strategie, die sie fahren würde, sollte sie die Verteidigung übernehmen. Aber ihr wollte so unmittelbar nichts einfallen, dass zu Gunsten des Quartetts gesprochen hätte. Reichte denn die Tatsache, dass sie wohl alle vier in schwierigen Verhältnissen aufgewachsen waren als Entschuldigung aus?

Wieder sah Hanna das Bild der blutüberströmten Jungen auf dem Bürgersteig vor sich.

Ich kriegs einfach nicht aus meinem Kopf … dieses schreckliche Bild … so junge Kerle … gerade der Jüngere, fast noch ein Kind … nein, da gibt es ganz und gar nichts zu entschuldigen …

Manne befand sich als einziger von den Vieren in Haft.

Zum einen galt für ihn mit seinen 21 Jahren das Erwachsenenstrafrecht. Die anderen drei fielen noch unter das Jugendstrafrecht, da sie alle unter 21 Jahre alt waren. Natalie war die jüngste und als einzige minderjährig.

Zum anderen aber war Manne als Haupttäter angeklagt.

Er hatte Noah zum Verlassen des Busses gezwungen. Jerome war dann einfach hinterher gestolpert.

Von ihm kam der entscheidende erste Schlag in das Gesicht von Jerome, der diesen zu Boden brachte. Und er trat auch dann noch heftig auf ihn ein, als er längst bewegungslos da lag. Wer allerdings den ersten Schlag gegen Noah ausführte, daran konnte Natalie sich nicht mehr genau erinnern.

Natalie stand zunächst mehr oder weniger unschlüssig dabei. Erst, als beide Jungen bereits am Boden lagen, fing auch sie an, die Jungen lauthals anzupöbeln und abwechselnd auf jeden einzutreten.

Zumindest Natalie wurde daher lediglich einer Mittäterschaft beschuldigt, was ihre Lage etwas hoffnungsvoller gestaltete.

»Vermisst du Manne?«, fragte Hanna sie.

»Ja, sehr.«

Manne war für Natalie immer gerade zur rechten Zeit da gewesen. Das war schon früher so, als sie noch Kinder waren. Wenn größere Kinder aus dem Viertel Natalie ärgerten, war Manne da und beschützte sie. Später hatte sie von ihm die erste Zigarette bekommen, die sie dann mit ihm im Fahrradkeller geraucht hat.

Er war auch für sie da, als sie gerade ihren Schulabschluss und damit die Chance, je eine zufrieden stellende Arbeit zu finden an die Wand gefahren hatte.

Und so auch jetzt.

Bis zu dem Tag, an dem er eingesperrt worden war.

Denn zuhause warteten eine täglich betrunkene Mutter sowie deren prügelnder Freund samt unfreundlichem Kampfhund, ansonsten jede Menge Geldnot und in regelmäßigen Abständen der Gerichtsvollzieher.

Da brauchte es für Manne nicht viel, Natalie davon zu überzeugen, dass alles besser laufen würde, ohne Ausländer, Juden und Demokratie.

»Was genau hat er dir erzählt?«, fragte Hanna das Mädchen.

Soviel habe er ihr eigentlich gar nicht erzählt, meinte sie.

»Eben nur, dass solche Zustände nur in einer beschissenen Demokratie möglich sind und das irgendwann Türken, Afrikaner und Moslems die Vorherrschaft in Deutschland übernehmen werden und dass für Deutsche dann kein Platz mehr ist.«

Vielmehr habe er nicht gesagt.

Aber eines Tages hat er sie mitgenommen zu einem Treffen der VAF, der volkstreuen Aktionsfront.

Im Hinterzimmer einer Gaststätte ist es gewesen. Der Wirt hat ihnen den Raum zur Verfügung gestellt.

Damals und auch heute noch.

Er ist wohl einer von ihnen.

Er klopfte einigen zur Begrüßung freundschaftlich auf die Schulter. Die anderen aber begrüßten sich alle anders, den rechten Arm vorgestreckt, die Hand zur Faust geformt.

Insgesamt seien sie zu zwölft gewesen, außer ihr und noch zwei Mädchen waren es nur Kerle.

Es wurde viel gesprochen an dem Abend, über die schlimme Lage in Deutschland.

Dass wir unterwandert werden von den Ausländern, dass es so nicht weiter gehen kann, dass sie jetzt endlich was unternehmen müssen.

Und da sei ihr dann alles richtig klar geworden.

Da hat sie dann begriffen, wie es um Deutschland und die deutsche Zukunft steht.

Hanna schauderte es bei Natalies Schilderungen und es kostete sie einige Mühe, sie ihre Abscheu nicht spüren zu lassen. Andernfalls wäre die fragile Offenheit des Mädchens vermutlich sofort beendet gewesen.

Plötzlich warf Natalie ihr einen seltsam lächelnden Seitenblick zu.

»Da hab ich deinen Viktor kennengelernt, er hat mir alles genau erklärt. Ich hab unglaublich viel gelernt von ihm. Er ist in der VAF unser großer Führer.«

Wie sehr hätte Hanna sich gewünscht, diesen Namen und die Sätze nicht zu hören.

Es fiel ihr unsagbar schwer zu glauben, dass ihr einstiges Idol bis heute solche Gedanken verbreitete. Sie hatte so sehr gehofft, dass auch Viktor sich irgendwann zu einer Kehrtwendung entschieden hätte.

Es erschütterte Hanna zutiefst, dass er offenbar auf seinem Lebensweg am Hass gegen jeden der anders aussah, anders dachte oder einfach anders war fest gehalten hatte.

»Was heißt hier mein Viktor, das ist nicht mein Viktor«, sagte sie nur kurz zu Natalie.

»Er war es doch aber mal. Er hat es jedenfalls gesagt«, entgegnete sie prompt.

Hanna fragte sich, ob das wohl niemals aufhören würde.

Ob sie selbst nach 20 Jahren keine Ruhe finden würde vor den zerstörenden Gedanken, die sie so menschenverachtend fand, der sie ihre Jugend überlassen hatte und für die sie sich so lange Jahre geschämt hat.

Als Hanna später nach Hause kam, war Lennart wie so oft in der letzten Zeit auch an diesem Abend nicht da.

Gab es da möglicherweise eine andere Frau? Dieser kurze Gedanke, der so unvermittelt in ihr aufblitzte, erschreckte sie.

Sie verwarf ihn umgehend.

Im Grunde war ihr seine Abwesenheit ja ganz recht.

So konnte sie sich wenigstens in Ruhe dem Schuhkarton ihrer Mutter widmen. Erstmals nahm sie heute das kleine bunte Notizbuch in die Hand.

Mama, was wirst du mir erzählen …

Sie schob sich eine CD in den Recorder und setzte sich auf ihr Bett. Einen Blues wollte sie hören. B.B.King, ja, der war jetzt genau richtig. `

Mama, ich weiß, für dich wäre das ganz und gar nicht richtig. Schon gar nicht in Verbindung mit deinen Aufzeichnungen. Negermusik, würdest du sagen …

Mit einer bedächtigen Handbewegung schlug Hanna endlich die erste Seite des Notizbuches auf. Es waren offenbar immer nur kurze Einträge, die ihre Mutter damals verfasst hatte. Hannas erster Blick fiel auf das Datum und schnell rechnete sie nach. Als ihre Mutter zu schreiben begonnen hatte, war sie 12 Jahre alt.

»23. November 1931

Jetzt bin ich hier. Seit zwei Wochen schon. Ich wollte nicht weg, aber Mutter hat mich ihm mit gegeben. Ihm, dessen Namen ich nicht aussprechen will. Er lebt jetzt mit einer neuen Frau zusammen, hier in Berlin. Die hat ihn verführt mit ihrem süßen Parfüm, ihrer Pelzstola und diesen stinkenden Zigarettenspitzen. Wie eine Schlange hat sie ihn verführt. Und er ist darauf rein gefallen.

Seitdem ist alles anders, alles schrecklich geworden.

Mutter hat kein Geld mehr uns alle zu ernähren, allein, ohne ihn. Jetzt muss ich hier in die Schule gehen. Das ist aber nicht das Schlimmste.

Gestern Abend ist das Monster wieder in mein Zimmer gekommen. Wie schon einmal. Da waren auch all die Menschen da. Die haben alle getrunken, geraucht und so verrückte Musik gehört. Furchtbar gelacht haben die immer. Da war auch das Monster in mein Zimmer gekommen. Fast hatte ich es schon vergessen. Hat seine harten Lippen auf meinen Mund gepresst. Hat seine Zunge rausgestreckt, wie das züngelnde Band einer Schlange und ist damit an meinem Hals hinunter geglitten bis zum Unaussprechlichen.

Auch was dann kam, ist unaussprechlich.

Aber ich glaube, so war das gar nicht. Ich hab das nur geträumt. Wie konnte ich nur so etwas Widerliches träumen. Ich fühle mich so schmutzig. Es ekelt mich ganz schrecklich vor mir selbst. »Hier endete der erste Eintrag. Entsetzt klappte Hanna das Büchlein wieder zu.

Was war denn das … wer ist er … liebe Güte, Mama, was erzählst du hier bloß …

Hanna stand von ihrem Bett auf und wie ein rastloser Tiger in seinem Käfig ging sie jetzt in ihrem Zimmer auf und ab. In ihrem Kopf schien ein ganzer Sturm zu wüten, so pochten ihre Schläfen. Keinen einzigen Gedanken konnte sie fassen. Verwirrung und Ratlosigkeit herrschten in ihrem Innern. Aus den Boxen ihrer Stereoanlage klangen weiter B.B. Kings schwermütige Lieder. Sein Blues war das Einzige, das jetzt noch zu Hanna durchdrang.

## *Hanna*

Es ist der Sommer 1975, als ich zur Unterführerin ausgebildet werde.

Ganz Europa stöhnt unter der Hitzewelle des Jahrhundertsommers.

Der Vietnam-Krieg ist nun endgültig vorbei.

In Deutschland wird das Alter für die Volljährigkeit von 21 Jahren auf 18 Jahren herunter gesetzt. Für Ragnhild, die in diesem Jahr ihren 18.Geburtstag hatte, ist das gerade zur rechten Zeit gekommen. Ein bisschen beneide ich sie darum, jetzt endlich frei zu sein.

Die aus der RAF hervorgegangene Bewegung »2.Juni« lässt den entführten CDU-Politiker Peter Lorenz frei. Gott sei Dank, denke ich bei mir. Die ganze Zeit habe ich mit gefiebert und so sehr gehofft, dass sie ihn nicht umbringen. Es gibt also auch gute Nachrichten.

In Spanien stirbt General Franco. Damit endet die 36 Jahre dauernde Diktatur. Juan Carlos I. wird zum König proklamiert. Sofort muss ich an unseren in der HSJ oft gesungenen Bombenfliegermarsch der Legion Condor denken.

Wie es in der zweiten Strophe heißt: »Die Roten wurden geschlagen im Angriff bei Tag und bei Nacht. Die Fahne zum Siege getragen, dem Volke die Freiheit gebracht«.

Auch im Refrain geht es um die Freiheit: »Vorwärts Legionäre, vorwärts im Kampfe sind wir nicht allein, nur die Freiheit muss Ziel unseres Kampfes sein, vorwärts Legionäre«.

General Franco, war das wirklich Freiheit, die du den Spaniern gebracht hast? Angesichts der unzähligen gefolterten und ermordeten Menschen, von denen in den Nachrichten gesprochen wird, habe ich meine Zweifel.

Ich habe das Lied immer gern gesungen, weil mir die Melodie und der Rhythmus gefielen und es bei uns im großen Chor so mitreißend geklungen hat. Aber bei diesen Bildern im Fernseher, in denen sie die 36 Jahre spanischer Diktatur Revue passieren lassen, fühle ich mich plötzlich schuldig. Schuldig, so fröhlich mitgesungen zu haben.

In der Mode tauchen die ersten bunten, weit fallenden Folkloreblusen auf. Sie gefallen mir, aber ich fürchte, auch dieser Trend wird für mich nicht in Frage kommen. Mama findet, dass die alle wie Gammler aussehen.

Musik kann ich weiterhin nur heimlich hören. Da ich keine eigenen Aufnahmen mehr habe, bleibt mir nur das Radio. Spät abends im Bett schalte ich mein Gerät ganz leise ein. Dann bekomme ich wenigstens ein bisschen mit, welche neuen Lieder es gerade gibt.

Und ich brauche Musik einfach für mein Leben.

Schlagersänger Michael Holm führt die Hitliste mit »Tränen lügen nicht« an, Bachmann Turner Overdrive stottern sich durch ihr »You ain't see nothing yet« und Udo Jürgens besingt den »Griechischen Wein«. Die ganze Nation tanzt in den Discos begeistert zu »Paloma Blanca« von der George Baker Selection.

Wenn ich auch niemals dazu in der Disco tanzen werde, so gibt mir doch dieses Lied immer ein befreites Gefühl.


Ich bin fünfzehn Jahre alt.

In den Sommerferien fahre ich für drei Wochen ins Unterführerlager nach Flandern in Belgien.

Die obere Führungsriege der Sturm-Jugend hat einen wunderschönen Platz für das Ausbildungslager ausgewählt. Die flandrische Heide, in Belgien auch Jugendparadies genannt.

Hier lernen wir alles, was es zum Überleben in der freien Natur braucht.

Vom Zeltaufbau, übers Entfachen von Feuer mit eigenhändig gesammeltem Holz bis hin zum Lesen von Kompass und Karte.

Letzteres lernen wir, die angehenden Unterführerinnen, indem wir mitten im Jugendparadies ausgesetzt werden.

Wir müssen mittels Kompass und Karte den Weg über verschiedene Stationen zurück ins Lager finden.

Es ist ein heißer Sommer.

Alles ist sehr anstrengend und ich habe manchmal Angst vor dem nächsten Tag, weil ich nie weiß, was dann wohl auf uns wartet.

Oft denke ich an meine Klassenkameraden in der Schule, die jetzt vermutlich in Spanien, Italien oder anderswo am Meer liegen, die vielleicht abends hübsch angezogen und geschminkt in eine Stranddisco gehen dürfen, die flirten, faulenzen, morgens lange schlafen und sich einfach nur schöne Ferien machen.

Was werde ich erzählen, wenn am ersten Schultag nach den Ferienerlebnissen gefragt wird?

Schon die Nächte sind wenig erholsam.

Entweder unser Mädchenlager wird quasi zum Spaß vom benachbarten Jungenlager überfallen, was zur Folge hat, dass an den Zelten sämtliche Heringe heraus gezogen werden, worauf unsere Zelte in sich zusammenfallen und von uns mitten in der Nacht neu aufgebaut werden müssen.

Oder aber, wir werden mit der Trillerpfeife aus dem Schlaf gerissen, um fünf Minuten später fertig angezogen vor den Zelten anzutreten und ein nächtliches Geländespiel zu spielen.

Da liegen wir dann alle einzeln irgendwo im Gras und robben uns bäuchlings auf dem feucht-kühlen Boden zu irgendeinem imaginären Ziel, möglichst ohne vom ebenfalls imaginären Feind erwischt zu werden.

Und dann sind da noch die Nachtwachen.

Zu zweit müssen wir abwechselnd das Lager bewachen. Zum Schutz vor feindlich gesinnten belgischen Jugendlichen heißt es, die das Lager möglicherweise angreifen werden, weil sie die bei ihnen verhasste Sturm-Jugend vertreiben wollen.

In den drei Wochen sind es jedoch nur die HSJ-Jungen selber, die das Lager angreifen und uns Mädchen nicht schlafen lassen.

Irgendwann wünsche ich mir nur noch, endlich eine Nacht durchschlafen zu können.

In diesen drei Wochen lerne ich auch das Schießen mit dem Kleinkalibergewehr.

Eine richtig gute Schützin bin ich und stolz darauf. Da ich Linkshänderin bin, schieße ich immer mit links. Alle bewundern mich, dass ich so gut treffe und das auch noch mit links. Die Schießübungen machen mir jedenfalls mehr Spaß, als die tägliche militärische Formalausbildung oder die kilometerlangen Gepäckmärsche, die wir in sengender Hitze zum Teil im Gleichschritt zu absolvieren haben.

Inzwischen kenne ich jedes militärische Kommando. Ich weiß, dass es »Augen rechts«, und »die Augen links« heißt, ich kenne den Unterschied zwischen »Stillgestanden« und »Rührt euch«.

Ich kriege es exakt mit den anderen hin, im Gleichschritt zu marschieren und das Kommando »links um« synchron zu befolgen.

Manchmal fühle ich mich, als würden wir uns auf den nächsten Krieg vorbereiten.


An manchen Tagen können wir uns auch ein bisschen erholen, da steht dann nur »Deutsche Geschichte« auf dem Programm.

Für die Geschichtsstunden sitzen wir alle im Kreis auf dem Boden und lernen, dass Deutschland den zweiten Weltkrieg nur verloren hat, weil es verraten wurde, dass die deutschen Grenzen in Wirklichkeit anders als in der Schule gelehrt verlaufen und welche äußeren wie inneren Rassenmerkmale den Juden beschreiben.

Beim Thema Juden fühle ich immer eine heimliche Abscheu gegen die Führer im Lager, die mit uns die Geschichtsstunden hier abhalten.

Dabei ist es nicht allein der kalte, sachliche Ton in dem sie über die vermeintlich schlechten Eigenschaften jüdischer Menschen sprechen.

Ich verstehe nicht, warum einem ganzen Volk Eigenschaften wie Bösartigkeit, Hinterhältigkeit und Gier zugeschrieben werden. Eigentlich tun mir diese Menschen leid, denen hier so viel Schlechtes nachgesagt wird.

Nur sagen darf ich so etwas keinesfalls, nicht hier, nicht bei den HSJlern.

Und erstmals beginne ich mich zu fragen, ob meine Schwester Ragnhild, die Lehrer in der Schule und die Radio,-und Fernsehsendungen vielleicht doch recht haben, wenn sie sagen, das 6 Millionen Juden in deutschen Konzentrationslagern gequält und ermordet wurden.

Aber hier im Unterführerlager sprechen alle nur von der «Sechs-Millionen-Lüge» der Alliierten.

Genau wie Mama, die das auch immer sagt und überhaupt jeder in der Sturm-Jugend.

Die Abende sind dann gemütlich, da sitzen wir alle um das Lagerfeuer herum und singen Volks,-Fahrten,-und Kampflieder.

»Wir lagen vor Madagaskar«, »Wenn die bunten Fahnen wehen«, »Wir sind die Niedersachsen, sturmfest und erdverwachsen«, ach wie sehr ich doch das gemeinsame Singen liebe.

Volkstanz fällt aus, da dieses Lager ein reines Mädchenlager ist. Im Unterführerlager werden Jungen und Mädchen immer voneinander getrennt ausgebildet.

Vor dem letzten Abend fürchte ich mich allerdings schon seit dem ersten Tag, als wir alle hier angekommen sind.

So gehört zum Abschluss der Unterführerausbildung eine Mutprobe.

Nur wer neben den vielen praktischen und theoretischen Prüfungen auch die Mutprobe geschafft hat, bekommt am letzten Tag feierlich die Ernennungsurkunde zur Unterführerin und die Trillerpfeife an der blauen Kordel überreicht.

Allerdings sagt uns vorher niemand, wie sie denn aussehen wird, diese Mutprobe.

Ich fühle mich ganz und gar nicht mutig.

Aber ich will Mama nicht enttäuschen und deshalb unbedingt auch diesen Teil der Prüfung durchstehen.

Seit ich denken kann, bin ich in meiner Familie der Angsthase.

Früher hatte ich Angst Schwimmen zu lernen oder in der Turnhalle die große Sprossenwand emporzuklettern und noch heute habe ich im Schulsport Angst vor den Übungen am Stufenbarren.

Wie oft hat Mama mich deshalb beschimpft und Ragnhild über mich gelacht. Die Vorstellung, ich könnte nun ohne die Mutprobe und damit auch ohne blaue Kordel nach Hause fahren, scheint mir unerträglich.

Voller Angst erwarte ich also den unaufhaltsam näher rückenden Abend.


Der Abend ist gekommen.

Erst in der vollständigen Dunkelheit, gegen 23 Uhr brechen wir alle gemeinsam auf, um nun die letzte Prüfung zur Unterführerin, die Mutprobe zu absolvieren.

Wir werden auf einen schmalen Weg geführt, unter dem sich eine breite, tiefe Schlucht auftut. Über die Schlucht ist ein Seil von einem Ufer zum anderen gespannt.

Daran hängt ein Karabinerhaken.

Leise zittere ich vor mich hin. Ich weiß nicht, ist es Aufregung oder Angst.

Und dann kommt Martin vom Jungenlager. Er ist Unteroffizier bei der Bundeswehr und stellvertretender Gauführer bei der heimattreuen Sturm-Jugend.

Er ist extra rüber zum Mädchenlager gekommen, um uns diese Mutprobe abzunehmen.

Auch einige Jungen sind mit dabei.

Sie haben gemeinsam mit Martin alles für diesen Abend vorbereitet, haben die Schlucht ausgewählt, das Seil mit dem Karabinerhaken darüber gespannt und den Weg mit Fackeln erleuchtet.

Kurz und zackig erklärt Martin, was wir zu tun haben.

Das erste Mädchen ergreift schließlich mutig den Karabinerhaken und überquert daran an dem Seil hängend die große Schlucht. Mit stockendem Atem verfolge ich die kleine Reise.

Ich beobachte, wie sich das Mädchen am anderen Ufer bei der unsanften Landung die Knie aufschlägt.

Ein Mädchen nach dem anderen hängt sich dann an den Haken, alles geht gut und alle schlagen sich auf der anderen Seite die Knie auf.

Ich bin ganz und gar nicht mutig, sondern habe furchtbare Angst.

Ich stelle mir vor, ich könnte abrutschen und in die Tiefe stürzen. Welchen Schmerz das bereiten würde. Wäre ich schwer verletzt? Würde ich einen solchen Sturz überhaupt überleben? Aber ich bin nicht allein, auch einige andere Kameradinnen hat der Mut längst verlassen. Genau wie ich drücken sie sich im Hintergrund rum.

In der Dunkelheit, mit den Fackeln, die den Abgrund spärlich erleuchten, wirkt die Situation gespenstisch.

Gerade habe ich den Entschluss gefasst, ohne Mutprobe und ohne blaue Kordel nach Hause zu fahren, da ruft Martin mich.

»Hanna, was ist mit dir? Na los, komm schon.«

Ich kenne ihn schon lange von den Wochenendlagern in Norddeutschland.

Ich will mir keine Blöße geben und trete an den Abgrund heran. Ich ergreife den Karabinerhaken, zögere jedoch, will lieber doch nicht…

Da versetzt Martin mir kurzerhand einen Schubs von hinten und schon rolle ich über die Schlucht.

Nur nicht auf die Knie fallen, denke ich die ganze Zeit.

Kurz vor dem Ziel drehe ich mich plötzlich um und lande mit Wucht auf dem Rücken. Mit kurzem Aufschrei bleibe ich liegen. Ich bekomme keine Luft.

Ich spüre einen heftigen Schmerz in meinem Rücken.

Alle stehen mit erschrockenen Gesichtern um mich herum.

Erst nach einigen Minuten schaffe ich es, aufzustehen und ganz langsam weiter zu gehen.

Den Schmerz in meinem Rücken werde ich noch eine ganze Zeit lang spüren. Aber ich bin stolz und erleichtert, dass ich es geschafft habe und die blaue Kordel bekommen werde.

Gleich morgen will ich Mama und Papa von einer Telefonzelle im Ort anrufen und es ihnen erzählen.

Allerdings bin ich die letzte, die an diesem Abend die Schlucht überquert.

Die übrigen Mädchen haben den Mut, die Mutprobe zu verweigern.

Am Tag nach der Mutprobe reisen wir alle ab.

Gemeinsam mit den Jungen aus dem Nachbarlager geht es nun noch für drei Tage an die Küste nach Ostende.

Wir schlafen unter freiem Himmel am Strand.

Am nächsten Morgen müssen wir alle lachen, weil uns die Mücken zerstochen und unsere Gesichter in ulkige Fratzen verwandelt haben. Wir schlendern in kleinen Gruppen durch die Stadt und baden bei meterhohen Wellen im Meer.

Wegen des schweren Seegangs ist das Baden eigentlich verboten. Überall am Strand ist die rote Fahne gehisst. Aber wir stürzen uns trotzdem in die Wellen. Und wir finden es aufregend, gemeinsam gegen das Verbot zu verstoßen.

Die Lagerleitung hat uns diese drei Tage geschenkt.

Drei Tage für drei Wochen Strapazen und Drill, denke ich mir heimlich.

# 8

Fast hatte Hanna sich entschieden. Sie glaubte zumindest, sie hätte sich entschieden.

Zwar war sie sich noch nicht vollkommen sicher, aber sie kam immer mehr zu der Überzeugung, dass sie Natalies Verteidigung vor Gericht übernehmen wollte.

Hanna hatte das Mädchen in den vergangenen Tagen mehrmals getroffen. Und Natalie hatte ihr letztlich doch einiges von sich erzählt.

Dabei wuchs in Hanna das Gefühl, dass sie beide mehr miteinander verband, als sie bisher wahrhaben wollte. Beide hatten in ihrer Jugend eine Menge Probleme, die eine vor vielen Jahren, die andere jetzt.

Es war jedoch nicht Mitleid, dass Hanna dem Mädchen näher brachte, sondern eher eine Art von Verständnis.

Verständnis für die Bewunderung eines Jungen, der zu ihr stand, der sie beschützte, wenn es ihr nicht gut ging. Genauso hatte Viktor damals zu mir gestanden … genauso hatte er mich beschützt … hatte mir das Gefühl gegeben, geliebt zu sein …

Aber sie hatte wohl auch Verständnis für diese Suche nach Freunden, für das Dazugehören wollen zu einer Gruppe, für den Wunsch, angenommen zu werden.

Verspürte sie noch vor wenigen Tagen bloße Abneigung gegen das Mädchen und ihre Freunde, wie gegen den Fall, begann sie jetzt, sich in Natalie hineinzuversetzen.

Seltsam … wieso beschäftigt sie mich so … ich mag sie nicht mal wirklich … wie sie auftritt, wie sie redet … diese grenzwertigen Äußerungen … kaum auszuhalten … und trotzdem berührt sie mich … sie hat sowas Verlorenes, Einsames …

Dabei kenne ich sie doch erst so kurze Zeit … trotzdem will ich ihr helfen … glaube irgendwie, es ist richtig … vielleicht kann ich sie ja aus dem ganzen Sumpf rausholen …

Der Gedanke, dass sie Natalie helfen würde, machte Hanna beinah euphorisch.

Sie dachte sogar daran, ihre Mandantin in einem Aussteigerprogramm für Neonazis unterbringen.


Hanna ging in ihr Zimmer und nahm ihre Geige aus dem Kasten. Sie wollte nachdenken. Ein melancholischer Tango, der würde ihr jetzt gut tun. Sie legte die Geige an ihr Kinn, setzte den Bogen an und strich ihn sanft über die Saiten. Mit einem langgezogenen hohen G begann der Tango, bevor er ins typische rhythmische Staccato überging.

Während der Bogen über die Seiten glitt und Hanna das wunderbare Moll in sich aufnahm, begannen ihre Gedanken zu fließen.

Die Geige war ein Erbstück von ihrem Vater. Er hatte von früher Jugend an darauf gespielt. Seine Großeltern hatten das Instrument einst Zigeunern abgekauft. Keiner wusste, woher die Geige kam und auch nicht, wie alt sie letztlich war. Immer hatte sie aber wunderschön geklungen. Seit dem Tod ihres Vaters spielte Hanna sie nun. Sie hatte einige Jahre Unterricht genommen und sich auf einen hörbaren Level gebracht.

Inzwischen hatte Hanna es sich zur Angewohnheit gemacht immer dann zu spielen, wenn sie am nächsten Tag ein schweres Plädoyer halten musste. Am liebsten war ihr dann der Tango. Seine Schwere und zugleich Leichtigkeit brachten ihre Gedanken zum Fließen.

Zwar war es noch kein Plädoyer, das sie zu halten hatte.

Aber immerhin ging es um eine bedeutende Entscheidung.

Erstmals verabschiedete Hanna sich von der grundsätzlichen Ablehnung, vor Gericht einen Menschen aus der rechten Szene zu verteidigen und sich damit nochmals auf die dazugehörige Gedankenwelt einzulassen.

Wie ein ganz neuer Weg erschien ihr die Entscheidung.

Am nächsten Tag im Cafe wollte sie Natalie ihre Entscheidung sagen und alles mit ihr besprechen.

So hatte Hanna es geplant.

Es lief allerdings anders, als sie erwartet hatte.

Sie hatten sich für elf Uhr verabredet, aber die Verhandlung um einen Trickbetrüger am Vormittag dauerte länger als ursprünglich geplant und Hanna schaffte es nicht pünktlich. Ein bisschen verspätet betrat sie daher das Cafe.

Inzwischen hatten Natalie und sie sich schon dreimal hier getroffen. Allemal oft genug, um bereits ihren gemeinsamen Lieblingstisch gefunden zu haben. Der kleine, runde Tisch mit weißem Häkeldeckchen in der hintersten Ecke. Nur zwei Stühle hatten daran Platz. Er war also bestens geeignet für Gespräche, die niemand hören sollte. Da sie sich immer am späten Vormittag zu der Zeit zwischen Frühstück und Mittagessen trafen, war das Cafe meistens leer genug, um genau diesen Tisch zu bekommen.

Hastig betrat Hanna das Cafe. Ihr erster Blick fiel auf ihren Tisch in der Ecke. Schon von der Tür aus konnte sie es sehen. Natalie war nicht allein.

Ein Mann saß mit ihr am Tisch und besetzte den zweiten Stuhl. Er schien sich sehr angeregt mit ihr zu unterhalten. Nein, eigentlich schien er allein zu sprechen. Er saß mit vorgebeugtem Körper zu Natalie gewandt und schien geradezu eindringlich auf sie einzureden.

Hanna stutzte. Dieses Profil, diese Gestik.

Irgendwie kam ihr das bekannt vor.

Ein seltsames Gefühl stieg in ihr auf, ein Gefühl, dass sie kaum näher definieren konnte.

Dann ging sie entschlossen auf die beiden zu.

Erst, als sie direkt am Tisch stand, erkannte sie ihn.

Es war Viktor.

»Viktor«, entfuhr es Hanna.

Er blickte lächelnd zu ihr auf und Hanna schien für einen Moment das Herz stehen zu bleiben. Wie gut er immer noch aussieht, dachte sie. Der gleiche intensive Blick aus diesen dunkelblauen Augen. Seine brünetten Haare waren zwar weitgehend grau geworden, aber sie waren noch sehr dicht. Hanna fand, es stand ihm gut, das Grau.

»Guten Tag Hanna, wie schön dich nach so langer Zeit wieder zu sehen. Komm, nimm dir einen Stuhl und setz dich zu uns«, sagte er so unbekümmert, als hätten sie sich erst gestern zuletzt gesehen.

Hanna zog sich den Stuhl vom Nachbartisch heran. Sie setzte sich zu den beiden an den Tisch und bestellte einen Kaffee.

Sie war verwirrt, versuchte hektisch ihre Gedanken zu ordnen, Zeit zu gewinnen, um so normal wie möglich mit ihm reden zu können.

Was in aller Welt will der bloß hier …

»Wie geht es dir?«, fragte er.

»Was willst du hier?«, entgegnete Hanna widerwillig.

»Hanna, was ist los? Ich freu mich einfach, dich zu sehen. Meine Güte, nach so langer Zeit.«

Hanna fühlte ihr Herz bis zum Hals klopfen.

Er hatte immer noch die gleiche Ausstrahlung. Diese fatale Mischung aus aggressiver Kraft und sanfter Freundlichkeit, die sie damals so in seinen Bann gezogen hatte.

Überhaupt hatte er sich wenig verändert. Älter war er eben geworden, gesetzter irgendwie. Wie ein Berufsschullehrer eben. Was er ja auch war, wie Natalie erzählt hatte. Statt der schwarzen Cordhosen, in denen Hanna ihn damals kannte, trug er jetzt eine beigefarbene Jeans-Hose. Seine schwarzen Kapuzenpullover hatte er gegen einen schwarzen Rolli eingetauscht, über dem er ein dunkles Tweed-Sakko trug.

Was für eine seriöse Erscheinung er doch geworden ist … aber ich trau ihm nicht … keine Sekunde traue ich ihm … mein Gott wie hab ich ihn geliebt … zwei Jahre waren wir zusammen … nein, nur nicht daran denken … bloß nicht daran denken, wie sehr ich ihn damals liebte …

Etwas in ihr wehrte sich mit aller Kraft dagegen, sich ein zweites Mal näher auf diesen Mann einzulassen.

Es war die Erinnerung an ihr altes Leben, ihre Gedanken, ihre Naivität und am Ende ihre Scham.

Durch Natalie wusste sie außerdem zu viel über ihn. Der bloße Gedanke daran, dass er jungen Menschen wie Natalie und ihren Freunden Gedanken nahe brachte, mit denen er sie in einen Sumpf aus Rassismus und Gewalt zog, bereitete Hanna puren Widerwillen.

Sie sah in dem einst so geliebten Freund plötzlich den mit Charme und Raffinesse agierenden Menschenverführer.

Er ist wie der Rattenfänger von Hameln …

»Verdammt, ich freue mich aber überhaupt nicht, dich zu sehen. Ich will niemals wieder unter deinen Einfluss geraten«, warf Hanna ihm entgegen, als müsste sie sich vor Viktor schützen.

Er aber sah sie lächelnd an und sagte mit fast sanfter Stimme:

»Warum Hanna? Erinnerst du dich nicht mehr? Wie begeistert du mit uns marschiert bist, wie laut du unsere Lieder gesungen hast, wie fröhlich wir miteinander getanzt haben? Hast du wirklich alles vergessen?«

Nein, nichts von alldem hatte sie je vergessen.

»Ich war jung. Ich war unglücklich zuhause und in der Schule. Ich wurde gemobbt, war zum Außenseiter gestempelt und ja verdammt, in der Sturm-Jugend, meine Güte, allein dieser Name, fand ich damals Anerkennung und gute Freunde. Aber glaube mir Viktor, ich schäme mich bis heute dafür.«

Hanna spürte plötzlich, wie sehr sie sich verteidigte.

Viktors Gesichtszüge verhärteten sich.

Hätte sie nicht gemeint, ihn gut und lange genug zu kennen, Hanna hätte sich plötzlich gefürchtet.

»Verstehst du nicht, dass es hier um Deutschland und die deutsche Zukunft geht?«, fragte Viktor jetzt mit harter Stimme.

»Liebe Güte, ist das die deutsche Zukunft? Dass zwei Jungen mit zerschlagenem Gesicht im Krankenhaus liegen? Ist es tatsächlich das, was du willst?«, entgegnete Hanna aufgebracht.

»Darum geht es doch gar nicht. Es geht ganz und gar nicht um zwei einzelne Burschen im Krankenhaus«, meinte Viktor.

»Die beiden sind ohnehin pure Zufallsopfer, das habe ich jedenfalls so nicht geplant. Zumindest nicht zum jetzigen Zeitpunkt. Da sind die jungen Leute halt ein bisschen übereifrig gewesen. Sie hatten wohl einen schlechten Tag«, erzählte Viktor weiter.

Er bedachte Natalie mit einem kurzen Kopfnicken.

Hanna schluckte unwillkürlich. Eine solche Tat lediglich als einen Überschwang zum falschen Zeitpunkt abzutun, erschien ihr Jerome und Noah gegenüber zynisch.

»Also Hanna, es geht hier um weit mehr, als um irgendwelche schwarzen Kerle.«

Inzwischen war Hanna so wütend geworden, dass sie sich beherrschen musste, ihn nicht hier im Cafe vor allen Leuten laut an zu brüllen.

»Doch Viktor, genau darum geht es gerade«, begann sie mit gepresster Stimme.

»Um zwei Jungen, denen ihr das angetan habt. Und ihr glaubt auch noch, ihr hättet im Namen Deutschlands gehandelt. Meine Güte, was für eine Arroganz. Stell es dir bitte einmal bildlich vor, was die vier mit Jerome und Noah gemacht haben. Was für eine Angst mussten sie haben, welche Schmerzen aushalten. Ihre Gesichter werden heilen, aber die Erinnerung wird für immer bleiben. Bis jetzt weiß man noch nicht einmal, ob Noah überleben wird. Und die Eltern, die sitzen am Bett und beten vermutlich tagtäglich dafür, dass ihr Sohn leben und irgendwann vergessen kann was ihm widerfahren ist. Der aber wird es nicht vergessen. Und auch Jerome wird diesen Tag niemals mehr vergessen.

Verdammt, wer gibt euch das Recht den Wert von Menschen zu bemessen oder gar zu entscheiden, wer hier leben darf und wer nicht«.

Hanna hatte sich inzwischen in Rage geredet.

Viktor warf ihr einen ernsten Blick zu, den sie nur schwer zu deuten vermochte. War es lediglich ein forschender oder doch eher ein verächtlicher Blick, war es vielleicht beides, sie wusste es nicht. Plötzlich schlug er seine Augen kurz nieder und wandte sich Natalie zu.

»So ist sie, so war sie schon immer, leidenschaftlich und impulsiv«, sagte er leichthin lachend zu ihr.

Hanna fand, es klang aufgesetzt.

Während sie noch kurz überlegte, was sie darauf antworten könnte, fragte er sie in wieder weicherem Tonfall, ob sie Natalie helfen werde.

»Zumindest dachte ich bis jetzt noch, ich würde ich es tun«, entgegnete Hanna schroff.

»Ich habe Verständnis dafür, wenn jemand einen falschen Weg einschlägt. So was passiert eben. Als Anwältin weiß ich das nur all zu gut. Allerdings habe ich kein Verständnis, wenn man auf dem Weg bleibt.«

Viktor lächelte matt.

»Und du glaubst also genau zu wissen, was der richtige Weg ist?«

Hanna blickte ihm einen Moment lang direkt in die Augen. Genauso hatte sie ihn all die Jahre in ihrer Erinnerung behalten. Immer hatte er auf alles eine Antwort gehabt. Nur hatte sie damals seine Antworten bewundert.

Heute ärgerte es sie, dass ihr nach wie vor jede Schlagfertigkeit fehlte.

Nicht einmal die Jahre als Anwältin haben je etwas daran geändert.

Und so saß Hanna jetzt vor ihm und wusste keine Antwort auf Viktors Frage.

Ohne weiter darauf einzugehen, sagte sie schließlich, »egal was er verbrochen hat, in diesem Land hat jeder Mensch vor Gericht das Recht auf Verteidigung. Wir leben immerhin in einem Rechtsstaat. Insofern hat auch Natalie das Recht auf eine Verteidigung. Ich denke allerdings, du solltest jemand anderen als mich dafür suchen. Ich bin nicht die Richtige für euch. Ich kann das nicht.«

Rasch legte sie das Geld für den Kaffee auf den Tisch. Dann erhob sie sich und zog ihre Jacke an. Victor sah sie verblüfft an. Natalie dagegen sah ihre Anwältin gar nicht an. Sie hatte die ganze Zeit geschwiegen.

Die Arme verschränkt, starrte sie am Tisch vorbei auf den Boden.

Ohne einen Gruß ging Hanna hinaus.

Draußen ging sie mit schnellen Schritten in den angrenzenden Park. Auch dort angekommen verlangsamte sie ihr Tempo nicht gleich. Sie ertappte sich, dass sie beinah im Marschschritt vor sich hin lief. Zu aufgewühlt war sie.

Hanna war wütend über Viktor, über sich selbst und darüber, dass er hier inmitten ihrer Entscheidung aufgetaucht war.

Wenn er wüsste, wie nah dran ich war, Natalie zu helfen … irgendwie hat er alles kaputt gemacht … ich fühle mich wie eine Marionette … eine Marionette, deren Fäden in seiner Hand hängen … die von ihm gezogen werden… mit dem Ziel, mich zur Verteidigung von Natalie Schabbatz zu lenken …

## *Viktor*

Nun habe ich sie also wieder gesehen. Nach so langer Zeit. Was ich empfunden habe, kommt mir fast wie ein Verrat an Dir vor. Wie ein ertappter Ehebrecher stehe ich jetzt mit Blumen hier. Liebe Güte, wie sie sich verändert hat. Zumindest in ihrer Einstellung.

Sie machen sich gut hier an diesem Platz, die Blumen.

Ich weiß, es sind deine Lieblingsblumen.

Es tut gut, hier auf der Bank zu sitzen und inne zu halten. Hier bei dir. Und auf die schönen Blumen zu schauen. Ich glaube, ich bleibe eine kleine Weile hier sitzen. Dir ganz nah.

Dass sie für unsere Sache verloren sein würde, war ja damals schon klar. Als sie mich verließ, wusste ich, dass sie auch unsere Kameraden verlassen würde. Das allein wäre Grund genug gewesen, sie zu verachten.

Anfangs habe ich das wohl auch. Ich hasste sie sogar.

Mein Gott, wie sehr ich sie hasste.

Ich wünschte ihr alles erdenklich Schlechte. Sie sollte bestraft werden, für ihre Labilität, ihre Inkonsequenz, für ihren Verrat an den Kameraden, an der Sache und an mir.

Irgendwann hat sie es nicht mehr kapiert. Oder sie wollte es nicht mehr kapieren. Nach Jahren gemeinsamen Kampfes hat sie sich einfach abgewendet. Hat unser gemeinsames Ziel verraten. Angeblich konnte sie den Weg nicht mehr mit uns zusammen gehen. Ihr Gewissen hätte es ihr verboten, sagte sie bei unserer letzten Begegnung.

Und heute habe ich sie wieder gesehen.

Unsere Kameradin Natalie soll sie verteidigen. Immerhin hat sie es ja zur Anwältin gebracht. Ich glaube, es wird ein schwieriger Weg bis sie einwilligt. Ich werde ihr daher wohl öfter begegnen. Aber ich muss es schaffen, sie dazu zu bringen. Sie muss Natalie vor dem Gefängnis bewahren.

Ist schon schlimm genug, dass Manne die nächsten Jahre für unsere Sache verloren ist. Wohin führt das nur alles?


## Hanna

Es ist der Sommer 1976.

Ein bewegtes, ein aufregendes Jahr. In vielerlei Hinsicht. Sowohl in der großen, als auch in meiner kleinen Welt.

Die USA führen die Todesstrafe wieder ein. Ich finde das schrecklich. Es wird viel diskutiert darüber. Bei uns in der Schule und auch zu Hause. Mama und Papa gefällt zwar nie, was aus Amerika kommt. Aber in diesem Punkt sind sie sich glaube ich einig mit ihrem Erzfeind. Da wünschen sie sich sogar, dass wir es den Amis nach machen. Ich dagegen denke, niemand hat das Recht zu bestimmen, ob ein Mensch leben darf oder sterben muss. Egal was auch immer dieser verbrochen hat. Mir graust vor dem Gedanken, dass einem Menschen noch sein Lieblingsgericht in die Zelle gebracht wird und er dann auf die Minute pünktlich getötet wird. Ich stelle mir vor, wie er sich wohl fühlt, was seine Gedanken sind, wenn er gerade diesen letzten Weg angetreten ist.

Deutsche Autofahrer müssen sich seit Beginn des Jahres mit einem Gurt anschnallen. Viele empfinden das als Einschränkung ihrer persönlichen Freiheit. Ich finde diese Gurte auch unbequem, aber ich glaube, wir alle werden uns schon daran gewöhnen.

Der Paragraph 218 wird reformiert und Schwangerschaftsabbrüche sind bis zum 3.Monat straffrei.

Liebe Güte, was waren das für Diskussionen in den vergangenen Monaten.

Die Frauen in der Frauenbewegung sagten »mein Bauch gehört mir« und andere sagten »das ist Mord«. Ich kann irgendwie beide Seiten verstehen. Wenn eine Frau nun ganz und gar kein Kind bekommen will, was soll sie dann anderes tun?

Andererseits stelle ich mir vor, wie ein winziger Mensch einfach so aus seinem kleinen Paradies vertrieben und niemals eine Zukunft haben wird. Ich wünschte so sehr, jeder Mensch wäre willkommen und dürfte leben.

In Stuttgart Stammheim erhängt sich die RAF-Terroristin Ulrike Meinhof in ihrer Gefängniszelle. »Gott sei Dank, um die ist's nicht schade«, sagt Mama.

In Brokdorf beginnen die Bauarbeiten für das Kernkraftwerk.

Die Atomkraft-Gegner protestieren und demonstrieren heftig dagegen. Viele junge Menschen tragen jetzt einen Button mit der Aufschrift »Atomkraft-nein danke« an ihren Jacken. Auch wenn Mama und Papa immer von »Krawallmachern« sprechen, finde ich doch, dass die Recht haben. Gern hätte ich auch einen Parka mit so einem Button. Aber ich weiß, allein die Frage würde für einen Riesenärger bei uns zu Hause sorgen.

In den Discotheken tanzt man in diesem Jahr zu Penny Mcleans »Lady Bump«, Pussicat singen »Mississippi« und David Dundas punktet mit seiner Jeans-Hymne »Jeans on«.

Seit einem Jahr bin ich nun Unterführerin.

Die großen Ferien stehen vor der Tür und in diesem Jahr darf ich für vier Wochen mit der Sturmjugend nach Finnland fahren.

Dieses Mal ist es kein Ausbildungslager, sondern eine »Nordlandfahrt«.

Ich freu mich darauf.

In der Schule werde ich erzählen, dass ich mit meinem Sportverein nach Finnland fahre. Ich werde genau schildern, wie wir dort gegen eine andere finnische Mädchenmannschaft Volleyball spielen werden, was für wunderbare Kontakte mein Sportverein mit den Finnen unterhält und vielleicht werde ich sogar einen Freund erfinden, den ich dort habe.

Wenn ich wie immer bis spät wach in meinem Bett liege, denke ich mir solche Geschichten aus.

Dann male ich mir ein buntes Leben mit tollen Freunden und verwegenen Erlebnissen aus. Und dann überlege ich, wie ich die am nächsten Tag in der Klasse verbreiten könnte.

Aber eigentlich ist es egal, nur wenige aus meiner Klasse interessiert, was ich zu erzählen habe.

Vier Wochen von zu Hause weg zu sein, erscheint mir wie ein Paradies. Zu Hause wird irgendwie alles schwieriger. Mama und Papa streiten immer häufiger. Aber auch zwischen Ragnhild und mir, zwischen mir und Mama und zwischen Mama und Ragnhild gibt es fast täglich Streit. Ragnhild gibt mir deutlich zu verstehen, wie übel sie es mir nimmt, dass ich bei der heimattreuen Sturm-Jugend bin. Mama verbietet mir die langen Haare offen zu tragen. Wenn sie mich manchmal ohne Zopfgummi erwischt, bekomme ich Ärger.

Ragnhild kann Mama es nicht mehr verbieten, weil sie jetzt volljährig ist.

Mama schimpft oft über die heutige Jugend und die politischen Verhältnisse in diesem Land.

Sie sagt, die SPD und ihr Kanzler wollen hier Verhältnisse wie in der Ostzone schaffen.

Ich weiß, dass es eigentlich DDR heißt, aber bei uns zuhause spricht man von der Ostzone.

Die Menschen in der Ostzone dürfen ihr Land nicht verlassen, sie dürfen nicht sagen, was sie denken und sie stehen stundenlang in langen Schlangen vor den Geschäften an, sobald es etwas Interessantes aus einem der sozialistischen Bruderländer zu kaufen gibt. So jedenfalls stelle ich mir das Leben in der Ostzone vor, so habe ich es oft selbst bei unseren Besuchen in Thüringen erlebt und ich finde den Gedanken erschreckend, wenn es hier auch so werden sollte. Aber so richtig glaube ich Mamas Worten über die SPD und deren Politiker nicht.

Allerdings bieten diese Themen allemal genügend Anlass zum Streit. Jedenfalls für Mama und Ragnhild. »Dann geh doch rüber in die Ostzone«, sagt Mama oft zu Ragnhild. Während Ragnhild sich dann lautstark zur Wehr setzt, höre ich eigentlich immer nur schweigend zu. Jedenfalls sobald es um Politik geht. Ich weiß nicht, was ich zu all dem sagen könnte.

Ich streite mit Mama eher darüber, ob ich mit einer Freundin irgendwo hingehen oder etwas Modisches anziehen darf.

Worüber hingegen Mama und Papa so häufig in Streit geraten, weiß ich eigentlich nicht. Aus für mich unverständlichen Gründen scheint Mama irgendwie immer wütend auf Papa zu sein. Manchmal, abends im Bett lausche ich. Da greife ich ein paar Wortfetzen auf.

Aber ich kann die Bedeutung nicht verstehen.

»Du hast dich damals nicht gekümmert. Bist in deine Arbeit gerannt und hast mich im Stich gelassen«, glaubte ich einmal zu verstehen.

Und einmal, da hab ich deutlich gehört, wie Mama zu ihm sagte, »Du hast mich damals so allein gelassen«.

So gern würde ich unsere Eltern fragen, bei was denn wer wen im Stich gelassen hat.

Was denn passiert ist.

Aber ich traue mich nicht zu fragen.

Wenn ich dann nachts stundenlang wach liege, stelle ich mir stattdessen vor, wie ich eines Tages fort gehen und all das hinter mir lassen werde.

Ich stelle mir vor, wie ich aus meinem Zimmerfenster klettere und über das Dach flüchte, wie ich von meinem bisschen Ersparten eine Fahrkarte kaufe und einen Zug besteige, dessen Ziel vollkommen unbekannt ist. Ich stelle mir vor, wie ich plötzlich frei und von anderen Menschen anerkannt bin. Meistens schlafe ich über meine Pläne und Gedanken ein. Vermutlich weil ich weiß, dass ich sie niemals in die Tat umsetzen werde.

Ich bin glücklich.

Seit ich weiß, dass Viktor mit nach Finnland fährt, freue ich mich auf die gemeinsame Zeit.

Vier lange Wochen werde ich ihn täglich sehen, sprechen und bewundern können.

Viktor strahlt eine Klarheit und Stärke aus, die ich selber gern hätte und die mir so ganz und gar fehlt.

Während er sich seiner Sache sicher ist und unbeirrbar seinen Weg geht, zweifele ich immer wieder, ob mein Weg in der Sturm-Jugend richtig ist, ob man mir die Wahrheit erzählt oder ich letztlich doch einer großen Lüge, einer fatalen Verblendung aufgesessen bin.

Manchmal sind meine Zweifel so stark, dass ich mich innerlich schäme, dabei zu sein.

Mit Viktor an der Seite würde es mir besser gehen, davon bin ich überzeugt. Seine Sicherheit kann meine Zweifel und meine Scham lindern.

In den letzten Monaten haben wir uns so gut verstanden.

Auf jede noch so schwierige Frage weiß er eine Antwort. Und ich bin stolz darauf, dass er offenbar gern mit mir zusammen ist. Er ist so aufregend, ich bin ganz fasziniert von ihm. Jedes Mal, wenn er mich mit seiner tief-sanften Stimme anspricht, fühle ich mein Herz bis zum Hals klopfen.

Hab ich mich etwa verknallt?

Am Tag der Abreise begrüßt mich Viktor vor dem VW-Bus stehend mit einem lachenden Augenzwinkern bevor er mich herzlich in den Arm nimmt. Dann begrüße ich fröhlich all die anderen mit dem vertrauten »Heil Dir«.

Mama und Ragnhild haben mich mit dem Auto hergefahren und ich hoffe insgeheim, dass sie bald zurück fahren.

In Gegenwart von Mama und meiner Schwester fühle ich mich immer irgendwie befangen.

Stets habe ich Angst, ich könnte etwas sagen oder tun, was die eine zu scharfzüngigen oder die andere zu demütigenden Kommentaren antreibt.

Wie oft schon wollte ich am liebsten vor Peinlichkeit im Erdboden versinken, weil ich in Gegenwart von anderen als begriffsstutzig, ängstlich oder langsam hin gestellt wurde.

Und jetzt, hier vor Viktor wäre das noch viel peinlicher als sonst schon.

Gemeinsam beladen alle Gruppenmitglieder die beiden alten VW-Busse mit ihrem Gepäck.

Insgesamt sind wir 15 Jugendliche, und vier Erwachsene.

Die beiden Busse sind bis an die Decke voll. Im hinteren Teil stapeln sich die großen Rucksäcke. Auf den vorderen Bänken sitzen wir selbst dicht aneinander gedrängt.

Aber es macht niemandem etwas aus, schließlich geht die Fahrt erst mal nur zum Fährhafen nach Travemünde.

Von dort aus werden wir die ganze Nacht auf der Fähre nach Schweden verbringen und am nächsten Tag wieder in die Busse steigen, ganz Schweden durchqueren, dann wieder die Fähre besteigen und am späten Abend im finnischen Karelien landen.

Endlich bricht unser kleiner Trupp auf nach Travemünde zur Fähre.

Mama und Ragnhild haben nichts Peinliches gesagt, sondern mich zum Abschied umarmt und uns allen gute Reise gewünscht.

Jetzt stehen sie am Straßenrand und winken uns hinterher.

Die Reise wird für mich zu einer der Schönsten in meinem Leben.

Wir leben in einer Blockhütte in Südkarelien, nahe der russischen Grenze im Wald, wo einem über Wochen kein Auto begegnet, wo wir Elche und Bären sehen und wo im Sommer die Sonne niemals untergeht.

Wir haben es geradezu perfekt getroffen, denn in Skandinavien ist in diesen Wochen Mittsommerzeit.

Die ganze Nacht über bleibt die Sonne am Horizont stehen und taucht die Welt in ein sanftes orangefarbenes Dämmerlicht.

Wir gehen in die Sauna, baden im See, grillen am Abend Würstchen am Kamin, wir singen, wandern, wir fahren mit einem kleinen Ruderboot hinaus auf den See zum Fischen und eines Tages sage ich zu meiner Freundin Lisa,

»Ich komme mir vor wie in einem wunderbaren Film«.

Ein Film ohne Fahnenappell, Stillgestanden und nächtliche Geländespiele. Hier in der Einsamkeit Kareliens, dürfen wir endlich einmal locker zusammen sein.

Ohne Drill, militärische Kommandos und beinah sogar ohne Hasstiraden gegen Ausländer, Juden und Andersdenkende.

Eines Abends fragt Viktor mich, ob ich mit ihm runter zum See gehe. Die Sonne steht bereits ganz tief am Horizont und wirft einen schmeichelnden Schimmer auf unsere Gesichter. Ich bin nervös. Ich hebe ein paar Steine auf, hole weit mit meinem Arm aus und lasse sie über das Wasser tanzen.

»Eins, zwei, drei, jawohl«, zähle ich jedes Mal laut mit. Das ›Fitscheln‹ habe ich als Kind bei den Familienurlauben an der Ostsee gelernt. Richtig gut kann ich es inzwischen. Und es tut mir gut jetzt in dieser Situation, hier allein und nervös neben Viktor. Wie immer klopft mein Herz, dass ich das Gefühl habe, es springt mir gleich aus der Brust. Er aber steht ganz ruhig neben mir und beobachtet mich.

Gerade habe ich zum dritten Mal eine Hand voll Steine gesammelt und will erneut zum Wurf ausholen. Da hält Viktor mich plötzlich am Arm fest. Er dreht mich zu sich.

Dann umarmt und küsst er mich.

Oh mein Gott, was für ein Kuss. Als wir wieder zu den anderen zur Hütte zurückgehen, zittern mir die Knie und wer weiß was sonst noch alles. Als Lisa mich ansieht, grinst sie nur wissend.

Viktor und ich sind von diesem Augenblick an unzertrennlich.

Während ich ihn mit Charme und Fröhlichkeit zu betören versuche, erklärt er mir mit Idealismus und Eloquenz die Welt. Wir können nicht mehr voneinander lassen.

Wann immer möglich, ziehen uns in eines der Zelte zurück, um uns ungestört zu küssen und zu liebkosen.

Während dieser Wochen wird Viktor für mich zum ersten Mann in meinem Leben.

Später, in Helsinki, schlendern wir Hand in Hand durch die Stadt. In einem Schaufenster sehe ich ein seltsames Schmuckstück.

Ein bronzefarbenes Amulett mit Verzierungen, die wie ineinander verschlungene Schlangen aussehen. Fasziniert starre ich auf das Amulett.

Am nächsten Abend, als wir auf einer Bank sitzend dem Sonnenuntergang zusehen, drückt Viktor mir etwas in die Hand. Das bronzefarbene Amulett.

Ich schwebe wie auf Wolken und wünsche mir, dieser Zustand möge niemals enden.

Irgendwann aber zählen wir verzweifelt jeden Tag der uns noch verbleibt und am Ende auf der Fähre die uns zurück nach Travemünde bringt jede Stunde, jede Minute.

Dann ist es vorbei, wir müssen Abschied nehmen.

Ich fahre zurück nach Hamburg und Viktor nach Berlin.

Noch Wochen später trauere ich der schönen Zeit nach.

Alles ist schwerer geworden, denn ich kann Viktor nur in den Lagern sehen oder aber, wenn er mich daheim bei meinen Eltern besucht. Als HSJler darf er das immerhin.

Aber da können wir nur zusammen am Kaffeetisch sitzen und uns mit Mama und Papa unterhalten.

Unbefangene Momente der Intimität sind selten.

Manchmal sind da noch die Besuche bei Maren, Viktors Mutter.

Da sitzen wir dann zu dritt in der Küche und diskutieren heftig über Politik und gesellschaftliche Probleme.

Maren denkt anders als Viktor und ich.

Sie hat nichts gegen Menschen aus fremden Ländern. Von ihr kommt niemals ein böses Wort gegen Juden und sie freut sich, wenn im Radio Popmusik aus Amerika gespielt wird.

Am liebsten hört sie Frank Sinatra.

»It was my way« ist ihr Lieblingslied.

Wenn sie das hört, bekommt sie immer einen ganz melancholischen Blick.

Allerdings gibt sie nie auf, mit Viktor und mir über Hitlers Schuld, den Krieg angezettelt zu haben, die Verbrechen an Juden und Andersdenkenden in den KZ's, oder die Einsamkeit und das Heimweh der heute nach Deutschland einreisenden Gastarbeiter zu sprechen. Immer wieder versucht sie, uns zur Umkehr unserer Gedanken zu bewegen. Viktor reagiert meistens wütend auf die Überzeugungsversuche seiner Mutter.

Ich hingegen weiß nicht, wie ich über Marens Worte denken und noch weniger, wie ich darauf reagieren soll. Wenn die beiden streiten, sitze ich meist schweigend da. Ich starre vor mich hin und hoffe, dass der Streit bald vorbei ist.

Genau wie zuhause, wenn Mama, Papa und Ragnhild streiten.

Trotzdem sitze ich immer gern in der Küche bei Maren. Ich fühle mich wohl in der Nähe dieser Frau, die mir so viel Herzlichkeit entgegenbringt.

Ich liebe die selbstgebackenen Haferkekse, die Maren mir in einer großen buntbedruckten Blechschachtel anbietet.

Und eigentlich würde ich auch gern von der herrlich eisgekühlten Coca-Cola trinken, die Maren bei jedem Besuch auf den Tisch stellt.

Aber Viktor fährt seine Mutter sofort an, dass sie dieses Ami-Getränk wegräumen soll. Es sei schon schlimm genug, dass sie selbst sich nicht zu schade für diesen Dreck ist.

Da soll sie doch wenigstens mich damit in Ruhe lassen.

Da traue ich mich dann nicht mehr zuzugreifen.

Da lehne ich die Cola ab.

# 9

Dann kam der Tag, an dem Maren starb. Die gute Maren, Viktors Mutter.

Viktor selbst rief Hanna in der Kanzlei an, um es ihr zu sagen. Sie hatte die alte Dame einst richtig lieb gewonnen.

Und sie erinnerte sich wieder an die Auseinandersetzungen in Marens Küche mit Viktor, als wäre es gestern gewesen.

»Mein Junge, der Hitler hat doch den ganzen Krieg selbst angefangen. So viele Menschen sind da gestorben, so ein Elend hat er dadurch verbreitet. Und sieh doch, wie gut es uns jetzt allen geht.«

Noch immer hatte Hanna Marens Worte im Ohr.

Aber sie hatte auch Viktors Worte im Ohr.

»Mutter, wie du immer daher redest. Du beschmutzt das Andenken unserer Soldaten, wenn du den Amis hinten rein kriechst«, hatte er dann aufgebracht entgegnet.

Es war schwer für die Frau, die so sehr an ihrem einzigen Sohn hing, als der sich nach der Trennung von ihrem Mann für den Vater entschied und diesem nach Berlin folgte.

Ab dann war es aber keineswegs nur die räumliche Distanz, sondern vor allem immer die Gedanken, die zwischen Mutter und Sohn gestanden hatten.

Maren war zehn Jahre alt, als sie die Bombardierung von Hamburg erleben musste. Und während ihre Heimatstadt um sie herum in Schutt und Asche gelegt wurde, verlor sie quasi nebenbei ihre Eltern.

Nicht einmal eine Minute hatte es gedauert, in der sie ihr im Bombenhagel entrissen wurden.

Eben noch neben ihr, war da plötzlich niemand mehr, außer zwei unkenntlichen Wesen, die am Boden lagen und sich nie mehr vom Fleck rühren würden. Dem Mädchen blieb nichts anderes, als sich kurzerhand einem fremden Ehepaar anzuschließen und sein Schicksal in die Hände dieser Menschen zu legen.

Maren hatte Glück im Unglück. Das Ehepaar nahm sich ihrer an und zog das verwaiste Mädchen an Kindesstatt auf.

Allerdings war sich Maren sicher, dass sie nie mehr einen Krieg miterleben wollte. Niemals konnte sie den hellen Schein der gigantischen Feuersbrunst jener Nacht vergessen. Ihr Leben lang verfolgten sie Nacht für Nacht das Heulen der Sirenen, das donnernde Getöse der Fliegerbomben und die verzweifelten Schreie umher laufender Menschen.

Umso unverständlicher erschienen ihr da die Gedanken ihres Mannes, der mit verklärter Begeisterung an der Kriegsmaschinerie Adolf Hitlers, samt dessen Hass auf das jüdische Volk und den Ideen der Lebensraumerweiterung für das arische Volk festhielt.

Weit schlimmer als die verharrenden Gedanken ihres Ehemannes zu ertragen, war es jedoch für Maren, das Einverständnis ihres Sohnes mit seinem Vater ansehen zu müssen.

Die Bundesrepublik Deutschland in den 70ern, eine Zeit von Frieden, materiellem Wohlstand und Vollbeschäftigung – nie zuvor war es den Deutschen je so gut gegangen.

Selbst die Terroranschläge der RAF hatten nicht grundlegend etwas daran geändert.

Aber für Viktor zählte das alles nicht.

Für ihn zählte selbst der Charakter eines Menschen weit weniger, als dessen Herkunft.

Für ihn stand der Wert eines Menschen in seinen Genen festgeschrieben. Gute Gene, schlechte Gene, deutsche Gene.

Genauso hatte Hanna es schon immer von ihrer Mutter gehört und genauso hatte es ihr Viktor während ihres Zusammenseins unermüdlich vorgebetet.

Letztlich sah Viktor die Existenz des deutschen Volkes bedroht von den Gastarbeitern und ihren Familien. Statt Vorteile und Annehmlichkeiten, die diese Menschen aus den fremden Ländern nach Deutschland bringen konnten, sah Viktor in ihnen lediglich eine Volksbedrohung. Nicht einmal die Tatsache, dass die Deutschen selbst es waren, die sie ins Land holten, weil ihnen nach dem Krieg die Arbeitskräfte fehlten, vermochte er anzuerkennen.

»Ihr werdet noch sehen, wie wir uns alle hier mit denen vermischen. Und das wird unser Volk zerstören«, sagte er oft.

Maren hatte das bis zu ihrem Tod nicht verstanden.

Sie hatte eine kleine Rente, was ihr nur eine ebenso kleine Wohnung im Stadtviertel Altona ermöglichte. Die Mieten dort waren gering. Hier konnte sich fast jeder eine Wohnung leisten, auch mit noch so kleinem Einkommen. Und so lebten in Marens Nachbarschaft viele Gastarbeiterfamilien.

Aber sie hatte sich nie daran gestört. Sie verstand sich mit der türkischen Familie von gegenüber, der jungen Jugoslawin von nebenan oder dem exotischen Paar aus Burundi, das zwei Stockwerke über ihr wohnte.

Maren aß auch gern mal beim Griechen um die Ecke.

Selbst wenn sie die Namen der Speisen manchmal nicht richtig aussprechen konnte. Sie zeigte dann immer lachend mit dem Finger auf der Speisekarte, was sie gern essen wollte.

Maren grüßte alle freundlich und alle im Viertel schienen sie gern zu haben.

Für Viktor kam das jedoch niemals in Frage. Er sagte immer, seine Mutter würde sich nur bei den Ausländern anbiedern und sie würde schon sehen, was sie eines Tages davon hätte. Maren hatte dann traurig geschwiegen.

Und so blieben Mutter und Sohn für immer getrennt.

Nach einem letzten großen Streit vor vielen Jahren saß Viktor nie mehr bei seiner Mutter in der Küche am Kaffeetisch und Hanna bereitete der Gedanke an ihren Kummer einen mitfühlenden Schmerz.

Viktors Vater hatte Hanna nie kennen gelernt.

Zum ersten Mal traf sie ihn nun auf Marens Beerdigung. Sie war dafür extra nach Hamburg geflogen.

Was für ein unscheinbarer, gebeugter alter Mann ... so harmlos ... beinah rührend ... hier in seiner Trauer ... das ist also dieser Nazi ... mit einer solchen Macht über Viktor ... kaum vorstellbar ... er sieht so ... mitleiderregend aus ...

Viktors Gesicht war von tiefen Kummerfalten gezeichnet, als er vor der Kapelle auf dem Friedhof die Trauergäste begrüßte. Wie er da so unbeholfen an der Seite seines Vater stand, wirkte er völlig anders, als noch wenige Tage zuvor im Cafe mit Natalie.

Hanna ging auf ihn zu, umarmte ihn kurz und drückte ihm ihr Beileid aus. Sein Gesicht hellte sich auf, als er sie ansah.

»Danke Hanna, wie schön, dass du gekommen bist«, sagte er.

Nach so langer Zeit des Schweigens war er nun also zum Begräbnis seiner Mutter gekommen. Hanna dachte daran, wie sehr sie es sich immer gewünscht hatte, ihren Sohn noch einmal zu sehen, sich mit ihm auszusöhnen, ihm einmal noch nah zu sein.

Aber er war unerbittlich geblieben bis zu ihrem Tod.

Sie hatte sich nicht seinen Gedanken gebeugt und er hatte ihr nie verziehen.

Und wenn Hanna ihn jetzt ansah, seine tiefen Falten um Mund und Nase, seine eingefallenen Wangen, seine gebeugte Haltung, dann war ihr, als trauerte er am Ende doch um seine Mutter und als schien er seine Härte zu bereuen.

Aber dafür war es zu spät und fast tat Viktor ihr leid.

## *Viktor*

Da bin ich also wieder, mein Liebes. Die Blumen sind schon verwelkt. Wie schnell das doch immer geht.

Jetzt ist sie tot. Meine Mutter. Sie ist gestorben, ohne, dass wir jemals noch ein Wort miteinander gesprochen haben. Sie war auch so eine Umfallerin, genau wie Hanna.

Aber eigentlich kann ich das über meine Mutter nicht einmal sagen. Sie hat sich ja schon gegen die deutsche Geschichte gestellt, kaum dass der Krieg vorbei war.

Ist den Amis in den Arsch gekrochen.

Verzeih mir meine Wortwahl, Liebes.

Wie sollte ich denn da vor ihr Respekt haben? Mein Vater war da ganz anders. Der wusste immer, welche die richtige Seite war. Er hätte auch nicht einfach die Familie auseinander gerissen. Nur, weil es nicht mehr so gepasst hat. Meine Mutter hat gewusst, dass man so was nicht macht. Für meinen Vater und mich wurde dann alles sehr schwierig in Berlin. Mit seinem kleinen Einkommen sind wir immer nur knapp über die Runden gekommen. Groß Klamotten kaufen und all so was war da nicht drin. Wenn ich etwas haben wollte, musste ich eben das Geld dafür selbst verdienen. Und als ob das nicht schon genug gewesen wäre, mussten wir auch noch in diesem Kanaken-Viertel wohnen.

Um uns rum nichts als Türken, Afrikaner, lauter Gesocks. Und was glaubst du wohl, was die alle für tolle Autos fuhren. Papa und ich dagegen konnten uns überhaupt kein Auto leisten. Papa verdiente so wenig für seine Arbeit, dass so ein Luxus für uns nicht in Frage kam. Und das hat sie uns zugemutet. Sie, meine Mutter war schuld daran. Hatte plötzlich gemeint, sie könnte es nicht mehr mit ihm aushalten. Meine Güte, wie hatte er damals geschluchzt und beteuert, dass er sich ganz bestimmt ändern würde.

Nur ich hielt zu ihm. Aber zu ihr hat es gepasst, dass sie ihn und damit auch mich im Stich ließ. Genauso wie ihr die Familie egal war, genauso hat sie Deutschland mit Füßen getreten. Und dann lernte ich Hanna kennen. Sie hatte auch auf der richtigen Seite gestanden, hatte an Deutschland geglaubt. Wenn ich an unsere gemeinsame Zeit zurückdenke …

Bis sie dann zur Umfallerin wurde und alles verriet, was wir hatten. Das war das Schlimmste, was sie tun konnte.

Da hab ich's mir geschworen. Ich werde keine Umfaller mehr in meiner Nähe dulden. Diese Schwächlinge ohne Rückgrat.

Die haben in meiner Welt keinen Platz.

Keine Kanaken, keine Verräter und ganz und gar keine Umfaller. Niemals mehr.

Nun muss ich dafür sorgen, dass unsere Natalie stabil bleibt. Sie ist ein gutes Mädchen. Ich bin allerdings nicht mehr sicher, ob sie wirklich die Stärke besitzt, durchzuhalten. Wegen dem Prozess und all dem, was auf sie zukommt. Oder ob auch sie zur Umfallerin wird. Wenn, dann kann ich für nichts mehr garantieren.

Und trotzdem, wenn ich jetzt hier sitze, spüre ich wie sie in mir hochkriecht.

Die Trauer um meine Mutter.


## Hanna

Ich zweifele immer mehr.

Ich frage mich, welche Wahrheit denn nun letztlich die Richtige ist. Ich verstehe nicht, warum meine HSJ-Kameraden so verächtlich und hasserfüllt über Juden und Ausländer sprechen, die Verbrechen an diesen Menschen aber zugleich als bösartige Propaganda-Lügen der alliierten Siegermächte bezeichnen.

Für mich ist das ein Widerspruch. Ich traue mich jedoch mit

niemandem darüber zu sprechen. Unter Stürmern, wie wir uns oft nennen, stellt man kaum kritische Fragen. Keinesfalls aber übt man einen ernsthaften Widerspruch aus.

Ein unausgesprochenes Tabu.

Eigentlich weiß ich wohl längst, wo die Wahrheit liegt.

Aber genauso weiß ich, wie sehr ich meine Kameraden und Freunde brauche und wie schlimm es für mich wäre, sie zu verlieren.

Und ich würde sie verlieren und dann eine Menge vermissen. Auch das weiß ich nur allzu gut.

Zuerst ist da Viktor. Der kommt nämlich immer extra ganz aus Berlin zu unseren Wochenendlagern angereist. Nur damit wir uns sehen und Zeit miteinander verbringen können. Gemeinsame Zeit mit Gleichgesinnten, sagt er immer. Wahrscheinlich, weil ein Treffen bei seiner Mutter eben keine Zeit mit Gleichgesinnten ist.

Ich würde aber auch die Begrüßung vermissen, die herzliche Umarmung, das vertraute »Heil dir, Hanna«.

Ich würde sie vermissen, weil sie mir die Gewissheit gibt, in dieser Gruppe aufgehoben zu sein.

Das ist es aber nicht allein.

Ich würde vor allem Menschen vermissen. Menschen, die ich so lange gekannt und gern gehabt habe, die mir vertraut und ans Herz gewachsen sind.

Ich würde vermissen, wie wir alle im Kreis um das Lagerfeuer sitzen und miteinander singen. Dieser gewaltige Chor, diese Aufregung, wer mich wohl zum Tanzen holt, obwohl jeder hier weiß, dass ich zu Viktor gehöre. Dieses wunderbare Gefühl von allen gemocht zu werden, diese Stärke und Zugehörigkeit. Ach wie sehr mir das alles doch fehlen würde.

Nur gelingt mir das Wegschieben meiner zweifelnden Gedanken immer weniger.

Dabei ist Mama so stolz darauf, dass ihre Hanna in der heimattreuen

Sturm-Jugend ist. Zu gern erzählt sie es allen in der Verwandtschaft und Bekanntschaft.

»Da geht's nicht zu wie es heute üblich ist. Da sind anständige Jungen und Mädel, da herrscht noch Zucht und Ordnung.«

Ich bin dann nicht stolz. Es ist mir peinlich.

Ich schäme mich. Alles was ich so liebe, für all das schäme ich mich. Hin und her gerissen fühl ich mich.

Ich kann auch nicht darüber hinweg sehen, dass Ragnhild mich für meinen Weg verachtet und dass ich selbst mich im Gegensatz zu Mama verzweifelt bemühe, den Menschen in meiner Umgebung zu verheimlichen, dass ich seit Jahren in einer solchen Jugendgruppe bin. Dass ich nicht zu mir und dem was ich tue stehen kann.

Am Wochenende werde ich wieder nach Butenstedt ins Lager fahren. In der Schule erzähle ich meinen wenigen Freundinnen, dass ich mit den Pfadfindern unterwegs bin, wo ich auch meinen Freund Viktor kennen gelernt habe.

Ich schwärme von tollen Abenden im Gemeinschaftsraum.

Davon, wie wir zu Rockmusik tanzen und locker mit einem Bier in der Hand zusammen sitzen. Ich sehe das alles so genau vor mir, dass ich manchmal fast vergesse, dass meine Geschichten gar nicht stimmen.

In Wirklichkeit aber pfeift Gunnar uns wieder einmal mitten in der Nacht mit der Trillerpfeife aus den Schlafsäcken.

»In fünf Minuten vor der Fahne antreten«, schreit er mit lauter Stimme.

Ich bin nervös.

Ich fürchte, ich könnte meine warmen Sachen in der Eile nicht schnell genug finden.

Hastig taste ich im Dunkeln in meinem Rucksack herum.

Ich finde alles, schlüpfe blitzschnell in meine Hosen, Pullover und Jacke und stehe schließlich pünktlich mit allen anderen im Stillgestanden in Reih und Glied.

Heute ist wieder ein Geländespiel an der Reihe.

Viel lieber würde ich in meinem warmen Schlafsack liegen. Einfach nur schlafen.

Stattdessen liege ich bäuchlings auf dem zum Teil eisig gefrorenen Waldboden und robbe mich leise und vorsichtig durch das Dickicht.

Ich spüre die eisige Herbstkälte an meinen Oberschenkeln, wie sie sich langsam über meinen Unterleib, meinen Bauch und schließlich über meinem ganzen Körper ausbreitet.

Irgendwann spüre ich die Kälte nicht mehr. Weil ich irgendwann meinen blau gefrorenen Körper nicht mehr spüre.

Plötzlich durchzuckt mich ein dumpfer Schmerz.

Gunnar hat sich angeschlichen und presst mir nun gnadenlos sein Knie in meinen Rücken.

Fast nimmt es mir den Atem.

Er befiehlt mir aufzustehen und führt mich glorreich mit nach hinten gedrehtem Arm als Gefangene in das Ziel.

Ein bisschen fühle ich mich tatsächlich wie im Krieg vom Feind erwischt.

Anschließend marschieren wir im Gleichschritt mehrere Kilometer zurück in unser Lager.

»Links, links, links zwo drei vier« zählt Gunnar uns allen voran mit lauter Stimme.

Die hinteren, die auch die kleinsten sind, kommen bei dem vorgegebenen Tempo nicht mit. Sie bleiben immer weiter zurück und müssen dann mühselig im Laufschritt die Anderen versuchen einzuholen.

Wenn sich Gunnar in Abständen umdreht und das bemerkt, schreit er polternd, »sofort aufschließen«.

Auch ich keuche und versuche mühsam, mit Seitenstechen und kleinen Laufschritten hinterher zu stolpern.


Und ich frage mich, warum und wofür wir uns alle so sehr plagen müssen.

# 10

Wenige Tage nach Marens Beerdigung, zurück in München, traf sich Hanna mit Viktor im Cafe. Er hatte sie darum gebeten.

Er wartete bereits am Tisch sitzend, als sie mit einiger Verspätung hinzukam. Sie nahm ihm gegenüber Platz und bestellte sich einen Tee.

Schweigend sah sie ihn an, während er sie vorsichtig anlächelte. Ihr schien, er war verlegen.

Immer noch versuchte sie zu ergründen, was ihn zum Festhalten am Hass gegenüber Fremden und Ausländern veranlasst haben mochte. Berufliches Scheitern konnte es eigentlich nicht sein. Denn im Gegensatz zu Natalie und ihren Freunden hatte Viktor zumindest in der Hinsicht eine durchaus erfolgreiche Laufbahn hinter sich.

So hatte er bereits kurz nach Abschluss seiner Lehre zum Dachdecker die Meisterschule absolviert. Das passte zu ihm, denn eigentlich war immer klar, dass er sich mehr von seinem Leben erhoffte, als ein einfaches Handwerkerleben.

Viktor war aus anderem Holz geschnitzt.

Schon als kleiner Junge hatte er heftig gegen seine Mutter aufbegehrt. Jedenfalls hatte Maren oft von seinen Wutausbrüchen gesprochen. Später als Schüler rebellierte er gegen die Lehrer. Er, der nie ein Blatt vor den Mund nahm, wollte irgendwann selbst die Führung übernehmen.

Schließlich hatte er sich auch in der Sturm-Jugend mit einem besonderen Willen zur Führung hervor getan.

Wie begeistert er immer war … das Marschieren … die Formalausbildung … dieser ganze militärische Drill … die zackigen Kommandos …

dieses ganze Zeug ... das war immer genau sein Ding ... alles das, was ich nie mochte, fand er klasse ... klar, dass er bei den Stürmern schnell in die Führungsriege aufgestiegen war ... sah sich wahrscheinlich schon als zukünftigen Hitler ...

Wenn er es beruflich auch nicht in die Führungsetage eines Unternehmens geschafft hatte, so arbeitete er doch immerhin seit seinem Umzug nach München vor einigen Jahren als Berufsschullehrer. Was Hanna eigentlich wunderte. Zum einen konnte er hier ganz und gar nicht Kommandieren, zum anderen waren unter seinen Schülern sicher auch jede Menge Ausländer.

»Was hat dich eigentlich nach München verschlagen?«, fragte Hanna ihn.

»Vielleicht ja die Liebe«, antwortete er lächelnd.

Sie hatte das unbestimmte Gefühl, dass dies wohl nicht ganz die richtige Antwort war.

»Bist du verheiratet?«

»Nein, dazu ist es leider nicht mehr gekommen.«

»Was ist passiert?«

»Der Tod ist passiert.«

Verwirrt und entsetzt zugleich hielt Hanna inne.

»Wie geht es dir eigentlich mit Lennart?«, fragte er unvermittelt und riss sie damit abrupt aus ihren Gedanken. »Gut soweit ... ja, es ist ok«, stammelte sie unbeholfen.

Was hätte sie auch sagen sollen.

Keinesfalls wollte sie mit Viktor über Lennart und sich sprechen.

Immerhin hatte er Lennart damals die Schuld für Hannas Trennung von ihm, Viktor, und für ihren Ausstieg aus der Sturm-Jugend gegeben. Und sie vermutete, dass sich bis heute nichts an seiner Einstellung zu Lennart geändert hatte. Wie richtig Hanna mit ihrer Vermutung lag, zeigte Viktor prompt im nächsten Satz.

»Schade, dass alles so gekommen ist. Ich wusste in dem Moment, als du Lennart begegnet warst, dass du für uns Stürmer verloren bist.«

Sie atmete tief durch, um ihn ihren Ärger nicht allzu deutlich spüren zu lassen.

»Lennart hatte nichts damit zu tun«, erwiderte sie nur kurz. »Sehr wohl, du hast dich damals in deiner Verliebtheit absolut von ihm beeinflussen lassen.«

Hanna spürte, wie jetzt doch der Zorn in ihr aufstieg.

Zorn über eine Sichtweise, die Viktor hatte und die ihr und ihrer damaligen Denkweise nicht gerecht wurde.

»Nein Viktor, das stimmt nicht. Es war ein zwei Jahre andauernder Prozess, der mich zur Trennung sowohl von der HSJ als am Ende auch von dir brachte und der weit früher begann als meine Freundschaft mit Lennart.«

Umgekehrt fragte sie ihn, warum er junge Menschen derart beeinflusste, dass sie losgingen und kleine Jungen zusammen schlugen.

»Du sprichst von Natalie?«

Viktor blickte Hanna plötzlich herablassend an.

Und in ebenso herablassendem Tonfall erklärte er, dass sie tatsächlich gar nichts verstanden hätte.

»Siehst du wirklich nicht, wohin uns unsere Ausländerpolitik bringt? Deutsche Frauen und Männer, wie auch Natalies Mutter bekommen keine Arbeit, während sich Türken, Araber, Afrikaner und wer weiß sonst noch hier breit machen. Unsere Jugendlichen haben keine vernünftigen Schulabschlüsse, weil unser Bildungssystem jeden Ausländer mitzieht.«

Hanna konnte das alles nicht glauben, was sie da hörte.

»Das erzählst du also deinen jungen Anhängern?«, fragte sie Viktor.

Wie ist es nur möglich, dass er solche Worte von sich gibt … und wie war es damals nur möglich, dass ich so darauf rein gefallen bin …

Viktor drückte sich zwar gewandt und gewählt aus, weit mehr als Natalie und vermutlich auch ihre Freunde. Aber der Inhalt seiner Worte war identisch mit den Äußerungen, die Natalie ihr bisher präsentiert hatte.

»Viktor, Natalies Mutter hat keinen Job, weil sie trinkt und den ganzen Tag kaum aus dem Bett kommt. Natalie und ihre Freunde haben keinen Schulabschluss, weil ihnen der Antrieb und die Motivation, irgendetwas zu tun, fehlen.

Und anstatt nach vorn zu schauen und zu versuchen, ihr Leben aktiv anzupacken, geben sie anderen Menschen die Schuld für ihre schlechte Lage. Da stempeln sie gleich ganze Volksgruppen und Menschenrassen zu Sündenböcken. Du selbst gibst ihnen noch die Vorlage dazu. Und wenn du ehrlich in dich hinein horchst, dann weißt du, dass kein Ausländer irgendetwas für ihre Probleme kann.

Scheiße, warum erzähl ich dir das. Du weißt es ja eigentlich selbst".

Viktor hatte längst den gleichen harten Gesichtsausdruck angenommen, den Hanna schon mit Natalie im Cafe an ihm bemerkt hatte und der ihr auch damals schon einen Hauch von Angst einflößte.

»Diese ganze Ausländerflut, von überall kommen sie zu uns, kassieren Sozialhilfe oder nehmen uns die Arbeitsplätze weg. Sie unterwandern unsere Kultur, wir vermischen uns mit ihnen. All das zerstört unser Volk. Das ist alles vom Weltjudentum gesteuert. Deutschland soll kaputt gemacht werden.«

Entsetzt sah Hanna ihn an. Für den Moment fehlten ihr die Worte.

Leise sagte sie schließlich: «Meine Güte Viktor, was ist dir widerfahren, dass du diese Gedanken mit dir herum trägst?"

Hatte es irgendetwas mit dem Tod seiner Freundin zu tun?

Was für eine Geschichte mochte sich wohl dahinter verbergen?

So gern hätte Hanna mehr darüber erfahren, aber sie traute sich nicht zu fragen.

Seine Worte erinnerten sie jedoch an ihre Mutter.

Genauso hatte sie auch oft gesprochen.

Und genau wie jetzt bei Viktor hatte Hanna dieser Hass in ihrer Stimme und ihren Worten stets erschüttert.

Allerdings hatte sie bei ihrer Mutter immer Ereignisse in der Kindheit und Jugend vermutet, die sie bis zu ihrem Tod gedanklich und emotional im dritten Reich gefangen hielten.

Für Hannas Mutter war der BDM offenbar zur Ersatzfamilie geworden.

Der Zusammenhalt unter ihren Kameradinnen, die Erlebnisse in der Gruppe hatten ihr über ihre unglücklichen Lebensverhältnisse in der eigenen Familie hinweg geholfen. So jedenfalls hatte sich Hanna das immer gedacht.

Als der Krieg schließlich vorbei und das Hitler-Reich zusammengebrochen war, ließ wohl die Seele ihrer Mutter die Erkenntnis nicht zu, dass sie ihre Jugend, ihren Einsatz und Idealismus einem System geopfert hatte, welches ein so unfassbares Ausmaß an Leid über Millionen von Menschen gebracht hat.

Allerdings hatte sich Hanna oft gefragt, ob in ihrer Erinnerung wirklich alles nur edel und gut war im dritten Reich und ob wirklich niemals der leiseste Zweifel in ihr hochgekommen war.

Da gab es zwei Ereignisse, die ihr die Mutter erst kurz vor ihrem Tod erzählt hatte.

Sterbenskrank war sie.

Mit gefalteten Händen lag sie auf dem Sofa und blickte in den Garten hinaus. Seit Stunden lag sie schon so. Sie war bereits so schwach, dass sie jedes Wort Mühe kostete.

Hanna saß neben ihr und blätterte in der Zeitung. In ihren letzten Wochen brauchte ihre Mutter nur noch die Gewissheit, dass Hanna da war. Es gab auch nichts mehr für sie beide zu sagen. Was zu sagen war, hatten sie sich bereits alles gesagt.

Ruckartig fuhr Hanna daher auf, als die Mutter plötzlich in die Stille hinein zu erzählen begann.

»Im Herbst 42 war ich als Bannmädelführerin in der Gegend von

Pritzwalk. Ich war da in einem Sammellager für Kinder eingesetzt. Die sollten am nächsten Tag in die Kinderlandverschickung abfahren. Ich sollte den Kindern das Essen abnehmen. Das war ein strikter Befehl.

Ich brachte es aber nicht fertig, den Kindern das Essen weg zu nehmen, das ihnen ihre Eltern doch so liebevoll mitgegeben haben.«

Vollkommen erstarrt hörte Hanna zu.

Sie wagte kaum zu atmen, aus Angst, ihre Mutter könnte aufhören zu erzählen.

Unvermittelt wurde ihr Ton härter.

»Bei euch ist das ja heute üblich. Ihr schert euch um nichts. Befehle befolgen, so was kennt ihr gar nicht mehr. Bei euch macht heute jeder was er will. Aber so was gab es damals bei uns nicht. Und es war ja auch richtig, das ging doch auch nicht. Wo wären wir denn da hingekommen, wenn jeder gemacht hätte, was er wollte.«

»Und was hast du gemacht?« wagte Hanna jetzt doch zu fragen.

»Ich hab den Kindern das Essen gelassen. Später mussten alle antreten und da hat mich der Obersturmbannführer gefragt, ob ich das Essen eingesammelt hätte «.

»Und was hast du gesagt?«

»Ich hab gesagt, nein, das habe ich nicht.«

»Was sollte denn mit dem Essen passieren, dass ihr den Kindern abgenommen hattet?«

»Das weiß ich nicht. Aber bestimmt ist nichts Verkehrtes damit passiert.«

Die Folgen hatten Hannas Mutter hart getroffen. Sie musste nach Berlin reisen, bekam ein Disziplinarverfahren wegen Befehlsverweigerung und wurde degradiert. Auch ihren Bann, in dem sie so gern gewesen war, musste sie verlassen. Sie wurde nach Osten in die Uckermark versetzt.

Aber selbst jetzt noch, im Sterben bestand sie darauf, dass die Anklage gegen sie richtig gewesen war.

140

Den Obersturmbannführer, ihre Richter oder gar das Regime trafen für sie keine Schuld.

Sie allein hatte sich der Befehlsverweigerung schuldig gemacht.

»Mama, aber du hast menschlich richtig gehandelt. Moralisch hast du auf der richtigen Seite gestanden. Egal was mit dem Essen passiert ist. Bestenfalls hatte man es den Soldaten an der Front gegeben. Aber hier waren es Kinder. Das Essen gehörte den Kindern«, sagte Hanna leise zu ihr.

Und sie hatte das Gefühl, ihre Mutter brauchte diese Entlastung vor ihrem Tod.


Das zweite Ereignis, über welches die Mutter vor ihrem Tod sprach, war zwei Jahre später passiert, kurz vor Kriegsende.

»Ich war in der Uckermark. Es war im Spätsommer 44. Die Russen rückten unaufhaltsam näher. Sie standen im Osten schon fast an der Grenze zu Deutschland. Da gab es aber noch dieses Kinderheim, in dem etwa 80 Kinder waren. Der Gauführer sagte, die Kinder sind alle verloren.

Niemand konnte noch wagen in dieses Gebiet zu fahren, den Russen entgegen. Es war zu gefährlich«, erzählte sie schleppend.

Die Anstrengung war ihr anzumerken, zwischen den Worten machte sie kleine Pausen.

»Aber ich hatte keine Familie, war nicht verheiratet. Und so meldete ich mich und sagte, ich würde dorthin fahren. Und dann bin ich in den Zug gestiegen und los gefahren.«

»Hattest du denn keine Angst?«, fragte Hanna sie.

Immerhin kannte sie ja zu diesem Zeitpunkt ihren Vater schon und war mit ihm liiert.

Warum sie allerdings sagte, dass sie keine Familie hatte, konnte Hanna zu dieser Zeit nicht verstehen.

»Natürlich hatte ich Angst. Schreckliche Angst. Was meinst du wohl, was der Russe mit mir gemacht hätte, wenn ich ihm in die Hände gefallen wäre.

Von überall hatten wir ja schon die grausigen Meldungen gehört. Wie sie die Frauen vergewaltigt und an die Scheunentore genagelt haben.«

Sie machte wieder eine kurze Pause. Draußen im Garten war Wind aufgekommen. Hanna beobachtete, wie sich der große Sommerflieder hin und her wiegte. Dann erzählte ihre Mutter weiter. Schweigend hörte Hanna zu.

»Ich bin dahin gefahren. Dann ordnete ich an, dass sich die Kinder so viele Klamotten wie möglich übereinander anziehen sollten. Keiner konnte etwas mitnehmen. Die Nächte waren kalt. Ich wusste nicht, wann wir einen Unterschlupf finden würden. Dann habe ich die kleinen Kinder und die Kranken, die nicht laufen konnten auf einen Leiterwagen verfrachtet. Den hatte ich dort auf dem Gelände entdeckt.

Die anderen mussten laufen.

In der Küche des Heims arbeitete ein polnisches Ehepaar. Die flehten mich an, sie mitzunehmen. Aber ich konnte das doch nicht. Mir taten sie ja leid, aber wie hätte das gehen sollen. Ich hab mich oft gefragt, was aus denen wohl geworden ist. Ganz früh am Morgen sind wir dann aufgebrochen«

Wieder folgte eine Pause. Erschöpft schwieg die Mutter und blickte in den Garten. Der Wind hatte sich gelegt. Es war dunkel geworden. Der Himmel stand voller Wolken. Es hatte zu regnen begonnen.

»Zwei Tage waren wir schon unterwegs. Der Russe rückte immer näher. Hinter uns, manchmal auch neben uns, fuhr ein Pferdegespann mit zwei älteren Leutchen, ein Mann und eine Frau. Er lenkte den Wagen. Er hatte so einen ausgebeulten Hut auf. Die Frau, wegen ihres Kopftuchs konnte man ihr Gesicht kaum sehen, saß neben ihm in gebeugter Haltung. Das Pferdegespann trabte schon seit dem Vortag neben uns her. Dann kam ein Bahngleis.

Die beiden Leutchen mit ihrem Pferdewagen waren knapp hinter uns. Der Zug kam. Mit den Kindern bin ich gerade noch rüber über die Gleise.

Als ich mich nach den Leutchen umdrehte, sah ich nur noch Holzteile herum liegen.

Der Zug aber hatte angehalten.

Ein deutscher Offizier schaute aus dem ersten Wagen. Die Kinder und ich durften alle einsteigen. Sie nahmen uns bis nach Frankfurt mit.«

Hanna wusste nicht, was sie sagen sollte. Also schwieg sie einen Moment lang.

»Mama, du hast die Kinder gerettet? Ganz allein?«

»Ja. Aber ich sehe heute noch den Wagen mit den beiden Leutchen vor mir. Und wie dann plötzlich nur noch Holz übrig war.«

Und Hanna sah heute noch ihre Mutter vor sich, wie sie mit dem Leiterwagen und 80 Kindern durch den Osten fuhr, auf der Flucht vor den Russen.

Als ob Viktor Hannas Gedanken erraten hatte, sagte er plötzlich in das Schweigen hinein, »deine Mutter war eine großartige Frau. Sie ist immer ihren Idealen treu geblieben«.

Hanna seufzte kurz auf, in der bitteren Erinnerung daran, was eben diese Treue zu ihren Idealen für sie und die Familie bedeutet hat. Auf welch traurige Weise diese Ideale ihr ganzes gemeinsames Leben bestimmt und belastet haben.

Wie froh Hanna gewesen wäre, wie anders alles gewesen wäre, wenn ihre Mutter es geschafft hätte, der Wahrheit von damals ins Gesicht zu sehen und irgendwann umzudenken.

Wieso sitzen wir hier eigentlich … was hat er bloß noch von mir gewollt … kommt mir alles so absurd vor …

Aber von Viktor kam nichts mehr. Beide saßen schweigend vor ihren leeren Tassen.

Hanna hielt es daher für besser zu gehen.

Es war ein so schöner und vor allem warmer Spätsommertag. Vermutlich die letzte Gelegenheit für dieses Jahr, um im nahe gelegenen Baggersee zu schwimmen. Hanna hatte keinen Termin mehr und plante daher einen freien Nachmittag für sich. Es passte gut, denn nach der Begegnung mit Viktor fühlte sie sich sehr mitgenommen. Mit ihm allein an einem Tisch zu sitzen, seine immer noch faszinierende Ausstrahlung zu spüren und seine immer noch gleichen düsteren Reden anzuhören, war für Hanna wie das endgültige Anschwemmen der dunklen Welle.

Sie fuhr kurz nach Hause und packte ihre Badesachen samt dem kleinen Notizbüchlein aus dem bunten Schuhkarton. Dort am See sitzend, wollte sie auf andere Gedanken kommen. Auch wollte sie wieder ein Stück mehr aus dem für sie rätselhaften Leben ihrer Mutter erfahren.

Am See angekommen, erwies es sich für Hanna als schwierig, einen geeigneten Platz zu finden. Viele andere hatten offenbar den gleichen Gedanken und waren zum Baden gekommen. Endlich fand sie einige Meter vom Seeufer entfernt einen Platz wie sie ihn liebte.

Ein Platz, der ihr sowohl Sonne als auch Schatten bot.

Einige Meter entfernt war eine Gruppe Jugendlicher, die sich fröhlich neckend und herumalbernd auf einem riesigen Deckenlager herumwälzte. Mit leichtem Lächeln beobachtete Hanna die jungen Leute, die einen solchen Spaß am Leben zu haben schienen.

Nach einer Weile beschlich sie jedoch Wehmut. Sie dachte an ihre eigene Jugend zurück und daran, wie gern sie selbst damals am Nachmittag mit Freunden fröhlich lachend und herumalbernd an einem See gelegen hätte. So frei und unbefangen wie jetzt diese jungen Leute vor ihr.

Sie symbolisierten für sie die Jugend, die sie nie hatte. Statt sich an schönen Sommertagen des Lebens zu erfreuen, hatte sie das Schießen und Marschieren geübt. Tief in ihrer Brust fühlte Hanna unter der

Trauer um ihre Mutter einen leisen Zorn.

Trotzdem zog sie jetzt das Notizbüchlein aus ihrer Tasche.

»23. Dezember 1931

Gestern ist er wieder zu mir gekommen. Er, das Monster, dessen Namen ich nicht aussprechen will. Wieder haben die alle unten gefeiert mit vielen Leuten. Wieder haben die laut gelacht und diese grässliche Musik gehört. Ich finde sie jedenfalls grässlich, weil immer wenn sie alle mit dieser Musik feiern, kommt er irgendwann zu mir. Hinterher stopfe ich mir alles in meinen Mund, was ich kriegen kann. Und sollten es Kartoffelschalen aus dem Müll sein. Nur damit ich erbrechen und damit all den Dreck und meinen Ekel herausspeien kann. Schuld an allem ist jedoch sie, mit ihrer Pelzstola, ihren spitzen Hackenschuhen und ihrer Zigarettenspitze. Wegen ihr sind wir hier. Sie hat ihn verführt wie eine böse Schlange. Wie sie schon heißt.

Sarah Hirschel. Ich hasse ihren Namen.

Ich hasse überhaupt alles an ihr«

Wie schon nach dem Lesen des ersten Eintrages klappte Hanna das Büchlein ruckartig zu. Sie fühlte, wie der Zorn in ihrer Brust etwas sanfter wurde. Sie fühlte aber auch, dass sie sich nur in sehr kleinen Schritten dem Leben ihrer Mutter zu nähern vermochte. Größere Schritte konnte sie nicht ertragen.

Und schon gar nicht hier am Baggersee … hier und jetzt will ich das tun, was mir in meiner Jugend verwehrt geblieben ist … mich einfach des Lebens freuen … wie diese jungen Leute … unbefangen und frei …

## Hanna

Es ist wieder Winter.

Wieder einmal packe ich meinen Rucksack für das Winterlager. Dicses Mal fahren wir in eine andere Jugendherberge in die Rhön. In unsere langjährige bisherige Unterkunft darf die Sturm-Jugend nicht mehr, der Herbergsvater hat unsere Unterbringung in seinem Haus plötzlich abgelehnt.

In der Führungsriege heißt es, das Sozi-Regime habe ihm so zugesetzt, dass ihn der Mut verlassen und er sich dem Zeitgeist untergeordnet habe.

Man ist sich einig, wie schwierig die Zeiten für aufrechte Deutsche inzwischen geworden sind.

Schwierig wird es zunehmend auch für mich.

Der Ton bei den Stürmern hat sich verändert.

Er ist härter geworden.

Die Führer vom Dienst schreien bei den Fahnenapellen die Kameraden häufiger an. Wenn alle im Stillgestanden unter der Fahne stehen heißt es, dass zu wenig Disziplin herrscht, unsere Zimmer zu unaufgeräumt sind und dass wir uns als Stürmer viel zu stark vom Zeitgeist beeinflussen lassen. Jeden Tag stehen ein bis zwei Stunden Formalausbildung auf dem Programm.

Stillgestanden, die Augen links, rechts um, im Gleichschritt Marsch, wieder Stillgestanden, Rührt euch. Und das Ganze von vorn. Jeden Vormittag geht das so. Ich finde es anstrengend und langweilig zugleich. Ich habe dazu absolut keine Lust.

Ich freue mich daher längst nicht mehr so auf die Lager wie früher.

Aber meine Freundinnen werden dort sein. Mit denen kann ich mich wenigstens während der Mittagspausen zurückziehen und ausgiebig reden und lachen. Immerhin kenne ich Lisa und Bruni schon seit meinem ersten Wochenendlager in Butenstedt.

Ich mag sie, weil sie anders sind. Sie schimpfen nicht ständig über den Zeitgeist und die schrecklichen Verhältnisse in Deutschland wie so viele in der Sturm-Jugend. Mit ihnen kann ich mich einfach gut unterhalten, über alle möglichen Themen. Natürlich auch über Jungs. Dieses Thema finden wir alle drei am spannendsten.

146

Dann hocken wir verschwörerisch zusammen in einer Ecke und besprechen, wer in wen verknallt ist.

Mama gefallen die beiden nicht.

»Du gibst dich immer mit denen ab, die wenig taugen. Die passen gar nicht zu den Stürmern. Such dir doch mal andere Mädel, solche, die wissen, warum sie hier sind. Mädel, die nach Höherem streben.«

Immer häufiger beklagt sie sich, dass ich keine Menschenkenntnis habe. Ich glaube aber, sie hat nicht recht damit. Ich weiß sehr wohl, wie die Menschen um mich herum sind, was sie denken, wie sie handeln. Ich betrachte sie nur anders als Mama.

Natürlich weiß ich auch, wer mit den »nach Höherem strebenden Mädeln« gemeint ist – die Tochter des Bundesführers und deren Clique.

Für Mama sind das die wahrhaft anständigen Mädel.

Es kränkt mich sehr, dass meine eigenen Freundinnen von ihr so herab gewürdigt werden. Obwohl sie sie gar nicht wirklich kennt.

In diesem Winterlager sind es jedoch die vermeintlich anständigen Mädel, die leichtfertig das Leben einer sehr jungen Kameradin aufs Spiel setzen.

Es ist der Silvester-Abend.

Alle tanzen fröhlich im großen Saal. Später werden wir uns auf den Weg zum Steinbruch an die Grenze zur DDR begeben und dort wie jedes Jahr unseren Fackelmarsch abhalten.

Ich verlasse kurz den Tanzsaal, um auf die Toilette zu gehen.

In einer Kabine scheint sich etwas zu ereignen.

Durch die halb offene Tür sehe ich mehrere Mädchen stehen, die sich offenbar um jemanden kümmern.

»Was ist los?«, frage ich mit einer dunklen Ahnung im Hinterkopf. Eine Freundin der Bundesführer-Tochter dreht sich zu mir um und erklärt aufgeregt, dass Heike zu viel getrunken habe. Heike wohnt in diesem Lager mit der Clique im gleichen Zimmer.

Sie ist die Jüngste von allen. Sie ist erst dreizehn.

In gebeugter Haltung steht Heike vor der Kloschüssel und würgt gequält vor sich hin.

»Ihr müsst ihr den Finger in den Hals stecken«, sage ich zu den anderen, die dem Mädchen offenbar zu helfen versuchen. Ich habe das mal irgendwo gelesen.

»Wie viel hat sie denn getrunken?«, frage ich dann.

Die Freundin der Bundesführer-Tochter dreht sich um und zeigt mit einer Geste, dass die 13jährige fast eine halbe Flasche Whiskey getrunken hat.

Ich bin fassungslos.

»Spinnt ihr? Wie konntet ihr das zulassen?«

Zwei Stunden später sitzen wir alle in den Fahrzeugen, die uns zum Steinbruch an der DDR-Grenze bringen. Die Freundin der Bundesführer-Tochter sitzt verzweifelt heulend neben mir im VW-Bus.

»Wir haben sie umgebracht, der Arzt hat keinen Puls mehr gefühlt«, schluchzt sie laut vor sich hin, diese Sätze ständig wiederholend.

Ich habe kein Mitleid. Nicht mit ihr.

Ich verstehe nicht, dass die großen Mädchen zulassen konnten, wie sich eine 13jährige Zimmerkameradin vor ihren Augen beinah zu Tode getrunken hat.

Und ich bin zornig auf diese Clique, die so gut da steht, nur weil die eine die Tochter des Bundesführers ist.

Ich weiß, niemand wird später ein Wort über dieses Ereignis verlieren.

Ich verstehe das nicht und finde es ungerecht.

Für mich steht diese Silvesternacht unter keinem guten Stern. Die Geschichte mit der kleinen Heike belastet mich sehr, während wir da mit Fackeln, Trommeln und Fanfaren auf dem Steinbruch stehen und Viktor wie in jedem Jahr seine Reden hält. Dieses Mal höre ich gar nicht hin. Viktors Worte ziehen an mir vorbei, ohne zu mir durchzudringen. Ich bete nur inständig, dass das Mädchen ihren fatalen Irrtum, gespeist aus dem Verlangen, von den Großen anerkannt zu werden, überleben möge.

Aber außer Heikes traurigem Alkoholexzess ist da noch etwas anderes, das mich bedrückt.

Schon seit längerem ist für mich ein Schatten auf meine Beziehung zu Viktor gefallen.

Was ich bisher so bewundert habe, stört mich plötzlich.

Mich stören seine Reden über Deutschland und den Zeitgeist, mich stört seine strikte Ablehnung von Popmusik, Jeans-Hosen und langen Haaren bei Männern. Mich stören seine vorbehaltlose Begeisterung für Marschmusik und die allzu oft erzählten Juden-Witze. Angewidert beobachte ich, wie er dann jedes Mal in laut kicherndes Gelächter ausbricht. Zunehmend spüre ich, wie meine Liebe zu Viktor kleiner wird.

Ich glaube, fast ist sie schon nicht mehr da.

Ich weiß nur noch nicht, wie ich es ihm sagen soll.

# 11

Zwei Tage waren vergangen, seit sich Hanna mit Viktor im Cafe getroffen hatte. Und ebenso war es zwei Tage her, dass sie Natalies Verteidigung abgelehnt hatte.

Sie saß in ihrem Büro und arbeitete das Plädoyer für einen jungen Autoknacker aus. Der junge Mann war während des Kosovo-Krieges mit seinen Eltern und seinen zwei Brüdern nach Deutschland geflüchtet. Seitdem lebten sie in einer der Asylbewerberunterkünfte. Alle fünf in einem Zimmer.

Armin, der Jüngste der Familie, hatte das Leben irgendwann satt. Er hatte es satt, immer der zu sein, der von seinen Freunden am wenigsten Geld hatte. Er hatte es satt, täglich im Radio von irgendwelchen Asylbewerberproblemen zu hören. Er hatte das Gefühl satt, hier von kaum jemandem gemocht, sondern lediglich geduldet zu werden. Er hatte es satt, sich als Problem zu fühlen.

Das alles hätte er aber noch ertragen.

Wenn er nicht diese Bilder in seinem Kopf gehabt hätte. Bilder von Freunden aus Kindertagen, mit Maschinengewehren unter dem Arm.

Bilder von brennenden Nachbarhäusern, schreienden Menschen, Soldaten mit unbeweglichen Gesichtern. Armin hatte immer den Geruch von verbranntem Fleisch in seiner Nase. Seine Tante hatte man vor seinen Augen erschossen.

Alles hatte er ertragen.

Nicht mehr ertragen konnte er die Blicke, die erhobenen Zeigefinger, dass er sich integrieren solle, die wohlmeinenden Worte, wie gut er es doch hier habe, die Wahlplakate, auf denen gedruckt stand: »Ausländer raus«.

Eines Tages fing er dann an, seinen eigenen Weg zu gehen.

Er knackte Autos auf. Darin war er geschickt.

Er hatte es von einem Kumpel gelernt.

Irgendwann ging was schief. Jemand hatte ihn verpfiffen.

Er landete auf der Anklagebank.

Jetzt war er Hannas Klient.

Was soll ich nur morgen im Plädoyer sagen … was er erlebt hat, mag schwer sein … kann aber nicht als Entschuldigung für seine Taten dienen …, grübelte sie gerade, als plötzlich die Tür aufging.

Überrascht hob Hanna den Kopf, um zu sehen, wer jetzt zu ihr kommen sollte.

Es war Natalie.

Ihre Augen waren gerötet. Offenbar hatte sie geweint.

Ohne auf ein einladendes Zeichen von Hanna zu warten und ohne eine Silbe von sich zu geben, eilte sie mit dem gleichen Schritt auf Hannas Schreibtisch zu, wie an dem Tag ihrer ersten Begegnung. Mit mürrischem Gesicht ließ sich auf den Stuhl vor dem Schreibtisch plumpsen, streckte die Beine lang und kaute auf ihrer Unterlippe.

Allerdings erschien sie diesmal weniger selbstbewusst.

Hanna kam der Moment in Natalies Zimmer wieder in den Sinn. Damals, als sie das Mädchen besuchte und sie auf dem Bett gekauert hatte. Wie zerbrechlich sie da gewirkt hatte. Genauso war es jetzt, als sie wieder unangemeldet vor dem Hannas Schreibtisch saß.

»Hallo Natalie«, begrüßte Hanna sie freundlich.

»Du musst mir helfen. Bitte«, sagte Natalie mit flehender Stimme.

Hanna wusste spontan nichts zu sagen. Also schwieg sie.

Natalie saß mit gesenktem Kopf und verschränkten Armen vor ihr. Sie weinte.

Die Tränen tropften aus ihrem Gesicht auf den Ärmel ihrer Jacke.

Ansonsten verharrte sie einen Augenblick lang reglos auf ihrem Stuhl.

»Bitte, du musst mir helfen«, wiederholte sie dann schluchzend.

»Natalie, ich weiß nicht recht«, merkte Hanna zögernd an.

»Hey Mann, die Polizei sagt, es sieht gar nicht so gut aus für den Einen. Was wenn der stirbt? Dann kommt's richtig scheiße für mich. Ich weiß doch nicht, was ich dann machen soll. An wen kann ich mich denn jetzt noch wenden?«

»Viktor hätte sich raus halten solle.«

»Ja, hat er aber nicht. Ich kann doch nichts dafür. Er wollte mir halt helfen. Und er fand's halt auch geil, dich mal wieder zu sehen.«

»Natalie, ich fühl mich von ihm benutzt. Ich weiß, dass er dich und deine Freunde beeinflusst hat. Für mich ist er im Grunde der wahre Schuldige an eurem Verbrechen. Tatsache ist aber auch, ihr habt euch beeinflussen lassen und zwei Jungen halbtot geprügelt. Diese Verantwortung liegt natürlich ganz bei euch selbst. Wie geht es eigentlich deinen Freunden?

Wer übernimmt ihre Verteidigung im Prozess?« fragte Hanna.

»Die Alten von Ronny und Tom haben ihnen jemanden besorgt«, antwortete Natalie.

»Und was ist mit Manne? Hast du etwas von ihm gehört?«

»Er will mich nicht sehen«, antwortete Natalie leise.

Das war es also. Daher rührte Natalies Zerbrechlichkeit, die Hanna in diesem Moment so deutlich gespürt hatte.

»Natalie, das tut mir sehr leid. Das ist sicher schwer für dich. Aber vielleicht ist es auch besser so«, versuchte sie das Mädchen zu trösten.

»Was soll denn daran besser sein« entfuhr es ihr.

Sie hob den Kopf und blickte Hanna mit ihren verweinten Augen an.

»Für deinen Prozess wäre es besser, wenn du dich von der ganzen Gruppe fern halten würdest.«

»Aber ich brauch die Gruppe und auch Viktor. Und ich brauch Manne. Ich hab doch sonst niemanden. Sie alle sind doch meine Familie. Scheiße, ich weiß nicht mehr weiter«, schluchzte sie jetzt laut.

»Ja, ich weiß«, antwortete Hanna leise.

Sie sah sich plötzlich selbst als junges Mädchen. Damals in Hamburg, in einem Moment, in dem sie gerade niemanden zu haben glaubte. Sie dachte zurück an das Gefühl des verlassen seins, der Einsamkeit und wie sehr sie sich in jenem Augenblick einen Menschen an ihre Seite gewünscht hatte. Die Erinnerung, solange sie auch bereits zurückliegen mochte, versetzte ihr noch heute einen Stich im Herzen.

Hanna lehnte sich in ihrem Schreibtischstuhl zurück. Schweigend sah sie Natalie an.

»Ach Natalie, ich verstehe dich so viel besser als du denkst«, sagte sie dann.

»Auch ich dachte mal, ohne die Freunde, die Kameraden, die Gruppe würde meine kleine Welt zusammenbrechen. Ich dachte, ohne dieses Dazugehören, den Schutz, die Anerkennung würde ich nicht leben wollen. Bis ich es dann doch musste und merkte, dass es geht. Dass da gar nichts zusammenbricht. Dass es sich vielmehr gut anfühlt, frei und unabhängig zu sein.«

Hanna sah vor sich auf den Boden, während sie sprach. Sie versprach Natalie, ihre Entscheidung nochmals zu überdenken.

Als Hanna später nachhause kam, war Lennart nicht da.

Sie ging in ihr Zimmer und schaltete das Radio ein. Sie stellte sich an die Balkontür, lauschte der Musik aus dem Radio und schaute von oben auf das Kornfeld ihres Nachbarn.

Hanna fühlte sich erschöpft.

Die Arbeit in der Kanzlei, die Probleme von Natalie, die Begegnung mit Viktor, die Beziehung mit Lennart, nicht zuletzt die Trauer um ihre Mutter, all das war ihr zu viel. Wie gut tat es da, einfach inne zu halten und dem Wind bei seinem Spiel mit den Kornähren zuzuschauen. Ganz sanft wiegte er sie hin und her.

Hanna und Lennart bewohnten eine Maisonette Wohnung.

Hannas Zimmer lag genau über der Küche.

Gedankenverloren beobachtete sie, wie eine schwarz-weiße Katze durch das Kornfeld schlich. Offenbar war sie auf Beutezug.

Im Radio lief »Lets just kiss and say goodbye«.

Hanna hörte auf die herzzerreißenden Worte dieses alten Hits von den Manhattans.

Wie er versucht ihr zu sagen, dass sie sich nicht mehr umdrehen, nicht weinen soll, dass sie sich küssen und verabschieden sollen.

Unwillkürlich dachte sie an Lennart und ihr gemeinsames Leben in der letzten Zeit. Standen auch sie beide schon kurz davor, sich zu küssen, um dann goodbye zu sagen?

Plötzlich überkam Hanna ein Gefühl der Panik.

Unbedingt musste sie jetzt wissen, wo er war. Hektisch tippte sie sine Nummer in ihr Handy, legte aber gleich wieder auf. Nein, sie würde ihm jetzt nicht hinterher rufen. Kurz entschlossen rannte sie die Treppe hinunter und lief in sein Arbeitszimmer. Auf seinem Schreibtisch hatte er einen Jahreskalender liegen, auf dem er sämtliche Termine eintrug. Wie oft schon hatte Hanna ihn deshalb aufgezogen.

Sie fand es altmodisch, dass er seine Termine nicht in einem elektronischen Timeplaner oder Laptop verwaltete. Wie sie selbst und alle ihre Freunde und Kollegen.

Aber Lennart grinste sie in solchen Momenten nur an und sagte dann selbstironisch: »Mein Schatz, verwaltet ihr euch nur alle schön mit euren modernen Spielzeugen. Und lass mich mein Chaos meinem Alter entsprechend verwalten«

Jetzt war Hanna allerdings äußerst froh, dass seine Termine in keinem Laptop standen, sondern hier offen vor ihr auf seinem Schreibtisch lagen. Hastig fuhr sie mit dem Finger über die markierten Tage. Da war es, das heutige Datum.

Ja, er hatte einen Gig.

Die Bar, in der er mit seiner Band spielen sollte, lag nicht weit von ihrer Wohnung entfernt. In gut 10 Minuten zu Fuß würde sie dort sein.

Wie lange war sie schon bei keinem seiner Konzerte dabei. Und wie oft hatte Lennart sie gefragt, ob sie mitkommen würde. Immer hatte sie etwas anderes, besseres, wichtigeres zu tun.

Wann hatte das angefangen? Und warum nur? Vielleicht, weil sie seinen Rückzug immer deutlicher gespürt hatte?

Hanna erinnerte sich nicht mehr.

Dabei hörte sie doch so gerne Blues.

Aber heute wollte sie hingehen. Ihre Erschöpfung spielte plötzlich keine Rolle mehr. Sie war fest entschlossen.

In Windeseile lief sie ins Bad. Sie zog sich um, schminkte und frisierte sich.

Dann warf sie sich rasch ihren Mantel über und machte sich auf den Weg.

Während sie in raschen Schritten durch die Straßen lief, die Hände in den Manteltaschen vergraben, kamen ihr für einen kurzen Moment Bedenken.

Was, wenn es inzwischen völlig unpassend ist, überraschend bei Lennarts Auftritt aufzutauchen … was, wenn er gar nicht allein ist … wie peinlich das wäre…nein, ich werde mich nicht von meinem Vorhaben abbringen lassen. Jetzt habe ich mich entschlossen und jetzt geh ich dahin … er ist doch trotz allem immer noch mein Freund …  mein Partner …  mein Mann.


Als Hanna die kleine Bar betrat, hatte die Band gerade ihre Pause.

Zögernd blieb sie im Eingang stehen, um nach Lennart Ausschau zu halten. In dem schummrigen Licht vermochte sie sich einen kurzen Moment kaum zu orientieren.

Als sie ihn schließlich in der Mitte des Raumes an einem Tisch sitzend erblickte, versetzte es ihr einen kleinen Stich.

Er saß mit einer Frau am Tisch.

Obwohl er Hanna den Rücken zuwandte, konnte sie erkennen, dass er sich angeregt mit ihr zu unterhalten schien.

Die Frau war um einiges jünger als Hanna.

Widerwillig gestand sie sich ein, die Frau wirkte sympathisch. Mit offenem Lachen strahlte sie ihn an.

Dabei spielte sie unentwegt an einer langen Halskette.

Lennart hatte Hanna noch nicht bemerkt. Sie ging an die Bar und bestellte sich einen Wein.

Vom Barhocker aus hatte sie einen freien Blick über das Lokal bis zu dem Tisch, wo er mit der Frau saß. Auch die kurz dahinter angrenzende Bühne lag in ihrem Blickfeld.

Von ihrem Platz aus konnte sie Lennart also gut beobachten.

Seinen breiten Rücken, seine blonden Locken, diese lachende Frau mit der langen Halskette zwischen ihren Fingern.

Der Kloß in Hannas Hals schien auf gigantische Größe anzuschwellen. Sie fühlte sich mit einem Mal so fehl am Platz.

Offenbar war sie gerade zum Ende der Pause gekommen. Das Konzert ging bald weiter. Lennart entdeckte Hanna erst, als er mit der Gitarre wieder auf der Bühne stand.

Lächelnd nickte er ihr zu.

Dann setzte er sich mit seiner Gitarre auf den Boden und ließ die Beine am Bühnenrand baumeln.

Er zupfte einige Seiten und sang »Sittin on the dock of he bay«. Leise begleitete ihn der Schlagzeuger dabei. Hanna liebte das Lied, sie liebte Lennarts Stimme und sie fragte sich, wie sie sich das nur solange hatte entgehen lassen können.

Danach stand Lennart wieder auf und die Band spielte mit viel Verve »bad case of love«.

Wie begeistert war Hanna immer gewesen, wenn die Jungs alle gemeinsam den Refrain »doctor, doctor give me the news« sangen.

Da hatte sie gar nicht anders gekonnt, als vom Stuhl aufzuspringen und zu tanzen.

Während sie darüber nachdachte, wie lange das wohl schon her sein mochte, leerte sie bereits das zweite Glas Wein.

Inzwischen zeigte der Wein seine Wirkung und Hanna sah alles wie durch einen leichten Nebelschleier. Sie wusste nicht warum, aber sie spürte eine beklemmende Traurigkeit in sich hochsteigen.

Von der Bühne erklang, »it's all over now, baby blue«.

Ihr Blick fiel auf Lennart, während er diese Worte mit seiner unverwechselbaren Stimme sang.

War es Zufall?

Eine Sekunde lang trafen sich ihre Blicke.

Dann konnte Hanna nur noch verschwommen sehen.

Schuld waren die Tränen in ihren Augen.

Sie bezahlte den Wein und ging.


## Lennart

Sie ist doch tatsächlich gekommen. Zu einem Auftritt von mir. Du müsstest sie eigentlich auch gesehen haben. Die Frau an der Bar, mit der dunkelblonden Mähne. Ich hab mich gefreut, irgendwie. Aber irgendwie war es mir auch egal. Ich meine, wenn man so lange vergeblich auf etwas gewartet hat und dann kommt es plötzlich, dann kann man sich doch manchmal gar nicht mehr richtig darüber freuen. Ja, du kennst das auch? Ich hab mich nur gefragt, wieso jetzt.

Und genauso plötzlich, wie sie erschienen ist, ist sie dann auch wieder verschwunden.

Vielleicht lag es an Dir. Ja, ich glaube ziemlich sicher, es lag an dir. Ich konnte ihren Blick von der Bühne aus sehen. Sie schien mir irgendwie so unglücklich. Sie wirkte wie verlassen. Ich wäre so gern zu ihr gegangen und hätte sie in den Arm genommen. Hätte ihr gern gesagt, dass es mich freut, dass sie gekommen ist. Aber wahrscheinlich hätte ich es dann doch nicht gekonnt. Und es ging ja sowieso nicht. Ich habe sie erst bemerkt, als ich auf der Bühne stand.

Und dann musste ich erst mal spielen.

Naja, und dann war sie auch schon wieder weg. Was sollte das? Hat sie etwa gedacht, ich hab was mit dir? Liebe Güte, was passiert da bloß mit uns?

Vertrauen wir uns denn gegenseitig überhaupt nicht mehr?

Ach Nina, ich bin so müde geworden.

Müde, mich um Hanna zu bemühen, mit ihr zu reden, sie nach ihrem aktuellen Fall zu fragen.

Müde, mir Gedanken um ihr mögliches Geheimnis zu machen.

## *Hanna*

Das Jahr 1977.

In Deutschland erreicht der Terrorismus einen neuen traurigen Höhepunkt. In der Zukunft wird man vom deutschen Herbst sprechen. Schreckliche Dinge passieren.

Nach ihrer Entlassung aus der Haft hat Brigitte Mohnhaupt die RAF neu organisiert.

In Karlsruhe wird Generalbundesanwalt Siegfried Buback ermordet, drei Monate später in Oberursel der Vorstandssprecher der Dresdner Bank Jürgen Ponto. Im Herbst entführen die Terroristen Arbeitgeberpräsident Hans-Martin Schleyer. Einige Wochen später ermorden sie auch ihn.

Zuvor war die nach Mogadischu entführte Lufthansamaschine Landshut entführt und durch die Spezialeinheit GSG9 befreit worden. Die Welt scheint völlig aus den Fugen zu geraten. Trotzdem nehme ich das alles nur am Rande wahr.

Eigene Sorgen beschäftigen mich. Ich hab zwar trotzdem noch mit Mama darüber gestritten, ob man den Forderungen der Entführer dieser Lufthansamaschine nachkommen sollte oder die Geiseln ohne Verhandlungen dem Tod ausliefern sollte. Wie froh ich war, als das Geiseldrama dann doch gut ausging.

Und dennoch, meine Probleme in der Schule und zu Hause scheinen mich immer mehr zu erdrücken.

Aber auch andere bewegende Ereignisse passieren in diesem Jahr.

Etwa der Tod von Rock'n Roll Idol Elvis Presley und Opern-Diva Maria Callas.

In Spanien finden erstmals nach 41 Jahren wieder freie Wahlen statt und in Frankreich die letzte Hinrichtung mit der Guillotine.

Die Gruppe Boney M hat wohl ihr bestes Jahr. »Sunny« und »Ma Baker« dröhnen aus jeder Disco-Box.

Die Mädels von Baccara zwitschern ihr »Yes sir, i can boogie« und »Sorry I'm a Lady«. Spanisch wird es mit Santa Esmeraldas »Don't let me be missunderstood« und Smokie singen »Living next door to Alice«.

Die Mode wartet mit Indien,-und Mongolenkleidern, sowie mit Zigeunerinnen,-und Edelbäuerinnen-Looks auf.

Wadenlange, weitschwingende Röcke und türkische Pluderhosen sind der Hit. Aber auch die Punk-Mode beginnt sich immer mehr durchzusetzen.

Im diesem Sommer verlasse ich die Schule.

Ragnhild versucht mich zum Bleiben zu überzeugen, ich habe doch nur noch drei Jahre bis zum Abitur, ungeliebte Fächer könne ich jetzt dank der Oberstufenreform abwählen und so einfach werde ich das Abi niemals mehr machen können.

Auch Papa ist enttäuscht über meine Entscheidung. Er sagt nicht viel dazu, nur ein, zwei kurze Äußerungen, wie es immer seine Art ist.

Trotzdem weiß ich, dass er sich das Abitur für mich gewünscht hätte.

Aber ich will nicht mehr. Ich halte es nicht mehr aus.

Die abfälligen Blicke und Bemerkungen meiner Mitschüler, die Streitereien zuhause, das Herumkommandiert werden.

Die Verbote das Haus zu verlassen.

Ich fühle mich mittlerweile wie im Gefängnis.

Wie gern würde ich mal mit Freundinnen zum Baden oder in die Stadt gehen. Aber Mama fürchtet ständig, ich könnte auf die schiefe Bahn geraten. Ich verstehe nicht warum. Es kränkt mich und ich fühle mich unverstanden.

Umso dringender und größer wird der Wunsch in mir, endlich frei zu sein.

Auch die HSJ-Lager sind längst nicht mehr der freudige Ausgleich von einst.

Zwischen Viktor und mir kriselt es schon seit einiger Zeit. Immer häufiger wage ich kritische Fragen zu stellen.

»Warum müssen wir diese Formalausbildung machen? Sollen wir irgendwann in den Krieg ziehen?«

»Was habt ihr denn gegen die Gastarbeiter? Habt ihr euch schon einmal gefragt, was wäre, wenn sie morgen alle abreisen würden?«

»Warum beschwert ihr euch über die angebliche ›sechs Millionen Lüge der Alliierten‹, wenn ihr gleichzeitig die schrecklichsten Dinge über Juden erzählt? Müsstet ihr da nicht zufrieden sein? Anscheinend hat man doch im dritten Reich gewusst wie man das Problem endgültig lösen kann?«

Die letzte Frage ist für mich die wichtigste Frage.

Schon lange denke ich darüber nach.

Nur habe ich bisher noch niemals auf eine der Fragen eine Antwort erhalten.

Statt Antworten bekomme ich Blicke. Überraschte, erstaunte, wütende, feindselige. Einige meiner Kameraden wenden sich mit gerunzelter Stirn ab, andere sehen mich befremdet oder gar verächtlich an.

Manchmal, wenn wir unter uns sind, fragt Viktor mich: »wer hat dir bloß deine Sozi-Ideen eingetrichtert?«

Aber für mich sind das keine Sozi-Ideen, niemand hat mir hier irgendetwas eingetrichtert.

Diese Menschenverachtung ist es, die ich nicht mehr ertrage. Diesen negativen Blick auf das Leben und die Menschen.

All das zieht mich nur noch runter.

Meine eigenen Gedanken sind es.

Sie stehen diesem negativen Blick entgegen.

Ich will dem Leben und den Menschen positiv entgegen blicken. Es sind Gedanken, die aus mir selbst heraus kommen. Fast nehme ich es Viktor übel, dass er sie mir offenbar nicht zutraut.

Eigentlich wollte ich Rechtsanwältin werden. Ich habe immer davon geträumt, gesellschaftlichen Außenseitern und sozial Gestrandeten Gerechtigkeit zu erkämpfen.

Warum liegen mir diese Menschen so am Herzen?

Vielleicht, weil ich mich selbst immer irgendwie als Außenseiterin gefühlt habe?

Was auch immer die Gründe für meinen Berufswunsch sein mögen, ich hätte dafür das Abitur machen müssen.

Nun werde ich also einen bescheideneren Weg einschlagen und Anwaltsgehilfin werden, in der festen Hoffnung, zumindest ein bisschen am Kampf um Gerechtigkeit teil zu haben.

Es ist ein verzweifeltes Bemühen um meine Ausbildungsstelle. Unzählige Bewerbungen habe ich geschrieben.

Aber dann hat es geklappt.

Ich habe einen Platz in einer Kanzlei bekommen.

Wie sehr ich mich freue, den ganzen Tag von zuhause fort zu sein.

Mein eigenes Geld zu verdienen und neue Menschen kennenzulernen. Jetzt scheint mir endlich die ersehnte Freiheit zu winken.

162

Meine Begegnung mit Lennart beginnt mit einem Franzbrötchen.

Er hat eins mehr gekauft, weil es an diesem Tag zufällig zwei zum Preis für eins gibt.

Eigentlich mag ich keine Franzbrötchen, aber dieser Junge mit seinen blonden Locken und dem charmanten Dialekt gefällt mir. Ein echtes Landei ist er, erzählt er lachend und stolz zugleich, während wir gemeinsam in unserer Mittagspause auf einer Bank im Park vor der Kanzlei unsere Franzbrötchen essen.

Lennart stammt aus einem 200-Seelen-Dorf im österreichischen Kärnten. Seine Eltern haben eine kleine, aber einträgliche Landwirtschaft. Seit drei Jahren wohnt er bereits in Hamburg. In den Semesterferien fährt er allerdings immer den weiten Weg nachhause. Da steht die Ernte an und er muss seinen Eltern auf dem Feld helfen.

Lennart kam, um Jura zu studieren. Das `Tor zur Welt wollte er erleben. Deshalb musste es Hamburg sein.

Jetzt absolviert er ein Praxissemester, weshalb er in dieser Kanzlei gelandet ist.

Lennart erzählt und ich kann ihn einfach nicht unterbrechen. Zu gern lausche ich seinem Dialekt.

Wieso er Lennart heißt, frage ich ihn. Ein skandinavischer Name für einen österreichischen Bauernjungen?

Seine Mutter wollte ihn Leonhard taufen, was Löwe bedeutet.

Aber davon gab es schon zwei im Dorf.

In einem Buch über einen schwedischen Feldherrn aus dem 17. Jahrhundert, Lennart Torstensson, hat sie dann diese Form des Namens erstmals gelesen. Wenn die anderen Dorfbewohner sie später auf den ungewöhnlichen Namen ansprachen, hat sie geantwortet: ein besonderer Name für einen besonderen Buben.

Lennart lacht mich strahlend an, als er diese Geschichte erzählt. Unwillkürlich muss ich mit lachen.

Und immerzu muss ich auf seine Hände schauen.

Sie sind so braun und so kräftig.

Hände, die schwere Arbeit gewohnt sind.

Beinah vergessen wir beide, dass die Mittagspause bereits beendet ist.

Aber ich freue mich so. Von jetzt an werden wir uns jeden Tag sehen.

# 12

Als Hanna aufwachte, fühlte sie sich vollkommen zerschlagen. Sie hatte einen Kater. Wie spät mochte es wohl sein, fragte sie sich. Aber selbst der Blick auf den Wecker schien ihr mit ihrem schmerzenden Kopf zu anstrengend.

Heute würde sie sich einen freien Tag gönnen.

An Aufstehen war gerade nicht zu denken.

Ganz allmählich kam ihr der gestrige Abend wieder in den Sinn.

Die Kneipenluft … der Wein … das »It's all over now, baby blue« … die kurze Begegnung mit Lennarts Blick… diese Frau mit ihrer langen Halskette und dem strahlenden Lachen …

später dann der Streit mit Lennart.

»Und, hast du dich gut amüsiert mit deiner neuen Freundin?«

»Sag mal, spinnst du?«

»Ich hab doch gesehen, wie sie dich angestrahlt hat«

»Bist du deshalb so plötzlich abgehauen? Das ist doch total kindisch«

»Hätte ich mir das vielleicht noch länger anschauen sollen?«

»Liebe Güte, du bist ja betrunken. Das habe ich schon von der Bühne aus sehen können. Das war eine gute Freundin, weiter nichts. Du hast dir wer weiß was eingebildet.«

»Eingebildet? Ich hab mich schon oft gefragt, wer wohl das Groupie bei deinen Auftritten gibt. Jetzt hab ich sie halt mal gesehen«

»Ach Hanna, und wie oft hab ich mich schon gefragt, wann du selbst vielleicht mal das Groupie gibst. Die ganzen letzten Jahre habe ich mich das gefragt. Als ich dich heute Abend sah, hab ich mich so gefreut«, hatte Lennart mit ungewöhnlich matter Stimme erwidert.

Der letzte Satz von Lennart klang Hanna jetzt noch in ihrem Ohr.

Aber was war dann … wie sind wir auseinander gegangen … bin ich einfach ins Bett gegangen … bin ich geblieben … hab ich verletzende Dinge gesagt …

Hanna erinnerte sich nicht und sie hasste sich dafür.

Jetzt warf sie doch einen Blick auf den Wecker.

Es war elf Uhr.

Draußen schien die Sonne.

Sie warf sich ihren Morgenmantel über und ging runter in die Küche. Starker Kaffee und ein Alka Selzer sollten sie wieder auf die Beine bringen.

Der Kaffee stand schon fertig in der Thermoskanne auf der Küchentheke. Lennart hatte ihn gekocht, bevor er ins Gericht gefahren war. Wie eigentlich jeden Morgen.

Auf ihrem Platz lag ein Zettel mit Lennarts Handschrift. »Guten Morgen, liebe Hanna!

Hey, was war los? Warum dieses Misstrauen?

Mach dir einen schönen Tag, erhol dich gut!

Und locker bleiben☺

Lass uns am Abend darüber reden!

Kuss, Lennart«

Wie froh war Hanna, diese Zeilen zu lesen.

Sie sagten ihr, er war nicht wütend auf sie. Und über alles andere würden sie reden. Nach dem Frühstück ging Hanna wieder in ihr Zimmer. Sie wollte sich für heute dort vergraben und erst wieder raus kommen, wenn alles vorüber war, wenn dieses Brummen in ihrem Schädel nachgelassen hatte. Wann auch immer das sein würde, dachte sie.

Vielleicht eine gute Gelegenheit, sich wieder mit den Erinnerungen ihrer Mutter zu befassen.

Wie in Trance holte sie die Schachtel mit den Schriftstücken aus dem Regal. Immer noch im Morgenmantel setzte sie sich damit im Schneidersitz auf ihr Bett.

Sie öffnete den kleinen Karton.

Noch immer hatte Hanna es nicht geschafft, die darin enthaltenen Schriftstücke und Papiere vollständig anzuschauen und zu lesen.

Sie kramte in den unten liegenden Papieren. Unwillkürlich zog sie eines aus dem Stapel hervor. Es war ein einfaches beschriebenes Blatt Papier.

Hanna erkannte die Handschrift ihrer Mutter.

Offenbar handelte es sich um einen von ihr geschriebenen Brief.

Hanna wunderte sich kurz, warum er in dieser Schachtel gelandet war.

Hatte sie ihn vielleicht niemals abgeschickt?

Allerdings hatte Hanna den Namen, an den er gerichtet war, nie zuvor von ihrer Mutter gehört.

»Meine liebe Marianne,

vor vier Wochen bist du fort gegangen. Kaum warst du da, warst du wieder weg.

Was für eine kurze Freude, was für ein unaufhörlicher Schmerz. Beides gleich an Intensität.

Nur wird Letzterer ewig dauern.

Liebste Marianne, ich hatte so vieles vor mit dir und deiner Schwester, ich hatte so wunderbare Pläne.

Jetzt sitze ich hier, will dir alles erzählen und bringe es kaum zu Papier.

Der Tag, an dem du in unser Leben getreten bist, war ein Sonntag. Hätte das nicht eigentlich Glück bedeuten sollen? Aber ein Sonntag war es auch, an dem du uns wieder verlassen hast. Ganz still, ohne Abschied, als wolltest du nicht stören, bist du fortgegangen.

Wie schön du warst, mit deinen herrlichen blauen Augen und dem zarten blonden Flaum auf dem Kopf.

Ach mein Kind, wärst du doch geblieben. Alles wäre dann anders. Dann fühlte ich mich jetzt nicht so allein, so verwaist und so unendlich müde.

Müde von all der Traurigkeit in meinem Herzen, müde vom Leben.

Ich hoffe es geht dir gut, wo auch immer du gerade bist.

Gute Reise, meine Gedanken begleiten dich,

Deine Mutter«

Immer und immer wieder las Hanna die Zeilen.

Waren es fünfmal oder gar zehnmal, sie zählte es nicht. Aber wie oft sie den Brief auch las, eine Antwort auf ihre Fragen fand sie nicht.

Ratlos faltete sie das Papier zusammen und legte es in die Schachtel zurück.

›Ragnhild‹, schoss es ihr schließlich durch den Kopf.

Rasch nahm sie das Handy und wählte die Nummer ihrer Schwester.

»Ja, bitte?«, ertönte es am anderen Ende der Leitung.

»Ragnhild, ich bin's.«

»Hallo Hanna, wie geht's dir?«

Ohne Umschweife kam Hanna auf ihre dringlichste Frage zu sprechen.

»Ragnhild, wer ist Marianne?«

Am anderen Ende herrschte kurzes Schweigen. Hanna konnte hören, wie ihre Schwester einen tiefen Atemzug tat.

»Ich habe es Mama und Papa immer wieder gesagt. Sie sollten es dir erzählen. Aber sie wollten beide nicht. Sie hielten es für besser. Und jetzt bist du offenbar von allein darauf gestoßen.«.

»Ragnhild, wer ist Marianne«, wiederholte Hanna mit Nachdruck.

»Sie war meine Schwester«, sagte Ragnhild.

»Wie bitte? Was sagst du da?«, stammelte Hanna verwirrt.

»Marianne kam im August 1959 zur Welt. Ich war gerade zwei Jahre alt. Ich kann mich nicht erinnern, aber es hieß immer, ich hätte mich riesig gefreut auf mein Schwesterchen. Allerdings war sie wohl krank. Jedenfalls starb sie nach nur vier Wochen. Ich weiß nicht, woran sie starb. So genau haben unsere Eltern auch mit mir nicht gesprochen. Möglicherweise war es eine Blutgruppenunverträglichkeit. Ich meinte da mal was in der Richtung gehört zu haben. Da sie das zweitgeborene Kind war, wäre das immerhin möglich.

Woran hingegen ich mich leider gut erinnere, war die Weise, in der sich unsere Mutter von da an veränderte. Sie war für mich plötzlich wie zwei verschiedene Menschen.«

Für den Moment konnte Hanna nichts darauf sagen.

Wie einen Hammerschlag hatten sie Ragnhilds Worte getroffen.

›Marianne wurde im August 1959 geboren‹ schoss es ihr blitzlichtartig durch den Kopf. Wie konnte das möglich sein? ›Ich wurde im Dezember 1959 geboren‹.

Sie wagte kaum, die Frage zu stellen, deren mögliche Antwort sich vor ihr wie eine dunkle Bedrohung auftürmte.

Aber es musste sein.

Hanna schloss die Augen, atmete tief durch und stellte die Frage.

»Ragnhild, wer bin dann ich?«

»Du wurdest adoptiert. Etwa ein halbes Jahr nach Mariannes Tod bist du zu uns gekommen«, antwortete Ragnhild kurz.

Als hätte Hanna Gift an den Händen, drückte sie das Gespräch weg und warf das Handy aufs Bett.

Das Klingeln, das danach in regelmäßigen Abständen folgte, ignorierte sie.

Sie verschloss die Tür zu ihrem Zimmer.

Und irgendwie wohl auch zu ihr selbst.

Nichts sollte mehr von außen an sie heran kommen.

Auch für Lennart, der später anklopfte, öffnete sie ihre Tür nicht.

Offenbar war es bereits Abend geworden, denn draußen war es dunkel. Ausgestreckt und immer noch im Morgenmantel lag Hanna auf ihrem Bett und starrte an die Decke.

Wie ein Film spulten sich die Bilder in ihrem Kopf ab.

Die zwei Gesichter von Mama ... ihre warmherzige Fröhlichkeit ... ihre manchmal unerbittliche Härte ...

ihre beständige Angst, ich könnte auf die schiefe Bahn geraten ... ihre lückenlose Kontrolle über mein Leben ... ihr Denken, sie müsste mich vor allen Widrigkeiten dieser Welt beschützen ... Ragnhilds stets spürbare Ablehnung mir gegenüber ... ihre Verachtung ... ihre Eifersucht.

Wie Schuppen fiel es Hanna von den Augen.

Alles ergab plötzlich einen Sinn.

## Hanna

In den Wochenendlagern in Butenstedt sind in den letzten Monaten neue Kameraden aufgetaucht.

Sie sind alle etwas älter als ich und die anderen.

Eben richtige Männer, meist in Schwarz gekleidet, manche auch in Tarnkleidung mit schweren Stiefeln und Barretts auf dem Kopf.

Es ist kurz vor Ende des Jahres 1977, als sich die Wehrsportler, so nennen sie sich, immer häufiger zu uns Stürmern gesellen. Die Stimmung ändert sich.

Hatten die Lager bisher immer eine fröhliche Atmosphäre, es herrschte eben volkstümelnde Geselligkeit, wenn man sich Formalausbildung, Schießübungen und Kampflieder wegdenkt, empfinde ich mit einem Mal alles anders. Wo bisher unbefangenes Wandern, Singen und Lachen war, bestimmt jetzt beklommene Ernsthaftigkeit das Lagerleben.

Lothar, ein Hüne von fast zwei Metern, stets vollständig in schwarz gekleidet, mit seinem Barrett auf dem Kopf, die Augen meist von einer Sonnenbrille verdeckt, scheint der Anführer der neuen Kameraden zu sein.

Lothar stößt auf immense Bewunderung bei uns Stürmern, nicht zuletzt schon deshalb, weil er erst wenige Wochen zuvor aus einem Ausbildungslager der PLO im Nahen Osten zurückgekehrt ist.

In den Nachrichten habe ich schon vieles über die PLO gehört. Mich fasziniert deren Führer, Jassir Arafat. Dieses Tuch, das er immer um seinen Kopf gebunden hat, ist ein großer Mode-Hit. Viele junge Leute wickeln sich jetzt so ein Tuch um den Hals. Außerdem hab ich gehört, dass sich auch die RAF-Terroristen in Beirut bei der PLO ausbilden lassen haben.

Allerdings frage ich mich, wie es kommt, dass sich die Anhänger völlig entgegen gesetzter Lager im gemeinsamen Trainingscamp zusammenfinden. Ich hab dann immer einen symbolischen Kreis vor Augen. Einen Kreis, der von unten an zwei Enden links und rechts gleichzeitig nach oben wächst, bis sich beide Enden oben in der Mitte treffen.

Aber alle Überlegungen ändern für mich nichts daran, dass auch ich von Lothar und der Vorstellung, dass er bei der PLO im Libanon war, fasziniert bin.

Das alles gibt ihm so etwas Geheimnisvolles.

Seit einiger Zeit ist er mit Ute, Gunnars Tochter zusammen.

Aber Lothar erzählt schreckliche Dinge, die ich nicht hören will. Eines Tages behauptet er etwa, dass bei den Juden ein Mädchen mit 3 Jahren als geschlechtsreif gelte.

Damit nicht genug, schildert er ganz genau, welche Folgen eine solche Schändlichkeit in diesem Alter hätte und dass ein kleines Mädchen das nicht überleben würde und solche zweifelhaften Traditionen nur die wirklich grausame Abartigkeit des Juden zeige.

Ich sehe meine Kameraden, wie sie gebannt an Lothars Lippen hängen, wie sie voller Empörung und Verachtung ihren Hass auf die Juden bekunden und ich fühle mich abgestoßen.

Abgestoßen von Lothars fragwürdigen Erzählungen und abgestoßen vom tumben Einverständnis meiner Kameraden.

Auch Viktor verändert sich.

Er prahlt davon, gemeinsam mit anderen Kameraden linke Buchläden anzuzünden, nein, abzufackeln, wie er es nennt. Mir kommen dann Bilder in den Kopf, die ich ungemein belastend empfinde.

Ich stelle mir vor, dass irgend ein Mann oder eine Frau in irgendeiner Straße in Hamburg mit viel Liebe zum Detail einen kleinen Buchladen betreibt, täglich aufs Neue die Bücher in den Regalen ordnend, ständig stöbernd nach lesenswerten Neuheiten, dazwischen mit freundlichen Worten die Kunden bedienend.

Und dann plötzlich ist dieser mit Liebe und Mühe geführte kleine Buchladen nicht mehr da, weil irgendwer den Büchern darin die Daseinsberechtigung abgesprochen und den Laden dem Erdboden gleich gemacht hat.

In diesen Momenten denke ich immer häufiger an Lennart.

An seine tolerante Friedfertigkeit, der so gar nichts Feindseliges, Hetzendes, Militantes anhaftet.

Wie anders er doch ist.

Vier Wochen ist es her, seit ich ihn kennen gelernt habe. Inzwischen verbringen wir immer die Mittagspause zusammen auf der Bank im Park vor der Kanzlei.

Nur dass ich eben keine Franzbrötchen, sondern lieber Pommes mit Ketchup vom Imbiss gegenüber esse. Lennart erzählt mir von seiner Musik. Er spielt Gitarre, Rockmusik, in einer Band. Am liebsten wäre er ein richtiger Rockmusiker, würde er sein Hobby zum Beruf machen. Aber er will auch Geld verdienen, unbedingt unabhängig sein. Daher das Jurastudium.

Ich hab ihm erzählt, dass ich ebenfalls Gitarre spiele.

»Hey, wollen wir uns mal zu einer Session treffen«, hat Lennart begeistert gefragt.

Aber ich halte mich lieber zurück. Ich denke daran, wie schwierig alles wäre, wenn ich mich in der Freizeit mit Lennart treffen würde.

Mama würde alles genau wissen wollen und ganz sicher wäre ihr dieser Kontakt nicht recht. Allein schon Lennarts Locken, seine Jeans-Hosen, seine ganze lässige Erscheinung, all das würde sie ablehnen.

Außerdem würde sie ihm vermutlich sofort erzählen, dass ich Unterführerin in der heimattreuen Sturm-Jugend bin.

Wie peinlich das wäre.

»Hanna soll erst einmal ihre Ausbildung vollenden, bevor sie sich um andere Dinge kümmert«, diese Worte bekomme ich oft von Mama zu hören.

Was außerdem soll ich Lennart antworten, wenn er mich nach den Liedern fragt, die ich so auf meiner Gitarre spiele.

Auf Kreta, bei Sturm, Wind und Regen?

Wir flogen jenseits der Grenzen?

Sicher, »Blowin in the wind« »House oft he rising sun« kann ich inzwischen auch.

Wie eigentlich jeder, der Gitarre spielt. Aber das wird Lennart kaum reichen. Also halte ich mich besser zurück, wenn er sich mit mir treffen will.

Ich erzähle dann wie schon früher in der Schule von den Pfadfindern, mit denen ich ständig unterwegs sei und weswegen mir kaum noch Zeit für andere Dinge bleibe.

Lennart fragt nicht weiter und ich bin darüber traurig und froh zugleich.

Viktor spürt indes, dass er mich verliert.

Mit geradezu übertriebener Fröhlichkeit und befremdlichen Scherzen kämpft er um mich. Es ist ein verzweifelter Kampf.

Mir ist unbehaglich zumute.

Unbehaglich, weil mir die Äußerungen der Wehrsportler in den Lagern immer unerträglicher werden, weil mir Viktors Kampf um mich längst verloren scheint und weil ich mich beides nicht zu sagen traue.

# 13

Auch am nächsten Tag fühlte Hanna sich wie erschlagen als sie erwachte. Dieses Mal war es aber nicht der Alkohol, der Schuld an ihrer schlechten Verfassung war.

Dieser Brief war es, der Name Marianne, das anschließende Gespräch mit Ragnhild, das nicht stattgefundene Gespräch mit Lennart.

Wie sehr doch eine kleine Verknüpfung von Ereignissen in so kurzer Zeit alles verändert hatte.

Hanna musste unbedingt noch einmal mit Ragnhild sprechen, das war ihr klar. Entschlossen wählte sie die Nummer der Schwester. Dieses Mal würde sie nicht sofort wieder auflegen, egal was Ragnhild ihr sagen würde.

»Hallo Ragnhild«

»Hallo Hanna«

»Du, es tut mir leid, das mit gestern...du weißt schon«

»Ja, ist ok. Geht's dir inzwischen wieder besser?«

»Ich weiß nicht. Erzähl mir ein bisschen von mir. Mir fehlen ja offenbar einige Details meiner Lebensgeschichte«

»Alles was du wissen willst«

Hanna wurde als Kind sehr junger Eltern geboren. Beide waren erst 18 Jahre und zu damaliger Zeit noch minderjährig. Sie waren Nachbarkinder. Die Mutter wohnte noch bei ihren Eltern und der Vater erfüllte sich kurz nach ihrer Geburt seinen Traum von der Seefahrt. Es war also schnell klar, dass die Umstände für ein Baby absurd waren. Umgekehrt waren da nun Hannas spätere Eltern, die gerade ihr Baby verloren hatten. Ein weiteres eigenes Kind kam für sie nicht mehr in Frage, dazu fehlte ihnen der Mut. Andererseits wünschten sie sich für ihre erste Tochter ein Schwesterchen. Daher also die Adoption.

»Hanna, es passte natürlich alles gut zusammen. Mama und Papa waren untröstlich über den Tod von Marianne. Sie dachten, ein weiteres Baby könnte ihnen über ihr Schicksal hinweg helfen. Also wandten sie sich an die Adoptionsvermittlung und erhielten kurz darauf die Nachricht, dass ein Neugeborenes zur Adoption frei gegeben war. Und das warst du.«

All das konnte Hanna gut verstehen.

Warum allerdings ihr niemand etwas darüber gesagt hatte, blieb für sie unbegreiflich.


»Hanna, unsere Eltern dachten, du warst so klein, als du zu uns gekommen bist, dass du dich sowieso niemals erinnern würdest. Sie zogen dich auf, sie liebten dich und ich glaube, sie hatten im Lauf der Jahre fast vergessen, dass du nicht ihr leibliches Kind warst.«

»Naja, ganz wohl nicht. Immerhin fürchtete Mama all die Jahre, dass ich irgendwann in der viel zitierten Gosse landen würde. Vermutlich waren meine Gene in ihren Augen nicht so wertvoll, wie die eines eigenen Kindes«, entgegnete Hanna mit Bitterkeit.

Ragnhild schwieg. Hanna hörte sie atmen.

»Ragnhild, ich bin wirklich nicht undankbar, aber das war oft nicht leicht für mich.«

»Ja, das verstehe ich. Mama hatte tatsächlich immer Angst um dich. Du warst so anders als wir. Mama meinte immer labiler und sie wollte eben alles richtig machen.«

»Ich weiß. Ich habe es immer gespürt, dieses anders sein.«

»Und vergiss nicht, Mama hatte einen schweren Schock hinter sich. Ich meine, sie hatte gerade erst ihr Baby verloren. Sie hatte sicher

Angst, dass auch du sie wieder verlassen könntest. Da hat sie sich eben vollkommen an dich geklammert, als hätte sie damit das Schicksal aufhalten können. Das wiederum war für mich nicht leicht.«

Den letzten Satz sagte Ragnhild kaum hörbar.


Der Abend war gekommen.

Benommen stieg Hanna die Treppe hinunter in die Küche.

Das mulmige Gefühl in ihr wuchs mit jeder Treppenstufe.

Das Telefonat mit Ragnhild, das bevorstehende Gespräch mit Lennart, was war das nur für ein Tag.

Lennart lehnte mit dem Oberkörper über die Küchentheke gebeugt. Er hielt ein Glas mit Rotwein in der Hand.

Nachdenklich musterte er Hanna, als sie die Küche betrat.

»Hi«, sagte sie unsicher.

»Hi«, erwiderte er kurz.

Dann wieder Schweigen.

Hanna schenkte sich selbst ein Glas Wein ein und setzte sich Lennart gegenüber an die Theke.

»Was ist los mit dir, Hanna? Ist es dieser Fall, der dich so mitnimmt? Dieses Nazi-Mädchen?«, fragte er mit gereizter Stimme.

Hanna wusste nicht, wo sie anfangen sollte. Und sie dachte wohl, er würde es nicht bemerken, als sie versuchte, ihn auf ein anderes Thema zu bringen.

»Wer war denn nun diese Frau, vorgestern Abend?«

Wie falsch sie mit diesem Ablenkungsmanöver lag, bekam sie umgehend zu spüren.

»Mein Gott Hanna, hör auf damit«, schrie Lennart sie an.

Es war das erste Mal in ihrer Beziehung, dass er Hanna je angeschrien hatte.

In keiner noch so aufwühlenden Situation, in der sie selbst schon längst vollkommen außer sich war, hatte Lennart jemals seine unerschütterliche Ruhe und Lässigkeit verloren.

Als sie es ihm so schwer machte, ein erstes Treffen mit ihr hinzubekommen, eine einfache Gitarrensession, hatte er geduldig abgewartet, sie nicht mit Fragen bedrängt oder gar mit Forderungen.

Als ihr die Ausbildung zur Anwaltsgehilfin nicht reichte und sie später doch noch Anwältin werden wollte und daher unter schwierigen Umständen zu studieren begann, war er es, der ihr Mut machte, wann immer sie aufgeben wollte. Er war es, der mit Hanna bis in die späte Nacht Gesetzestexte paukte, der sie manchmal mit sanftem Druck zwang bei der Stange zu bleiben und der sie, wann immer sie in Arbeit zu versinken drohte, gerade rechtzeitig mit einem liebevollen Spruch auf den Lippen aus ihrem Sumpf heraus holte.

Als sie ihm einige Jahre später sagte, sie könnte keine Kinder bekommen, Schuld daran war eine Entzündung, die ihre Eierstöcke verklebt hatte, hatte er seine eigene Enttäuschung darüber verborgen gehalten, sie statt dessen in den Arm genommen und gesagt: »hey Baby, wir machen uns trotzdem ein riesiges Leben. Glaube mir, es wird riesig, ganz sicher«.

Und dieser Mann schrie Hanna jetzt seine unbändige Wut ins Gesicht.

Erschrocken starrte sie ihn an.

Mit angespanntem Körper, geballten Fäusten, die Kiefer fest zusammengebissen stand er vor ihr, mit einem Blick in seinen Augen, als wollte er ihr im nächsten Moment eine Ohrfeige verpassen. Hastig trank Hanna einen Schluck Wein.

»Ok Lennart, dieses Mädchen in dem Fall geht mir nicht aus dem Kopf. Ich weiß immer noch nicht, ob ich ihre Verteidigung übernehmen soll oder besser nicht«, sagte sie beschwichtigend zu ihm.

»Und was macht dir diese Überlegung so schwer? Was gibt es da überhaupt zu überlegen? Bisher hast du solche Anfragen doch immer sofort abgelehnt. Und das war genau richtig so«, entgegnete Lennart immer noch aufgebracht.

So hatte Hanna ihn kennen gelernt, so war er immer geblieben.

Trotz seiner Gelassenheit hatte er klare Meinungen vertreten, zu politischen Ereignissen, Entscheidungen, über gesellschaftliche Verhältnisse.

Und besonders vehement hatte er sich immer gegen »alles Rechtslastige«, wie er es nannte, verwahrt.

»Ich denke über das Mädchen nach, weil ich über meine eigene Geschichte nachdenke«, wagte sie jetzt zu sagen.

Lennart stutzte.

»Wie meinst du das?«, fragte er irritiert.

»Dieses Mädchen, ihre Geschichte, irgendwie ist es auch meine Geschichte.«

»Was sagst du da?«

»Lennart, ich muss dir was erzählen.«

Und dann erzählte Hanna ihm alles, was sie sich nie zu erzählen getraut hatte. Nicht als sie ihn kennen lernte und auch nicht während ihres gemeinsamen Lebens. Immer hatte die aufkommende Wahrheit wie ein Damokles-Schwert über ihr geschwebt. Bei jedem Besuch ihrer Eltern hatte sie Sorge, jemand könnte etwas sagen. Wenn er sie nach Fotos aus ihrer Jugend fragte, fürchtete sie, es könnte eines dabei sein, dass sie verriet und in Momenten, wo sie sich gerade besonders wohl und entspannt fühlte, kam die Angst sich zu verplappern. Immer hatte Hannas Schweigen über den vielleicht bedeutendsten Teil ihrer persönlichen Geschichte zwischen ihnen beiden gestanden. Aber jetzt, an diesem Abend wollte sie endlich die große Lüge ihres Lebens aufdecken.

Sie blickte ihn nicht an, sondern vor sich auf die Theke, während sie ihm alles erzählte.

Wie sie damals nicht zu den Pfadfindern, sondern in die Sturm-Jugend ging, wie ihre Schwester es abgelehnt hatte, wie stolz ihre Mutter war.

Sie erzählte ihm von den Geländespielnächten, der Formalausbildung, den Kampfliedern, den Volkstänzen, den Lagerfeuern, den Filmen, den Vorträgen über das Judentum, den Silvesterfeiern am Steinbruch, dem Unterführerlager in Flandern. Und sie erzählte ihm von Viktor, von ihrer einstigen Liebe und von ihrer neuen Begegnung.

Als sie ihre Erzählung beendet hatte, war es für einen Moment still im Raum. Nichts war zu hören, selbst eine zu Boden fallende Stecknadel hätte in diesem Moment geradezu Lärm verursacht. Lennart starrte Hanna an, mit seinem Weinglas in der Hand. Schweigend holte er aus und warf das noch halbvolle Glas mit Wucht durch den Raum.

Es traf die Wand neben dem Fenster auf der gegenüberliegenden Seite. Es machte ein laut klirrendes Geräusch, als das Glas in tausend Stücke zerbrach.

Hanna wagte sich nicht zu rühren, geschweige denn irgendeinen einen Laut von sich zu geben. Sie starrte nur auf den roten Fleck an der Wand, der sich wie zarte Spinnennetzfäden in alle Richtungen ausgebreitet hatte.

Lennart drehte sich um und verließ die Küche.

## Hanna

Jeden Morgen freue ich mich auf die Arbeit. Ich werde Lennart sehen, wir werden unsere Mittagspause auf der Parkbank verbringen und jede Menge politisch-philosophische Gespräche führen.

Aber wir haben auch Spaß zusammen.

Lennart ist lustig, finde ich.

Wenn er sich Pappbecher an die Ohren hängt oder Zigaretten in die Nase steckt, dann kann ich mich ausschütten vor Lachen.

Heute Abend hat er mich zu sich nach Hause eingeladen. Meine Gitarre soll ich mitbringen. Wir wollen zusammen Musik machen.

Wieder einmal versucht er es. Und heute will ich hingehen. Zu oft schon habe ich nein gesagt.

Mama werde ich sagen, dass wir eine Kanzleifeier haben und ich etwas vorspielen soll.

Inzwischen habe ich einige moderne Pop-Songs eingeübt. Ich habe mir das Heft »Student für Europa« gekauft.

In der Schule hatten das auch alle, die Gitarre spielten. Ganz leise spiele ich in meinem Zimmer »The house oft he rising sun«, »Banks of the ohio« oder »Sag mir wo die Blumen sind«.

Mit einer Gitarre geht das, da kann man leise spielen und leise singen. Anders als mit einer Geige, stelle ich fest. Wenn Papa auf seiner Geige spielt, hört man das im ganzen Haus.

Es ist ein wunderschöner Spätsommer-Abend.

Ich hab mich hübsch gemacht. Mein langes Haar trage ich offen und ich hab ein luftiges buntgeblümtes Baumwollkleid angezogen. Sogar geschminkt habe ich mich etwas.

Ich bin aufgeregt, als ich an Lennarts Apartmenttür klopfe. Er wohnt im Studentenheim.

Die Tür öffnet sich. Lächelnd lehnt er im Türrahmen.

»Hey, da bist du ja«, sagt er fröhlich.

Ich fühle mein Herz bis zum Hals klopfen. Ich trete ein und sehe mich in dem kleinen Zimmer um.

Als erstes fällt mir das große Che Guevara Poster über dem Bett auf. Dann der Schreibtisch, auf dem sich Papierberge türmen, hinten links in der Ecke steht ein gerahmtes Foto. Eine Gruppe von Menschen ist darauf zu sehen. Ich nehme das Bild in die Hand und sehe es mir an.

»Wer sind alle diese Menschen? Deine Familie?«

»Ja, das ist meine liebe Familie. Links hinten Papa, dann Mama, hier das ist Anselm, mein großer Bruder. Daneben steht Christa, seine Frau mit den beiden Buben, Beppi und Maxi. Die beiden sind Zwillinge, eineiig«, erklärt Lennart stolz.

»Und dieser Mann da?«

Unten links, etwas abseits, ist ein Mann mittleren Alters zu sehen. Er lacht über das ganze Gesicht. Er hat bereits ungewöhnlich tiefe Falten. Aus den Mundwinkeln blitzen Goldzähne.

»Das ist Simon«, sagt Lennart leichthin.

»Simon? Ein Onkel von dir?«

»Nein, Simon lebt einfach nur bei uns. Seit ich denken kann gehört er zur Familie. Er war etwa acht Jahre, als er auf unseren Hof kam. Das war 1943.

Seine Familie lebte auf dem Nachbarhof.

Eines Tages wurden sie abgeholt, weil sie Juden waren.

Als die Gestapo früh morgens gegen die Türen schlug, war Simon offenbar gerade auf der Toilette. Ein Plumpsklo im Schweinestall, musst du wissen.

Simon konnte durch die Holzritzen sehen, wie die uniformierten Männer den ganzen Hof durchsuchten. Sie wussten natürlich, dass noch ein Familienmitglied fehlte. Sie hatten ja über alle Juden genaue Listen geführt. Als eine in Stiefeln steckende Uniformhose mit großen Schritten auf den Schweinestall zukam, sprang Simon kurzerhand hinein in das Klo und kauerte sich ganz an den Rand. Erst gegen Mittag traute er sich hervor aus seinem Versteck. Unser Hof war dann der nächste, den er erreichen konnte.

Besudelt mit Exkrementen, stinkend, weinend, mit dem Wissen, dass seine ganze Familie weg war«.

Ich kann gar nichts sagen, so betroffen bin ich.

»Und deine Eltern haben ihn dann groß gezogen?«

»Ja, obwohl sie selbst noch sehr jung waren. Sie lebten auf dem elterlichen Hof meiner Mutter. Ihre Eltern waren bereits tot, die Mutter in jungen Jahren einer Infektion erlegen, ihr Vater im Krieg gefallen.

Mein Vater war selbst auch noch im Krieg. Meine Mutter war also erst mal allein.

Aber sie hat Simon oben auf dem Heuboden versteckt.

Sie hat ihm Essen gebracht und nachts, wenn alles schlief, hat sie ihn ins Haus geholt. Zwei Jahre mussten sie das so machen, bis der Krieg endlich vorbei war. Gott sei Dank ist alles gut gegangen.«

»Ja, Gott sei Dank«, murmele ich.

Ich denke daran, wie anders alles bei ihm zuhause sein muss, wie anders er aufgewachsen ist.

Niemals darf er wissen, in welcher Gruppe ich seit Jahren bin. Erst recht nicht, nach dieser Geschichte, die er mir eben erzählt hat.

Auf der Jaffa-Kiste vor dem Bett, die als Tisch dient, stehen Gläser bereit. In einer Weinflasche steckt eine Kerze. Sie wurde offenbar schon mehrmals angezündet, denn die Flasche ist überzogen von den weißen Wachstropfen. Gegenüber, im Regal neben dem Schreibtisch das Tonbandgerät, daneben auf dem Boden in einem Ständer die Gitarre.

Ich habe meine Gitarre neben das Bett gelegt und mich selbst auf das Bett an die Jaffa-Kiste gesetzt.

Lennart setzt sich im Schneidersitz auf den Boden. Er hat die Kerze angezündet und uns ein Glas Lambrusco eingeschenkt.

Lachend, mit einem Augenzwinkern prostet er mir zu. Meine Güte, bin ich aufgeregt. Ich kann kaum das Glas halten, ohne zu zittern.

Vom Tonband erklingt »Lady in Black« von Uriah Heep, dann »Hotel California« von den Eagles. Wir unterhalten uns.

Ich spreche ihn auf das Poster von Che an und er hält voller Begeisterung gleich ein ganzes Referat über sein Idol.

Was für ein Held, was für ein Charisma. Ich bin fasziniert. Alles ist so anders, als ich es bisher erlebt habe.

Ich denke an die Treffen mit Viktor, bei Maren in der Küche. Meist wird dann gestritten.

Manchmal gehen Viktor und ich in ein Hotelzimmer. Viktor bezahlt es dann. Das ist für uns die einzige Möglichkeit, ein bisschen ungestört Zeit miteinander zu verbringen.

Früher, als ich noch verliebt war, hat es mir nichts ausgemacht. Wir haben eben den wenigen Stunden, die wir miteinander hatten, ihre eigene Romantik verliehen.

Viktor hat dann immer eine Flasche Erdbeersekt mit hinein geschmuggelt, weil wir kein Geld für die Hotelbar übrig hatten. Alles was er machte, war für mich in Ordnung. Aber inzwischen hab ich immer seltener Lust auf die Schäferstündchen im Hotel.

Viktor kommt immer extra aus Berlin, meistens per Anhalter und reagiert dann verärgert auf meine Abweisungen.

Aber hier finde ich es jetzt schön.

Alles ist so entspannt, der Kerzenschein, die Musik, der Lambrusco, die Gespräche.

Ich merke gar nicht, wie die Zeit vergeht. Ist es die Stimmung, ist es der Lambrusco, ich weiß es nicht.

Irgendwann nehme ich verklärt »Orzowei« von Oliver Onions wahr, dann »Charly« von Santa Barbara. Ich wiege mich glücklich lächelnd zum Rhythmus der Musik hin und her.

Wie gern ich diese Lieder habe.

Und da fühle ich mich schon ganz benebelt, von der Musik, vom Zigarettendunst und vom Lambrusco.

Später, zur Gitarre von Carlos Santana liegen Lennart und ich auf dem Bett und wir küssen uns.

Sanft schiebt er mein Kleid hoch.

Und dann, zu Samba Pa Ti, lieben wir uns.

Irgendwann bemerke ich, dass wohl schon tiefe Nacht ist.

Das Tonband rattert leise vor sich hin, auf dem Band ist offenbar keine Musik mehr. Ich stehe auf, gehe ins Bad und drehe den Wasserhahn am Waschbecken auf.

Gierig trinke ich direkt aus dem fließenden Strahl.

Als ich wieder ins Zimmer zurückkehre, ist Lennart gerade aufgestanden und hat sich seine Jeans angezogen.

Als er mich sieht, lächelt er mich an.

Er stellt sich vor mich hin und umschlingt mich mit den Armen. Ich lege meinen Kopf an seine Schulter.

Lange war ich nicht mehr so glücklich.

Wir rauchen noch eine Zigarette miteinander, dann fährt er mich mit seinem Moped nachhause.

Die Gitarre lasse ich bei ihm.

Ich werde sie morgen nach der Arbeit holen.

Es wird schon hell. Die ersten Vögel fangen zu zwitschern an. Ganz leise schließe ich die Haustür auf. Ich hoffe inständig, dass Mama fest genug schläft, um mich nicht zu hören.

Heftige Gewissensbisse plagen mich, als ich wenige Stunden später erwache.

`Liebe Güte, was hab ich gemacht? Ich habe Viktor betrogen`, schießt es mir durch den Kopf.

Aber schon im nächsten Moment bin ich glücklich.

Die Bilder von gestern Abend kommen mir wieder in den Sinn. Che Guevara an der Wand … die Kerze in der Weinflasche…der leicht flackernde Schein … der Lambrusco … die Küsse, die nach Rauch schmeckten … die Musik vom Tonband … am Ende nur noch das leise Rattern … das Foto auf dem Schreibtisch.

Simon mit den Goldzähnen und der traurigen Geschichte.

Ich habe einen neuen Freund und ich bin verliebt.

Was für ein wunderbares Gefühl.

Ich denke an Viktor.

Und daran, wie sehr ich ihn bewundert und geliebt habe.

# 14

Lennart war gegangen. Einfach weg war er. Hatte eine Tasche gepackt, sich auf sein Motorrad gesetzt und war weggefahren.

Statt der Thermoskanne mit Kaffee lag jetzt ein Zettel auf der Küchentheke.

»Liebe Hanna,

du hast mir großen Schmerz zugefügt. Alles hätte ich verstanden. Nicht aber, dass du mir einen so wichtigen Teil deines Lebens verschwiegen hast. Gespürt hab ich es schon lange und jetzt ist es Gewissheit geworden.

Ich weiß nicht mehr, wie wir das schaffen sollen.

Ich muss jetzt eine Weile allein sein.

Mach's gut, Lennart«


Hanna setzte sich an die Theke und weinte. Sie weinte, dass sie gar nicht mehr aufhören konnte. Sie weinte, bis sie irgendwann Kopfschmerzen hatte.

Als sie endlich zu Weinen aufhören konnte, entschloss sie sich, Lennarts Weggang nicht einfach so hinzunehmen, sondern um ihn zu kämpfen. Sie wusste im Moment nicht wie. Aber sie musste ihn zurückgewinnen.

Sie wusste, andernfalls wäre sie todunglücklich.

Und noch etwas war passiert.

Etwas hatte sich in Hanna verändert. Sie war sich plötzlich sicher. Sie wollte Natalies Verteidigung übernehmen.

Wie ein Schalter, der von einem zum anderen Moment in ihrem Kopf umgelegt wurde, fühlte sie es jetzt ganz deutlich.

Es war richtig. Egal wie es ausgehen würde.

Dabei ging es Hanna weniger darum, für ihre Mandantin ein mildes Gerichtsurteil zu erkämpfen, als vielmehr um die Chance, den Gedanken des Mädchens eine andere Richtung aufzuzeigen.

Im ersten Schritt bestand sie darauf, dass Natalie sich bei den beiden Jungen und ihrer Familie entschuldigte.

Hanna war klar, dass das ein schwerer Gang für das Mädchen werden sollte. Äußerst widerwillig reagierte Natalie dann auch auf die Forderung. Lediglich der Erleichterung, dass Hanna ihr helfen würde war es zu verdanken, dass sie überhaupt einwilligte.

Allerdings galt es zunächst, die Eltern um die Erlaubnis zu bitten, ihre Söhne zu besuchen.

Es war ein kurzes Telefonat.

Ein Onkel der Familie hatte es entgegen genommen. Er sprach nur wenig deutsch.

Hanna war sich nicht sicher, ob er wirklich verstanden hatte, was sie wollte.

Aber immerhin sagte er ja.

Gemeinsam fuhren Anwältin und Mandantin im Auto in das Krankenhaus, wo die beiden nun seit Wochen lagen, allerdings auf verschiedenen Stationen.

Noah befand sich weiterhin auf Intensiv. Sein Zustand war kritisch.

Hanna selbst klopfte das Herz bis zum Hals.

Es war ihr unmöglich einzuschätzen, wie die Eltern tatsächlich reagieren würden, wenn sie mit dem Mädchen am Krankenbett ihrer Söhne auftauchte.

Natalie saß mit ihrer für Hanna inzwischen vertrauten mürrischen Miene auf dem Beifahrersitz ihres Autos. Hanna fuhr etwas langsamer, als es sonst ihre Art war. Wahrscheinlich wollte sie gar nicht wirklich in der Klinik ankommen.

Eigentlich war es wie immer. Wenn es brenzlig wurde, ein Konflikt aufzukommen drohte, wollte Hanna nur noch flüchten. In solchen Momenten fragte sie sich plötzlich, was in aller Welt sie nur an diesem Ort tat.

»Was soll das Ganze eigentlich?«, brach es plötzlich aus Natalie heraus.

Hanna ignorierte ihre Frage.

Andernfalls hätte sie vermutlich los geschrien, was das Mädchen sich eigentlich einbildete, wie sie glaubte den Prozess halbwegs glimpflich überstehen zu können und ob sie wirklich gar kein Bedürfnis verspürte, sich bei Noah und Jerome zu entschuldigen.

Aber auf all das hatte Hanna gerade keine Lust.

Also schwieg sie und fuhr weiter langsam in Richtung Krankenhaus.

Während sie den Wagen lenkte, dachte sie darüber nach, dass das Leben von den Jungs und ihrer Familie bis zu dem Tag des Verbrechens vermutlich in geradezu deutscher Normalität verlaufen war.

Der Vater hatte seinen eigenen kleinen, aber durchaus einträglichen Gemüseladen in Nähe des Hauptbahnhofs und die Mutter kümmerte sich um die Familie und um die Buchhaltung des kleinen Geschäftes.

Außer Jerome und Noah hatte die Familie noch eine ältere Tochter. Alle drei Kinder besuchten weiterführende Schulen, Jerome das Gymnasium, sein Bruder und seine Schwester die Realschule. ›Ein ganz normales, bürgerliches Leben‹, schoss es Hanna durch den Kopf. Endlich parkte sie den Wagen und ging mit Natalie an der Seite auf den Haupteingang zu.

Ruckartig blieb diese plötzlich stehen.

»Nee, da geh ich nicht rein«.

Auch Hannas Nerven lagen allmählich blank und sie antwortete schroff:

»Was glaubst du wohl, wie der Prozess für dich laufen kann?

Du läufst mit einem Gesicht durch die Gegend, als seist du das Opfer und nicht die Täterin.

Ich kann dir nicht helfen, wenn du nicht mit ziehst.«

Natalie kaute nervös auf ihrer Unterlippe rum.

Wie eine Verräterin komme sie sich vor. Dass sie Viktor, Manne und die ganze Sache verrate, brach es aus ihr hervor.

»Und ich bin keine Verräterin.«

Hanna wurde schlagartig klar, dass sie es anders versuchen musste. Sie erklärte ihrer Mandantin kurzerhand, sie solle Manne und die anderen jetzt mal vergessen.

»Ok, jeder von euch befindet sich in einer heiklen Lage und jeder muss sehen, wie er da raus kommt. Und deine Chance vergrößert sich deutlich, wenn du dich reumütig entschuldigst. Also setz ein freundliches Gesicht auf und tu wenigstens so, als würde es dir leid tun.«

Damit konnte Natalie offenbar besser leben, als mit einer tatsächlichen Reue, denn immerhin folgte sie Hanna jetzt widerspruchslos in das Klinikfoyer. Und die hatte ein schlechtes Gewissen, weil sie ihrer Mandantin zu einer unehrlich gemeinten Entschuldigung riet.

Aber sie vertraute auf die Macht der Situation, wenn nämlich Natalie den verletzten Jungen und deren Eltern gegenüberstand und sie dann vielleicht doch so etwas wie Mitgefühl oder Reue empfinden konnte.

Sie traten an die Rezeption heran.

Hanna fragte in welchem Zimmer sie die beiden Patienten finden kann.

Sie erhielt die knappe Auskunft, dass sie Jerome besuchen können, den anderen aber nicht. Die Station von Jerome lag im dritten Stockwerk, Zimmer 314.

Schweigend nahmen Hanna und Nathalie den Aufzug.

Während der kurzen Fahrt in den dritten Stock war die Anspannung der beiden zum Greifen spürbar. Oben angekommen stiegen sie aus und gingen mit schweren Schritten den kalten, sterilen Flur entlang.

Da war sie, die 314 …

Leise klopfte Hanna an die Zimmertür.

Von drinnen war nichts zu hören, also öffnete sie vorsichtig die Tür. Mit Natalie dicht hinter sich trat sie ein.

Jeromes Bett stand am Fenster. Er lag allein.

Um seinen Kopf hatte er einen weißen Verband, der auf den ersten Blick wie ein sorgfältig gewickelter Turban aussah. Nur die blauschwarz gefärbten Schwellungen auf seinem rechten Wangenknochen zeugten noch unmittelbar von dem, was ihm angetan worden war.

Vor seinem Bett saß ein dunkelhäutiges Ehepaar, sie in gebeugter Haltung, er betont aufrecht.

Offenbar seine Eltern.

Als Hanna mit Natalie den Raum betrat, richteten sich drei schwarze Augenpaare auf die beiden. Ihr Blick schien unergründlich, nichts darin verriet, was diese Menschen gerade dachten. Einen Moment lang war Hanna daher unsicher, ob sie wirklich weiter in den Raum hinein gehen sollten.

Nein, sie wollte jetzt nicht umkehren.

Sie als Anwältin ging voran, stellte sich entschlossen an Jeromes Bett und sagte zu dem Jungen:

»Hallo, mein Name ist Hanna Friedberg, ich bin die Anwältin von Natalie. Sie ist gekommen, um sich dafür zu entschuldigen, was sie und ihre Kumpel dir und deinem Bruder angetan haben.«

Natalie stellte sich kurz neben Hanna und murmelte etwas, das immerhin so ähnlich wie »Tschuldigung« klang.

Jeromes Vater, dessen schwarze Hand sich fast unmerklich zur Faust geballt hatte, bedachte Natalie mit einem kurzen verächtlichen Blick, wandte sich dann wieder ab und starrte vor sich hin.

Jeromes Mutter fing an zu weinen und fragte verzweifelt, »warum?«

Jerome selbst schwieg, schloss die Augen und drehte den Kopf zum Fenster.

Unbeholfen und ratlos verharrten die beiden Frauen einen kurzen Moment am Bett des verletzten Jungen.

Während Jerome weiterhin nicht reagierte, sein Vater mit angespanntem Kiefer und der Faust in seinem Schoß ins Leere starrte, fragte die Mutter plötzlich in die bedrückende Stille hinein:

»Was habt ihr mit seinem Amulett gemacht? Es war sein Talisman, er trug ihn um den Hals, was habt ihr damit gemacht?«

Hanna sah Natalie fragend an, doch die zuckte mit den Schultern.

»Ich weiß nichts von einem Amulett«, zischte sie leise.

»Gehen Sie.« sagte der Vater kurz.

Hanna setzte kurz an noch etwas zu sagen, aber in ihrem Kopf herrschte nur ein pulsierendes Hämmern.

»Gehen Sie«, widerholte der Vater mit Nachdruck.

Zögernd verließen beide den Raum und zogen leise die Tür hinter sich zu.

Draußen auf dem Flur sahen Natalie und Hanna sich kurz ohne etwas zu sagen an.

Dann gingen sie in Richtung Ausgang und verließen schweigend die Klinik.

Noch deutlicher als bisher war es Hanna klar geworden.

Hier war einer ganzen Familie etwas Furchtbares angetan worden. Dabei war es nicht allein der Schmerz ihrer Söhne. Es war vor allem die Idee, die sich wohl für immer in ihren Köpfen einbrennen würde.

Die Idee der plötzlich in diesem Land empfundenen Minderwertigkeit … des nicht Erwünscht seins … das traurige Erkennen, dass ihr bisher geordnetes, unbeschwertes Leben vorbei ist … dass sie künftig in Angst leben …

in Angst vor Menschen wie Natalie und Manne … in Angst vor Verachtung … Demütigung … Gewalt …

Auch auf der Rückfahrt schwiegen beide. Natalie sah unentwegt aus dem Fenster der Beifahrerseite.

Hanna hoffte so sehr, dass ihr Eindruck sie nicht täuschte. Denn Natalie schien nachdenklich.

Und das war sie in der Tat. Gleich zuhause angekommen, nahm sie ihren Briefblock aus der Schublade und schrieb sich ihre Eindrücke von der Seele.

»Lieber Manne,

stell dir vor, wir waren bei diesem Kerl im Krankenhaus.

Es war einfach zu krass.

Die Anwältin hat mich voll gezwungen. Sie meinte, es wär halt besser für meinen Prozess.

Ich kann bestimmt nicht mehr pennen.

Ich komm auf das Bild echt nicht klar. Wie der Typ mit dem großen Verband auf'm Kopf da lag. Er sah eigentlich gar nicht mehr aus wie ein Feind.

Dann seine Alten... Die ganze Zeit haben die nichts gesagt. Ich wollte, dass die irgendwas sagen. Irgendwas, das mich richtig wütend gemacht hätte. Aber die haben nichts gesagt.

Er auch nicht.

Das hat mich echt verplant.

Wieso haben die nicht geschrien oder so was.

Einfach gar nichts gesagt haben die.

Bis seine Alte dann mit diesem Amulett kam. Hey scheiße, ich weiß doch nicht, wo das geblieben ist.

Vielleicht hat einer von euch das genommen?

Warst du das, Manne? Ich frag auch nochmal Ronny und Tom.

Ist mir ja eigentlich egal, aber die Anwältin meint halt, es wär wichtig.

Scheiße, ich hoff, das hört bald auf.

Dass ich diesen blöden Verband auf dem Kopf immer vor mir sehe. Der andere ist noch auf Intensiv. Den durften wir nicht besuchen. Ist auch besser so. Wär bestimmt noch viel krasser gewesen.

Aber was wenn der das nicht überlebt?«

# *Hanna*

Diesen Abend werde ich nie mehr vergessen.

Er wird zum Wendepunkt in meinem Leben.

Es ist im Frühjahr 1978.

In Deutschland ist das Bundesdatenschutzgesetz in Kraft getreten und der letzte VW Käfer vom Band gelaufen.

Dem Chirurgen und Kritiker des Gesundheitswesens Julius Hackethal wird von der kassenärztlichen Vereinigung die Zulassung verweigert.

Der sowjetische Staats – und Parteichef Leonid Breschnew warnt die westlichen Länder in einem Brief vor der Einführung der Neutronenbombe.

Der deutsche Verteidigungsminister Georg Leber tritt von seinem Amt zurück und zieht damit die Konsequenz aus der Abhör-Affäre des militärischen Abschirmdienstes MAD.

Sein Nachfolger wird Hans Apel.

In Rom entführen Mitglieder der Terrororganisation Rote Brigaden den ehemaligen Ministerpräsidenten Aldo Moro. Später ermorden sie ihn.

In der Illustrierten Stern wird die tragische Drogenkarriere von Christiane F. veröffentlicht und sorgt für enormes Aufsehen. Im Fernsehen erregt die Serie »Roots« mit ihrer schonungslosen Schilderung der Sklaverei im Amerika des 18/19. Jahrhundert die öffentlichen Gemüter.

Nach dem Kino-Hit »Saturday night fever« mit John Travolta und Olivia Newton-John ist auf den deutschen Tanzflächen das Disco-Fieber in vollem Gange.

Rüschen, Pailletten und Glitzer-Look sind angesagt.

Ich stehe nicht auf Disco.

Seit dem Abend mit Lennart höre ich nur noch die Rock-Songs, die ich mit ihm zusammen gehört habe. Und die wir beide auf der Gitarre spielen.

Mein Leben ist jetzt irgendwie zweigeteilt.

Das eine Leben ist Lennart, die Stunden mit ihm, unsere Liebe, aber auch die Arbeit in der Kanzlei.

Die Ausbildung gefällt mir, es macht Spaß zuhause an meinem Schreibtisch zu sitzen und den Stoff zu lernen.

Das andere Leben ist Viktor, die Heimattreue Sturm-Jugend und meine Gewissensbisse.

Mama weiß von all dem nichts. Akribisch versuche ich, dass sie nichts von meinen Treffen mit Lennart erfährt.

Immer mehr verstricke ich mich in eine Welt aus Lügen. Ich erzähle von Kolleginnen in der Kanzlei, mit denen ich gemeinsam musiziere oder von Mitschülerinnen aus der Berufsschule, mit denen ich mich treffe.

Lennart dagegen erzähle ich, dass ich am Wochenende weiterhin mit den Pfadfindern unterwegs sei und dass ich zuhause nicht angerufen werden kann, weil Mama nicht möchte, dass ich während der Ausbildung einen Freund habe.

Von Viktor erzähle ich nichts.


Ich bin wieder ins Wochenendlager gefahren.

Und da ist dieser Abend, den ich nie vergessen kann und der alles verändern wird.

In meinem Kopf werde ich es wohl immer hören, das Geklatsche und Gejohle meiner Kameraden.

Genauso wie ich den mit einer Schlinge um den Hals in einem Holzkäfig sitzenden, vor Todesangst wimmernden Mann immer wieder vor mir sehen werde.

Es ist ein Wochenendlager wie jedes andere.

Wir sind in unserer Stammjugendherberge untergebracht.

Alles ist wie immer, die Fahnenappelle, die Geländemärsche, die Volkstänze, die Lieder.

Und doch ist diesmal alles anders.

Gemeinsames Filmschauen steht auf dem Programm.

Schon oft wurden in den Lagern alte Filme, die während des dritten Reiches gedreht wurden, angesehen.

Bisher waren es dokumentarische Propagandafilme über die jüdische Rasse wie »Der ewige Jude«, in welchem die jüdischen Menschen mit Ratten verglichen werden. Filme über die vermeintliche Sinnhaftigkeit der südafrikanischen Apartheitspolitik. Ausschnitte aus der »Deutschen Wochenschau«, mit Darstellungen über die glorreichen Siege der Deutschen im zweiten Weltkrieg.

An diesem Abend ist es ein Spielfilm.

»Jud Süß« lautet sein Titel.

Alle finden sich im großen Versammlungsraum der Jugendherberge ein. Die Stimmung ist durchtränkt von einer Mischung aus angespannter Sensationslust und verlegenem Kichern. Alle wissen immerhin, dass der Film »Jud Süß« als antisemitischer NSDAP-Propagandafilm offiziell verboten ist. Gesagt wurde es uns jedenfalls.

›Was für eine makabre Idee ist das doch von den Nazis im dritten Reich gewesen. Den Roman des jüdischen Schriftstellers Lion Feuchtwanger zur Vorlage eines antisemitischen Propagandafilms zu machen‹ denke ich.

Und obwohl ich das denke, kann ich dennoch nicht anders. Gebannt schaue auch ich auf die Leinwand, über die in laut knisternder Ton,- und Bildqualität das Schicksal jenes deutschen Mädels Dorothea läuft, das den einflussreichen, wie mächtigen Finanzrat Josef Süß Oppenheimer um die Freilassung ihres verhafteten und gefolterten Bräutigams Aktuarius Faber bittet. Oppenheimer hingegen zwingt Dorothea ins Bett und vergewaltigt sie. Am Ende geht das gepeinigte Mädel ins Wasser und ertränkt sich.

Zeitgleich wird Faber freigelassen. Als der verzweifelte Bräutigam Dorotheas Leichnam schreiend vor Kummer auf seinen Armen an den Strand trägt, ist der Hass auf den jüdischen Finanzrat perfekt und sein Schicksal besiegelt.

Der Jude Süß Oppenheimer wird auf dem Marktplatz in Stuttgart wie ein Vogel in einem Holzkäfig sitzend hochgezogen, mit einem Seil um den Hals. Verzweifelt bettelt er um sein Leben. Er wimmert, schreit und fleht.

Dann wird ihm der Boden unter den Füssen weggezogen und er hängt schaukelnd über dem Stuttgarter Marktplatz.

Für einen Moment herrscht absolute Stille im Raum.

Eine Stecknadel könnte man fallen hören.

Dann geht es los.

Einige der Jungen rufen lauthals «nochmal» und Gunnar versteht sofort.

Er spult den Film zurück zur Henkerszene.

Und während der Jude im Holzkäfig um sein Leben bettelt, johlen, lachen und klatschen die Kameraden um mich herum in ohrenbetäubender Lautstärke.

Immer und immer wieder rufen sie »nochmal«, lassen sie Gunnar den Film zurückspulen, um sich am verzweifelten Todeskampf des Juden Süß zu ergötzen.

Und Gunnar spult und spult und spult.

Und immer lauter schreien die Kameraden.

Ich frage mich, wie oft sie wohl »nochmal« rufen werden und wie oft Gunnar wohl noch spulen wird.

Ich weiß es nicht.

Ich habe längst aufgehört zu zählen.

Ich sitze nur da, fühle Scham und Entsetzen.

Inmitten meiner laut kreischenden Kameraden halte ich schweigend den Blick gesenkt.

In meinem Kopf pulsiert es.

Mir scheint, ich nehme das Getöse um mich herum noch lauter wahr, als es tatsächlich ist.

Deutlich höre ich Viktors Stimme mit laut anfeuerndem Gebrüll heraus.

Ich schäme mich so für ihn. Wie ich mich auch für alle anderen Kameraden schäme.

An diesem Abend beschließe ich, dass es vorbei sein muss.

Ich werde nie wieder hierher kommen.

# 15

Eine Woche war Lennart schon weg. Eine Woche bereits vermisste Hanna morgens den fertig gekochten Kaffee auf der Theke, das von ihm gekochte Essen am Abend und die Vorfreude auf den schon gedeckten Tisch.

Eine Woche ohne Gitarrenspiel aus seinem Zimmer, den Blick zu zweit auf das Getreidefeld des Nachbarn, seine Exkurse über die Verderbtheit der kapitalistischen Gesellschaft, seine Scherze.

Hanna vermisste seinen flüchtigen Kuss zur Begrüßung und zum Abschied.

Sie vermisste seine Umarmung, seine Stimme, sein Lachen.

Sie vermisste Lennart.

Zudem hatte sie keine Ahnung, wohin er gefahren sein mochte.

Selbst im Gericht traf sie ihn nicht an.

Er habe kurzfristig aus familiären Gründen Urlaub genommen, hieß es von einem Kollegen.

Seine Gitarre hatte er zurück gelassen. Sie stand wie immer auf dem Ständer in seinem Zimmer. Hanna war erleichtert darüber. Immerhin bedeutete das, er würde noch mindestens einmal zurückkehren.

Trotz allem musste sie ihre Arbeit fortsetzen.

Beinah war sie wütend darüber. Sie fand es ungerecht. Während sie selbst in dieser schweren Krise weitermachte, hatte sich Lennart kurzerhand eine Auszeit genommen.

Hanna lenkte ihre Gedanken auf Natalie.

Der gemeinsame Besuch im Krankenhaus ging ihr nicht mehr aus dem Kopf.

Ich werd sie nicht los ... diese Bilder ... der Junge in dem weißen Zimmer ... unter dem weißen Laken ... der Verband auf seinem Kopf ... wie ein großer weißer Turban ... der Blick der Mutter ... so unendlich traurig ... die Faust des Vaters ... meine eigene Unsicherheit ... wusste einfach nicht, was ich sagen sollte... Natalies gemurmeltes »Tschuldigung« ...

Über allem stand für Hanna jedoch die Frage, was es mit dem Amulett auf sich hatte, von dem Jeromes Mutter sprach.

Sie rief Natalie an, die aber offenbar tatsächlich nichts davon wusste. Sie sollte Ronny und Tom, ihre beiden nicht inhaftierten Freunde fragen, fand Hanna. Manne hätte sie dann noch am Telefon fragen können.

Allerdings spürte Hanna schnell, dass Natalie nicht wollte. Das Mädchen schien Angst zu haben.

Es war die Angst der Verräterin, die sie in ihren eigenen Augen jetzt war. Allein schon wegen ihres Entschuldigungs-Besuches bei Jerome fühlte sie sich als solche. Sich jetzt auch noch um das Amulett des schwarzen Jungen zu kümmern, hätte vermutlich an Hochverrat gegrenzt. Und das war in diesen Kreisen tatsächlich gefährlich.

Aber offenbar war es nicht nur ihre Angst allein, die sie von einer Wiedergutmachungsgeste abhielt.

Hanna musste feststellen, dass Natalie weit entfernt von jedem Reuegedanken war. Zu stark war ihre Bewunderung für Viktor und seine Reden und zu schwach ihre eigene Meinung.

Hanna erkannte, dass Natalie um jeden Preis an ihrer Gruppe samt deren charismatischem Anführer festhielt.

Eigentlich hatte sie es ja selbst gesagt. Dass sie Manne und Viktor und die ganze Gruppe brauchte, dass sie niemanden hätte, dass sie sich sonst verlassen fühlen würde.

Hanna begriff, für ein Umdenken oder gar einen Ausstieg brauchte ihre Mandantin dringend Hilfe. Allein würde sie es nicht schaffen.

Also beschloss Hanna, das Problem mit dem Amulett vorerst über Viktor zu regeln.

Für irgendetwas musste ihre neue Begegnung schließlich gut sein. Sie wollte unbedingt, dass der so gepeinigte Jerome sein Amulett zurückerhielt.

Sie rief Viktor an. Er schien sich zu freuen, als er ihre Stimme hörte.

»Hanna, schön von dir zu hören. Wie geht es dir?«

»Ist schon ok. Können wir uns treffen?«

»Ich hab gehört, du hast es dir doch noch anders überlegt? Du wirst Natalie helfen? Das freut mich«

»Ja, ich helfe ihr. Und deshalb muss ich mit dir reden«.

»Natürlich gern, jederzeit, wo immer du willst«.

Während Viktors Stimme sich fast vor Begeisterung überschlug, bemühte sich Hanna, betont kurz angebunden und sachlich zu bleiben. Selbst jetzt noch hatte sie bei jeder Begegnung, wie auch bei jedem Telefonat das Gefühl, sich vor diesem Mann und seinem Einfluss schützen zu müssen.

Keinesfalls wollte sie ihm daher die Hoffnung geben, in einen persönlichen Kontakt mit ihr treten zu können.

Sie verabredeten sich für den nächsten Tag im Cafe.

An diesem Abend ließ sich Hanna eine Pizza kommen, die sie mit in ihr Zimmer nahm. Sie wollte sich für heute dort verkriechen, allein sein, bei sich sein. Lustlos nagte sie an der zu trockenen Pizza, aß dann nur den spärlichen Belag aus Tomaten und Käse und ließ den Rest in der Pappschachtel.

Sie nahm ihre Geige aus dem Kasten, stellte sich ans Fenster und begann zu spielen. Tango, einen nach dem anderen, ihre Lieblingsstücke, in regelmäßigem tam tam tam taram tam tam, melancholisch, viel dunkles E, alles in Moll.

Während sie den Bogen über die Saiten gleiten ließ und die warmen Melodien mit ihrem beständigen Rhythmus in sich aufnahm, überschlugen sich ihre Gedanken. Viktor, Lennart, Lennart, Viktor, Lennart, Jerome, Jerome, Natalie, wieder Jerome und am Ende nur noch Natalie. Wie konnte sie dem Mädchen bloß helfen.

Dabei dachte Hanna weiterhin nicht an die Hilfe für ein mildes Gerichtsurteil, als vielmehr an die Hilfe zur Abkehr von Natalies Gedanken. Die Ablösung von den Freunden, der Gruppe, von Viktor.

Als schließlich ihr Arm zu schmerzen begann, beendete Hanna ihr Spiel und legte die Geige, allerdings nicht ohne vorher mit einem liebevollen Gedanken an ihren Vater über ihr Holz zu streichen, zurück in den Kasten.

Dann schob sie Dusty Springfield in den Player, warf sich auf das Bett und genoss den warmen Sound von »Son of a Preacherman«.

Wenig später wandte sie sich wieder den Lebens-Erinnerungen ihrer Mutter zu.

Zu oft hatte sich Hanna die Frage gestellt, warum Ragnhild und sie in einer Atmosphäre aus Menschenverachtung und vollständiger Ablehnung jeder neuen gesellschaftlichen, wie kulturellen Strömung aufwachsen mussten.

Es hatte sie im dritten Reich massenweise gegeben. Überzeugte Nazis, Mitläufer, opportune Denunzianten.

Und bis heute lebten noch etliche Gestrige unter ihnen allen, die von Hitlers Werk überzeugt waren.

Aber all das passte für Hanna nicht zu ihrer Mutter.

Nie hatte sie ihre Widersprüchlichkeit einordnen können.

Da war die begeisterte BDM-Führerin, die für jüdische Menschen derart verachtende Worte hatte, dass Hanna stets aufs Neue erschauderte und peinlichst berührt sprachlos war.

Da war aber auch die unangepasste Frau, die sich niemals von irgendeinem Idol jede beliebige Idee hätte einreden lassen.

Die Frau, die immer ihre Meinung hatte, für die sie stets unerbittlich zu kämpfen bereit gewesen war.

Die Frau, die den Kindern das Essen gelassen und eine Degradierung in Kauf genommen hatte.

Die Frau, die 80 Kinder vor den Russen rettete.

Aber eben auch die Frau mit dem abgrundtiefen und niemals endenden Hass auf Juden.

Warum nur …

Hanna konnte und wollte nicht glauben, dass ihre Mutter, sehenden Auges den Worten und Plänen eines Adolf Hitlers und dessen Machtapparats hinterher gelaufen sein sollte.

Selbst das schwere Schicksal ihr Baby zu verlieren, konnte nicht der Grund sein. Als das passierte, waren das Hitler-Regime und der Krieg längst vorbei.

In der Hoffnung auf neue Antworten öffnete Hanna die kleine Pappschachtel. Immerhin hatte sie eine der ganz großen Antworten ihres eigenen Lebens hier gefunden. Und selbst ihrer Mutter war sie Schritt für Schritt ein Stück mehr auf die Spur gekommen.

Versteckt unter den Briefen ihres Vaters und denen der Freundin Friedel, lag noch ein einzelner Brief, den Hanna bisher nicht kannte.

Er stammte offenbar vom Vater ihrer Mutter und enthielt nur wenige Zeilen.


»Liebe Hildegard,

anbei schicke ich dir also deine arische Abstammungsurkunde, damit du heiraten kannst. Ich weiß, du willst ansonsten nichts mit mir zu tun haben. Was auch immer ich dir angetan habe, ich bin dennoch dein Vater.

Denke daran, falls du irgendwann einmal Hilfe brauchen solltest.

Alles Gute für dich,

Gruß, Vater«

Hanna wusste eigentlich kaum etwas über den Vater ihrer Mutter. Immerhin war er ja ihr Großvater.

Während in der Familie stets offen und ausführlich über das Elternhaus von Hannas und Ragnhilds Vater gesprochen wurde, war dieser Mann indes immer tabu gewesen.

Das einzige Mal, als die Mutter ihren Vater überhaupt erwähnte, hieß es, dass er ein preußischer Offizier gewesen war. Ansonsten hatte sie das Wort »mein Vater« niemals in den Mund genommen.

Offenbar hatte sie bereits in jungen Jahren den Kontakt zu ihm vollständig abgebrochen. Auch sein Grab besuchte sie niemals, wenigstens nicht in Ragnhilds oder Hannas Gegenwart.

Die Töchter kannten nicht den Geburtstag und nicht das Sterbedatum ihres Großvaters, geschweige denn den Ort, an dem er begraben wurde.

Aber beide ahnten wohl immer, dass es hier etwas Dunkles gab, etwas Unaussprechliches, was jede Frage schon im Ansatz zu einem Tabu werden ließ.

Und niemals hätten Ragnhild oder Hanna das Tabu gebrochen.

In unausgesprochenem Einvernehmen hielten sie sich an das durch ihre Mutter vorgegebene Schweigen.

Jetzt war ihre Mutter tot. Wie auch ihr Vater.

Also konnten sie auch ihn nicht mehr fragen. Hanna und Ragnhild würden wohl niemals mehr das traurige Geheimnis ihrer Mutter erfahren. Sie hatten oft spekuliert, überlegt, geraten, aber niemals wirklich gewusst.

Hanna durchwühlte das Kästchen, mit jedem Schriftstück immer hektischer, verzweifelter, um vielleicht noch den kleinsten Hinweis zu finden. Aber da war nichts mehr.

Blieb nur noch das Notizbuch.

Da lag es vor Hanna, in das bunte Papier gewickelt. Sie betrachtete es wie einen giftigen Gegenstand.

Aber auch wenn Hanna bereits nach den ersten beiden Einträgen lieber nicht mehr darin gelesen hätte, spürte sie, dass nur hier eine Antwort zu finden war. So schrecklich die auch sein mochte.

Was mochte die Mutter nur ihr ganzes Leben lang mit sich herum getragen haben?

Allein und unausgesprochen.

Was auch immer er ihr angetan haben mochte, reichte das für sie möglicherweise aus, sich in der menschenverachtenden Hitler-Gefolgschaft eine Ersatzwelt zu schaffen?

Mit einer sehr langsamen Bewegung schlug Hanna das Buch auf.

Sie überflog die nächsten Einträge, die doch immer wieder den ersten beiden ähnelten.

Immer wieder gab es Feste im Hause des Unaussprechlichen. Und immer beschrieb die Mutter die grauenhaften Besuche des Monsters, die am Ende in Fressanfällen ihrerseits mündeten, mit dem Ziel sich zu erbrechen. Und immer wieder tauchte der Name Sarah Hirschel auf, als Symbol für all das Böse.

Am Datum erkannte Hanna, das ihre Mutter irgendwann eine längere Pause gemacht haben musste. Endete der letzte Eintrag Mitte des Jahres 1932, ging es erst im Frühjahr 1934 weiter. Hanna rechnete nach, dass ihre Mutter zu der Zeit 14 Jahre alt war.

»17.April 1934

Ich glaube, bald bin ich wieder bei Mutter. Er hat gesagt, er will mich zurückschicken. Es geht nicht mehr bei ihm und dieser Schlange. Sie streiten sich ständig. Weil sie eine verdammte Jüdin ist und er als deutscher Offizier nicht mit einer Jüdin leben darf. Sie, diese Jüdin, heult dann immer, weil er so ein verdammter Feigling ist und nicht zu ihr steht. Einmal hat er ihr eine runter gehauen.«

»05.August 1934

Morgen fahre ich wieder ins Jungmädellager.

Wie froh ich darüber bin. Da bin ich weg von ihm, von dem Monster, von der Jüdin, von den ganzen schrecklichen Menschen, die hier immer ein und aus gehen.

Aber im Lager soll keiner wissen, dass ich mit der Jüdin leben muss. Nur meine geliebte Friedl weiß davon. Sie ist der einzige Mensch, dem ich vertrauen kann. Sie findet das auch ganz schlimm, dass mit ihm und der Jüdin. Jeder weiß doch, was das für Menschen sind, welches Unheil die am deutschen Volk anrichten. Wie konnte er sich nur auf so eine einlassen. Aber so sind eben die Juden. Die verführen die Menschen auf hinterhältige Weise mit ihrem Geld. Außerdem sind das keine anständigen deutschen Frauen.

Genau wie diese Jüdin bei uns.

Mit ihren hohen Hackenschuhen, ihrem Lippenstift und ihren Zigarettenspitzen. Das alles verwirrt die Moral des Mannes, sagen die im Lager immer. All sowas tut eine anständige Frau nicht.

Und ich sehe ja, welchen Dreck diese Jüdin in unser Haus, in mein Leben gebracht hat. Hätte sie ihn nicht umgarnt, hätte er sich nicht umgarnen lassen, dann hätte es diese Feste und das Monster nicht gegeben. Dann hätte ich das alles nicht ertragen müssen. Ich hasse sie. Ich werde sie immer hassen. Alle beide. Mein ganzes Leben lang«

Das war es also, dachte Hanna.

Daher rührte also dieser Hass auf die Juden, wie auch auf ihren Vater.

Hanna erinnerte sich daran, wie sehr ihre Mutter immer alles Zügellose, wie sie es nannte, alles allzu Gefühlvolle und vor allem jeden noch so zarten Hauch von Sexuellem stets angewidert abgelehnt hatte. Immer hatte sie dann von »Beherrschung« gesprochen, die der Mensch an den Tag zu legen habe. Weil es offenbar das Zügellose, die fröhlichen Feste, die weibliche Verführung einer Jüdin waren, die ihr das Grauen des Monsters beschert hatten.

Wer aber war letztlich das Monster?

War er bloß ein Gast des Hauses, vor dem der Vater seine Tochter nicht zu schützen vermochte hatte, oder war es gar der Vater selbst, der Unaussprechliche?

## *Lennart*

Das war es also. Jetzt ist es raus.

Und was soll ich sagen, es fühlt sich … ich weiß nicht … es fühlt sich w… ich weiß nicht, wie es sich anfühlt … mir fehlt das richtige Wort.

Jedenfalls habe ich Hanna verlassen. Muss nachdenken. Wieder zu mir finden. Vielleicht ja auch zu Hanna. Obwohl ich gerade nicht weiß, wie das noch gehen soll.

Nina, ich verabschiede mich für eine Weile. Ich nehme mir eine Auszeit und verschwinde eine Zeitlang. Nein, du brauchst dir keine Sorgen zu machen. Ich komm schon klar. Und ja, natürlich komme ich irgendwann auch wieder. Muss ja schließlich weiterhin Geld verdienen. Aber ob ich je zu Hanna zurückkehren werde, weiß ich wirklich nicht.

Sie hat alles zerstört, was wir hatten.

Das ist dir zu einfach?

Du meinst, ich hätte sie durchaus in den Jahren, in denen ich ein Geheimnis gespürt habe, danach fragen sollen?

Puh, du weißt schon, was du mir da gerade sagst. Eigentlich weiß ich das ja schon von Berufs wegen. Nicht selten sind Opfer auch Täter. Und ganz besonders gilt das für Beziehungen. Ach Nina, was für eine verdammte Scheiße.

Meine Wahrnehmung ist richtig gewesen.

All die Jahre ist sie immer richtig gewesen. Und trotzdem habe ich es vermasselt. Warum eigentlich? War es Nachlässigkeit, die empfundene

Selbstverständlichkeit des Anderen, Bequemlichkeit oder einfach nur das Versinken im Alltagstrott? Vermutlich war es von allem etwas.

Jetzt fällt es mir doch ein...das richtige Wort...du weißt schon, wie es sich anfühlt...

Traurig.


## *Hanna*

Im Sommer 1978 verlasse ich die heimattreue Sturm-Jugend.

Kurz darauf Viktor und schließlich mein Elternhaus.

Es ist der Sommer, als die Welt innerhalb weniger Monate drei Päpste hat, Siegmund Jähn als erster Deutscher ins Weltall fliegt und in London das erste Retortenbaby geboren wird.

Für mich beginnt eine schwere Zeit.

Mama und Papa sind untröstlich über den Auszug ihrer Tochter und Viktor über den Verlust seiner Freundin.

Die Stürmer-Kameraden hingegen sind zornig.

Ich spüre die kalte Verachtung, die mir nun mit einem Mal entgegen schlägt. Wo ich bisher gute Freunde vermutet hatte, stoße ich plötzlich auf Abweisung und ja, ich muss es mir eingestehen, auch auf Hass.

Und ich frage mich, wie es nur möglich ist, dass meine Entscheidung tatsächlich alles verändert. Wie Menschen die mich doch immer schätzten und denen ich über Jahre vertraut habe, in mir nur noch eine miese, feige Verräterin sehen.

Ich bin doch immer noch dieselbe, ich bin doch immer noch  Hanna.

Aber vielleicht bin ich einfach nur naiv.


Ein kleines Apartment im Schanzenviertel habe ich bezogen. Nicht weit von Maren.

In dieser Gegend ist es noch erschwinglich, hier kann ich so ein Apartment gerade noch von meinem kleinen Ausbildungsgehalt bezahlen.

Das Apartment ist möbliert.

Wie sonst hätte es auch gehen sollen, wovon hätte ich eigene Möbel kaufen sollen?

Ein kleines Zimmer mit hohen Wänden, kleiner Küchenzeile, Ofenheizung und einem Bad ohne Badewanne. In einem maroden Altbau. Durch das undichte Fenster dringt der Lärm vom Schulterblatt ins Zimmer. So heißt die große Straße mit unzähligen Autos und Straßencafes. Mir ist es recht so, dann höre ich wenigstens, dass da draußen Menschen leben.

Stille könnte ich jetzt nicht ertragen.

Die Einrichtung ist schlicht. Ein muffig riechendes Schlafsofa, ein Kleiderschrank aus den 50ern, eine Anrichte aus etwa derselben Zeit, ein Tisch, zwei Stühle.

In der ersten Nacht hier kann ich nicht einschlafen.

Ist es, weil Lennart mir nicht helfen konnte, weil er zuhause in Kärnten seinen Eltern bei der Ernte hilft?

Zehn lange Wochen wird er dort sein.

Ich vermisse ihn so, gerade jetzt.

Liegt es doch am Lärm von der Straße? Am muffigen Geruch, der unter meinem Kissen hervor kommt?

An beides werde ich mich gewöhnen müssen.

Vielleicht liegt es aber doch eher an den Bildern in meinem Kopf.

Die Worte nach dem Streit mit Mama, die mir so schwer über die Lippen gekommen sind.

»Ich zieh aus. Ich habe ein Apartment gefunden, da kann ich sofort einziehen«.

Die fassungslosen Gesichter von Mama und Papa, das erstaunte Gesicht von Ragnhild.

Den ganzen Tag habe ich gepackt, alles in meinen alten Polo. Ich musste mehrmals fahren.

Dabei habe ich doch nur das Notwendigste mitgenommen, Kleidung, Bücher, Schallplatten, die Stereoanlage, einige Handtücher, Waschzeug.

Dann, bevor ich das letzte Mal fahre, zum Abschied unter Tränen eine feste Umarmung von Papa.

Er drückt mich, hält mich fest, als wollte er mich nie mehr loslassen.

Mama, ebenfalls unter Tränen, wendet sich ab.

Ragnhild ist in ihrem Zimmer verschwunden.

»Warum nur dieser Streit, warum überhaupt immer diese Streitigkeiten, all die Jahre«, frage ich mich wieder und wieder.

Sicher, ich war in den vergangenen Wochen oft erst spät nachhause gekommen. Ich hab mir diese Freiheit einfach genommen.

Ich war volljährig, verdiente mein eigenes Geld, war doch fleißig in meiner Ausbildung.

Warum also nicht?

Meistens war ich bei Lennart. Heimlich, ohne je zu sagen, wo ich war. Immerhin blieb ich niemals über Nacht bei ihm, ging immer nachhause. Aber spät war es eben. Mama meinte, auf diese Weise würde ich niemals die Ausbildung schaffen.

Da wollte ich es allen zeigen, bin losgegangen und hab mir eine Wohnung gesucht. Und jetzt bin ich hier.

Wenige Tage zuvor dann noch die letzte Begegnung mit Viktor.

Er hatte mich treffen wollen, weil er etwas ahnte.

Extra aus Berlin war er gekommen, per Anhalter, um alles mit mir zu klären. In unserem Hotel sind wir gewesen, haben miteinander geschlafen. Zum letzten Mal. Erdbeersekt getrunken, uns umarmt, geküsst. Alles zum letzten Mal.

Allerdings stand das zu dem Zeitpunkt nur für mich fest.

Als ich es ihm dann sagte, schien Viktor förmlich zusammen zu brechen. Geweint hat er, laut geschluchzt, sein Gesicht in den Händen vergraben. All seine Hoffnungen, seine Pläne, seine Ziele, alles zunichte. Soviel konnte ich aus den Wortfetzen heraushören.

Ich selbst hab erst geweint, nachdem ich die Tür zu unserem Hotelzimmer hinter mir zugezogen hatte und gegangen war.

Den ganzen Weg zu meinem Apartment, mindestens drei U-Bahn-Stationen, bin ich in der sommerlichen Hitze durch die Straßen gelaufen und habe geweint.

Mein armer, starker Viktor.

Ich sehe ihn vor mir, Silvester am Steinbruch im Schein der Fackeln. Ich höre seine Worte, seine enthusiastischen Reden, sehe sein schönes Gesicht mit den dunkelblauen Augen, sein Barrett auf dem Kopf, seinen kräftigen Körper, seine schwarzen Stiefel. Ich fühle seine Umarmungen, seine Küsse.

Einen Moment lang glaube ich ihn zu vermissen.


Aber ich habe auch Angst.

Die ersten drei Wochen in meiner neuen Umgebung sind vergangen.

An alles habe ich mich gewöhnt. An den Lärm vom Schulterblatt, den muffigen Geruch, das Bad ohne Dusche.

Nicht gewöhnen kann ich mich an die Angst.

Meine eigenen Kameraden sind es, die mir Angst bereiten.

Nachts rufen sie an, anonym und mit verstellten Stimmen, beschimpfen mich als Verräterin, beleidigen und bedrohen mich.

Ein Kameradenschwein sei ich und ich werde noch sehen, was ich davon habe.

Und wenn ich alle erdenklich bösartigen, verächtlichen, hasserfüllten Tiraden über mich ergehen lasse und wenn ich genau hin höre, erkenne ich die Stimmen meiner einstigen besten Kameraden, meiner Freunde.

Und dann bleibt mir manchmal nichts anderes, als bitterlich zu weinen.

Wie einsam ich mich plötzlich fühle.

Wähnte ich mich bisher gut und sicher aufgehoben in einem großen Freundeskreis, in einer wahrhaftigen Familie, stehe ich nun von einem

Moment auf den anderen völlig allein da. Ich kann nicht mehr in die Lager fahren, geschweige denn, mit Viktor reden. Selbst nach Hause kann ich nicht mehr gehen, denn Mama hat mir beim Abschied für immer die Tür gewiesen.

In ihren Augen bin ich zu labil und letztlich Opfer des Zeitgeistes geworden.

Hab ich mir möglicherweise zu viel zugemutet?

Lennart hat angerufen und mir, als ich ihm ins Telefon weinte angeboten doch für eine Zeit zu ihm nach Kärnten zu kommen. Seine Eltern würden sich freuen, mich kennenzulernen.

Wenn du nur wüsstest, was gerade hier alles los ist. Wenn du die ganze Wahrheit wüsstest, denke ich mir.

Ich weiß, ich werde niemals darüber sprechen, nicht über Viktor, nicht über die heimattreue Sturm-Jugend.

Wie gern würde ich jedoch nach Kärnten fahren, zu Lennart, zu seiner Familie, die ich nur von dem Bild kenne, zu Simon mit der traurigen Geschichte und den Goldzähnen.

Aber es ist unmöglich, ich habe kein Geld.

Also bleibe ich hier.

Allein mit meiner Angst vor andauernder Einsamkeit, vor der Trauer von Viktor, Mama und Papa, vor Hass und Gewalt meiner einstigen Kameraden.

Während ich ersteres sicher nicht verhindern kann und ich irgendwie damit umzugehen lernen muss, bin ich hingegen fest entschlossen, mich nicht vom Hass in den Abgrund ziehen zu lassen.

# 16

Hanna rief Viktor an, kurz bevor sie sich mit ihm im Café traf. Sie wollte sicher gehen, dass er sich auch wirklich in der Schule frei machen konnte.

Schon während ihres kurzen Telefonats zeigte er seine Freude über das bevorstehende Treffen.

Als Hanna ihm dann schließlich gegenüber saß, strahlte er sie über das ganze Gesicht an. Selbst die Tatsache, dass es ihr nur um das Amulett von Jerome ging, änderte nichts daran. Wie sich leider auch nichts daran änderte, dass sie selbst Viktor im Grunde immer noch attraktiv fand. Seine blauen Augen, in faszinierendem Kontrast zu seinem dichten schwarzen Haar. Wie hat ihr das immer gefallen.

Selbst jetzt noch, wo die Haare überwiegend grau geworden waren, sah er immer noch gut aus.

Als Hanna konkreter auf das Amulett zu sprechen kam, reagierte er zunächst unwillig.

»Was hab ich mit dem Götzenbild eines Negerjungen zu tun?«, fragte er in scharfem Ton.

Hanna schockierten seine Äußerungen längst nicht mehr so, wie bei ihren ersten Begegnungen.

Sie hatte inzwischen begriffen, dass Viktor sich nie von seinen Gedanken gelöst hatte. Seine Wortwahl, sein Tonfall, alles war genauso, wie sie es noch aus der Sturm-Jugend von ihm kannte.

Nur das Warum interessierte Hanna.

Aber gibt es überhaupt ein Warum ... muss es wirklich immer für jede Haltung ein Warum geben … nur weil ich das gerade nicht verstehen kann … oder will … muss ich wirklich immer danach suchen … nach dem Warum …

Bisher war Hanna unerschütterlich davon überzeugt, aber mit einem Mal war sie sich nicht mehr sicher. Vielmehr drängte sich Hanna zunehmend der Gedanke auf, dass ihre Suche nach dem Warum doch eher der Suche nach einer Entschuldigung gleich kam.

Wie bei ihrer Mutter.

Auch sie war für Hanna ein geliebter Mensch gewesen und auch bei ihr hatte sie stets nach dem Warum gesucht.

Trotzdem wich Hanna kurz vom Thema ihres Treffens ab und forderte Viktor geradeaus auf:

»hey, erzähl mir von deinem Vater. Ich hab ihn auf der Beerdigung zum ersten Mal gesehen und weiß eigentlich gar nichts über ihn.«

Viktor stutzte kurz, sah sie mit gerunzelter Stirn an und stieß dann einen kurzen Seufzer aus.

»Mein Vater ist ein aufrechter Nazi, das willst du doch hören.«

»Ist er das?«

»Ja, ist er.«

Viktors kurze Direktheit brachte Hanna einen Moment lang aus dem Konzept. Sie rührte hektisch in ihrem Kaffee und stierte dabei ratlos vor sich auf den Tisch. Dabei verfolgte sie mit den Augen genau das Muster der weißen Häkeldecke. Diese Linien, die in regelmäßigen Abständen zu kleinen Röschen wurden, schienen ihr plötzlich geradezu vertraut. Immerhin hatte sie in den vergangenen Wochen oft an diesem Tisch gesessen, mit Natalie oder auch mit Viktor.

Viktor selbst war es schließlich, der den Faden wieder aufnahm.

»Allerdings war das Leben mit meinem alten Herrn nicht ganz einfach«, begann er vorsichtig.

Als Hanna fragend den Blick hob, fuhr er mit großer Offenheit fort.

»Naja, er mag eine starke Persönlichkeit sein, aber bei meiner Erziehung war er wohl doch schwach. Ich denke, er wusste sich oft nicht zu helfen. Heftige Schläge mit dem Gürtel und allem, was ihm in die Hände fiel, waren daher bei uns an der Tagesordnung. Er schlug überall hin, wo er gerade traf. Aber wie heißt es so schön, was uns nicht umbringt, macht uns hart« erzählte er mit Bitterkeit in der Stimme.

Sprachlos und verwirrt sah Hanna ihn an.

»War das erst nach der Trennung deiner Eltern so oder auch vorher schon?«

»Vorher schon, eigentlich seit ich denken kann. Meine Mutter sagte immer, ein Kriegstrauma sei schuld und im Grunde sei er ein ganz lieber Mensch. Und dass viele Männer so ein Kriegstrauma hätten, meinte sie noch.

Am Ende hat sie wohl selbst nicht mehr daran geglaubt und hat ihn schließlich verlassen«

Hanna versuchte zu verstehen, aber es gelang ihr nicht. Es war ihr unmöglich zu verstehen, warum sich Viktor nach diesen Erfahrungen so intensiv seinem Vater zugewandt und sogar dessen Gedankengut verinnerlicht hat.

Während sie noch ratlos in ihrer Kaffeetasse rührte, öffnete Viktor unvermittelt die oberen Knöpfe seines Hemdes und entblößte für einen kurzen Moment sein linkes Schulterblatt. Auf sein kurzes Nicken hin stellte Hanna sich hinter ihn und sah mit Grauen jene langgezogene Narbe, an die sie sich noch gut erinnerte. Nur hatte Viktor damals, als sie ihn eines Tages im Bett darauf ansprach erklärt, dass er sich als kleiner Junge beim Überspringen eines Gartenzaunes verletzt hätte.

»Ja, das war natürlich er«, sagte Viktor jetzt.

Hinterher habe es seinem Vater leid getan.

»Er rührte mich nie wieder an. Von da an verstanden wir uns bestens.«

Hanna schwieg betroffen.

Viktors Vater nahm seinen Sohn indes mit zu sämtlichen Veranstaltungen von Alt-Nazis, von denen es in den 70ern noch viele gab. Und Viktor ging mit ihm, voller Begeisterung.

»Warum hast du mir das mit deinem Vater nie erzählt?

Ich dachte immer, du warst gern bei ihm und dass alles gut war« fragte sie leise.

»Was hätte das geändert? Und ja, ich war gern bei ihm«

Hanna konnte nun erst recht nicht verstehen, wie Viktor bis heute an seinen Gedanken, seiner Menschenverachtung festhalten konnte, anstatt sich von seinem prügelnden Vater loszusagen.

Viktor schien Hannas Gedanken zu erraten, denn er beantwortete ihre Frage, ohne dass sie sie ausgesprochen hatte.

»Mein Vater ist mir trotz allem immer ein Vorbild gewesen, an Konsequenz, Ausdauer und Idealismus. Das mit dem Kriegstrauma halte ich für Blödsinn. Und habe ich immer. Ich hasste es, wenn meine Mutter damit kam. Sie beleidigte mit ihren Äußerungen unsere Soldaten, die für Deutschland gekämpft hatten und verwundet oder gar gefallen waren.

Sie degradierte damit den Krieg zu etwas Falschem, stellte das Aufrechte deutscher Soldaten in Frage, entehrte ihr Andenken. Als ob das alles schwache Seelenkrüppel gewesen wären. Nein, mein Vater wollte aus mir einen harten, aufrechten Mann machen, einen guten Deutschen eben.

Weil ich das weiß und immer wusste, konnte ich ihm die Prügel verzeihen.«

Bei den letzten Sätzen hatte Viktor immer aufgebrachter geklungen. Hanna schien es, als musste er vor allem sich selbst von seinen Worten überzeugen.

Sie schwieg, rührte weiter in ihrer Tasse und starrte nebenher auf die Linien und Röschen der weißen Häkeldecke.

Was hätte sie auch sagen sollen.

»Ich weiß außerdem, woran ich glaube. Und du? Weißt du das auch?« fügte Viktor wieder mit ruhiger Stimme hinzu.

Hanna antwortete nicht gleich, musste erst überlegen.

Ich weiß zumindest, woran ich nicht glaube, dachte sie bei sich.

»Und deine Mutter? Ich hatte sie sehr gern. Wir hatten viele Jahre Kontakt miteinander. Vor allem, als ich in das Apartment in ihrer Nähe gezogen war, hatte ich sie öfter besucht. In den letzten Jahren leider nicht mehr. Seit ich mit Lennart nach München gezogen war, endete unser Kontakt. Heute tut es mir leid. Ich habe noch oft an die alte Dame gedacht. Maren … , meine gute Maren«, sagte sie nach einer Weile zu Viktor.

Er hatte seiner Mutter indes nie die Trennung von seinem Vater verziehen. Für ihn hatte sie die Familie auseinander gerissen, ohne an ihn und seinen Schmerz zu denken. Dazu passte für Viktor dann auch, dass sie sich von der Gesinnung des dritten Reiches abgewandt hatte.

Alles was seine Mutter je dachte oder tat, symbolisierte für ihn Inkonsequenz, Schwäche und Verrat.

Hanna konnte zu all dem nichts mehr sagen, so sehr beschäftigten sie Viktors Worte.

Sie stand schließlich auf, um zu gehen. Für heute hatte sie genug gehört.

Sie dachte noch kurz an Jerome und das Amulett und entschied, es anders zu versuchen. Nicht jetzt.

Viktor blieb sitzen, er wollte noch bleiben. Hanna sollte gut sein lassen, er würde ihren Kaffee schon zahlen, sagte er noch mit matter Stimme.

Bevor Hanna das Café verließ, drehte sie sich an der Tür noch einmal um.

»Konsequenz, Stärke, Loyalität? Das siehst du im Festhalten deiner Gedanken? Nein Viktor, ich finde es mutig und stark, seine Meinung ändern zu können.«

Er winkte Hanna mit einer kurzen Geste an den Tisch zurück. Zögernd ging sie auf ihn zu.

»Du kannst ja zu unserem nächsten Kameradschaftstreffen mitkommen. Da werde ich dann sehen, was ich wegen diesem Götzenbild von dem Negerjungen ausrichten kann«, sagte er mit schwer zu deutendem Lächeln.

Als Hanna nach Hause kam, schlug ihr die Abwesenheit von Lennart mit besonderer Heftigkeit entgegen. Nach dem Treffen mit Viktor war ihr Bedürfnis besonders groß mit ihm zu reden.

Warum nur hatte sie es sich so schwer gemacht und ihm alles verschwiegen. In all den Jahren nie ein Sterbenswörtchen über diesen für sie so bedeutsamen Teil ihres Lebens erzählt. Was hatte sie denn für ein Bild von ihm? Hatte sie ihm tatsächlich so wenig Verständnis für die Fehler, die sie begangen hatte, zugetraut?

Hatte sie so wenig Vertrauen zu ihm?

Oder hatte sie letztlich nur die tiefe Scham darüber abgehalten, solange mit dem eigenen Ausstieg gewartet zu haben?

Wo in aller Welt steckte er?

Wenigstens war er nicht hier gewesen, während sie nicht da war.

Seine Gitarre stand noch in seinem Zimmer.

Hanna rief Natalie an und sagte ihr, dass sie gemeinsam zum nächsten Kameradschaftstreffen fahren würden.

Das Mädchen zeigte sich wenig erfreut.

»Das will ich aber nicht«, sagte sie nur kurz.

»Natalie, bitte glaube mir, es ist der einzige Weg. Viktor will das mit dem Amulett von Jerome regeln und du bist dringend auf diese Wiedergutmachungsgeste angewiesen.

Und ich denke, wenn Viktor das übernimmt, ist die Chance groß, dass sie nicht auf dich sauer sind.«

Schweigen am anderen Ende der Leitung.

»Also, wann trefft ihr euch das nächste Mal?«

»Dienstag, am Abend« sagte sie widerwillig.

»Ok, ich hole dich dann ab«

»Mal sehen«, kam noch, bevor sie auflegte.

Den Hörer noch in der Hand, dachte Hanna einen Augenblick nach.

Kaum hatte sie aufgelegt, klingelte das Telefon erneut. Hanna erschrak.

Dabei war es nicht das Klingeln an sich, das sie erschreckte. Das Gefühl war es, das sie damit verband.

Das untrügliche Gefühl, dieses Klingeln könnte der Überbringer einer fürchterlichen Botschaft sein.

Sie nahm ab.

»Ja bitte?«

Mit pochendem Herzen, auf das Schlimmste vorbereitet, verharrte sie schweigend.

Am anderen Ende meldete sich die Polizei.

Noah war tot.

Gut zwei Stunden zuvor war er seinen schweren Verletzungen erlegen.

Mechanisch ging Hanna in ihr Zimmer. Sie riss ihr Kopfkissen aus dem Bett und presste es sich vor das Gesicht.

Mit aller Kraft schrie sie in das Kissen.

Wieder, wieder und  wieder.

Solange sie mit aller Kraft schrie, blieb sie verschont von den Bildern. Sie wusste, wenn sie aufhörte, kämen sie mit aller Macht. Bilder des Jungen auf der Intensivstation, den sie zwar nie gesehen, dessen Gesicht sich aber dennoch in ihrer Vorstellung klar abzeichnete. Bilder von Jerome, der hilflos in seinem Bett lag und nichts tun konnte, was seinen und den Schmerz seiner Eltern lindern konnte. Vom Vater, dessen Wut, die den grausamen Schmerz vielleicht etwas betäubte, ins Unermessliche stieg. Und die Mutter, die vermutlich niemals mehr aufhören kann zu weinen. Irgendwann wird sie keine Tränen mehr haben, für nichts und niemanden mehr, dachte Hanna.

Erschöpft vom Schreien kamen sie schließlich doch, all die Bilder, und quälten Hanna mit übergroßer Präsenz.

Hanna wusste kaum noch wohin mit sich.

Dann überfiel sie die unbändige Sehnsucht.

›Lennart …‹

Selten zuvor hatte sie jemals so sehr das Gefühl, ihn jetzt an ihrer Seite zu brauchen. Und lange war es her, dass sie sich so verlassen gefühlt hatte.

Irgendwann kam ihr die zündende Idee.

Es war bereits Oktober. Zeit für die Maisernte.

Na klar, wieso war ihr das nicht früher eingefallen?

Jetzt wusste sie, wo Lennart war.

Zuhause in Kärnten, bei seiner Familie. Zur Maisernte.

Entschlossen wählte sie die Nummer seiner Eltern.

»Ja?«, ertönte es am anderen Ende der Leitung.

Hanna erkannte die Stimme von Anselm, Lennarts älterem Bruder.

»Hallo Anselm, ich bin's, Hanna«

»Servus Hanna«

Er klang überrascht.

»Anselm, die Frage wundert dich jetzt vielleicht. Aber ist Lennart zufällig bei euch?«

»Jo, der is scho da. Magst'n sprechen?

»Nein. Ich wollt's nur wissen. Hat er was erzählt?«

»Naa, net vuil. An Zoff hat's gebn bei eich zwoa, i woas scho«

Wie gut es tat, Anselms Dialekt zu hören, dieses kehlige ch.

Es hatte so etwas warmherziges, fand Hanna.

Lennart hatte den Dialekt während seiner beruflichen Laufbahn leider immer mehr abgelegt.

»Hey, Madel, des werd scho wieda«

»Ja sicher. Mach's gut, Anselm. Und grüß bitte alle von mir«
»Klar. Pfüat di, Hanna«
Sie setzte sich auf ihr Bett.
Der Gedanke, dass Lennart jetzt zuhause in Kärnten war, brachte sie fast um den Verstand. Wie eine Ausgestoßene fühlte sie sich. Ausgestoßen aus der Welt seiner Familie und seiner Heimat, die ihr in den letzten Jahren so vertraut geworden sind.
Hanna legte eine CD ein. Tom Waits röhrte sein »Blue Valentine«.
Auch so ein Verzweifelter.
Sie fand das passend.

## *Viktor*

Guten Abend, mein Liebes.
Wie gut es tut, mich zu dir zu setzen und meine Beine auszustrecken.
Sie hat doch glatt den Nerv gehabt, mich um Hilfe zu bitten. Das Götzenbild dieses Negerjungen soll ich ihr beschaffen.
Ich muss jetzt genau überlegen, wie ich vorgehe. Einerseits will ich auf keinen Fall, dass sie Natalie auch noch zur Umfallerin macht. Andererseits soll ja der Prozess für das Mädel gut laufen. Da hat sie natürlich Recht, wenn sie meint, es wird ganz sicher besser laufen, wenn hier von Natalie so etwas wie eine Wiedergutmachungsgeste kommt.
Und wenn ich will, dass sie Natalie da raus haut, sollte ich sie nicht verärgern.
Ach, mein Liebes, sie ist so eine verdammte Verräterin und trotzdem habe ich immer noch oder wieder diese warmen Gefühle für sie. Allein dafür könnte ich mich selbst hassen.
Was habe ich mir da bloß angetan, als ich die vier ermutigte, irgendwelchen Ausländern mal richtig die Fresse zu polieren?
Entschuldige bitte meine Wortwahl.

Ich dachte natürlich auch nicht, dass diese Idioten sich gleich erwischen lassen.

Ich wollte nur ein bisschen Verunsicherung unter den Kanaken schüren, quasi ein erstes Zeichen setzen.

Und natürlich sollten sie sich auch nicht unbedingt so junge Kerle vornehmen. War doch klar, dass das richtig Ärger gibt. Dabei sollte es doch erst der Anfang sein.

Ich hatte große Pläne mit der Truppe.

War aber wohl der falsche Zeitpunkt. Vor allem habe ich die wohl alle überschätzt. Sind eigentlich alles dumme Verlierer. Sonst hätten die sich und damit irgendwie auch mich nicht in eine solche beschissene Lage gebracht.

Und das habe ich jetzt davon. Ich brauche Hanna, weil sie wegen ihrer eigenen Geschichte vermutlich am besten geeignet ist, unsere Kameradin Natalie vor einem harten Urteil zu bewahren. Andererseits wusste ich ja, dass sie damals eine elende Umfallerin war. Hatte vermutlich gehofft, sie hätte es sich doch wieder anders überlegt.

Was für ein dämlicher Gedanke.

Und dann treffe ich sie, die alten Gefühle kommen wieder hoch und ich bin total zerrissen.

Es ist fast wie ein Verrat an dir.

Verzeih mir, mein Liebes.

Im Moment weiß ich nicht, wie das alles noch weiter gehen kann.

Für mich, vor allem aber für unsere Sache.


## Hanna


Seit eineinhalb Jahren wohne ich jetzt schon in meinem Apartment am Schulterblatt.

Alles ist inzwischen vertraut.

Die Straßencafes unter meinem Fenster, aus denen im Sommer das Stimmengewirr und Gläsergeklapper bis tief in die Nacht zu mir nach oben dringt. Das Bad ohne Dusche. Ich kann bei Lennart duschen. Der muffige Geruch unter meinem Kissen hat etwas nachgelassen.

Und ebenso die Drohanrufe der einstigen Stürmer-Kameraden. Kamen sie anfangs noch täglich, rufen sie jetzt noch höchstens einmal die Woche an.

Einmal war Lennart gerade da und hat laut in das Telefon geschrien. Dass sie aufhören sollen, sein Mädel zu belästigen und dass er die Polizei verständigen würde. Er wusste allerdings nicht, wen er da eigentlich beschimpfte. Da hatte ich eine Zeit lang Angst um ihn. Angst, sie könnten ihm auflauern und zusammen schlagen. Er hätte keine Chance, weil sie mindestens zu dritt oder viert gewesen wären.

Und er hätte nicht einmal gewusst, warum.


Anwaltsgehilfin bin ich jetzt.

Vor zwei Monaten habe ich meine Abschlussprüfung gemacht, nach verkürzter Lehrzeit.

Nun habe ich es also doch geschafft, anders als Mama vorausgesagt hat. Ich bin stolz darauf.

Aber nicht glücklich.

Heimweh quält mich, ich vermisse meine Familie.

Wie gern wäre ich im Sommer nach bestandener Prüfung nachhause gefahren. Mein Zeugnis in den Händen, wie hätten sich Mama und Papa gefreut.

Papa hätte mich still angelächelt, ein bisschen unbeholfen die Schulter getätschelt und so was wie »mhh, das hast du fein gemacht« gemurmelt. Mama hätte mich mit fröhlichem Lachen in den Arm genommen und laut ausgerufen, »Mensch, das find ich prima«.

Jetzt aber war ich nach der Prüfung allein in mein Apartment gegangen. Traurig bin ich gewesen.

Aber am Abend war Lennart gekommen und wir sind zusammen essen gegangen. Er hat mich eingeladen. Das macht er inzwischen oft, denn er ist längst fertiger Jurist, mit einem richtig guten Job. Als Strafverteidiger arbeitet er, in einer kleinen, aber durchaus renommierten Kanzlei in der Innenstadt, in der Nähe von den Großen Bleichen.

Ich will aber nicht jede Einladung von ihm annehmen. Es ist mir peinlich, so abhängig von ihm zu sein. Ich komme mit meinem Geld gerade so über die Runden. Eigentlich könnte ich es mir überhaupt nicht leisten, Essen zu gehen. Aber Lennart nimmt mich dann in den Arm und sagt fröhlich, »Mädel, ist doch egal, wer zahlt. Komm, lass uns gehen und das Leben genießen«.

Lennart – eigentlich ist er wie ein Geschenk des Himmels.

Inzwischen ist es Frühherbst geworden. In Kärnten Zeit für die Maisernte. Die Getreideernte haben sie schon im Juli eingefahren.

Es war ein gutes Jahr, hat Lennart gesagt.

Inzwischen braucht er nicht mehr zur Erntezeit nachhause fahren. Sein Bruder Anselm hat den Hof übernommen und bewirtschaftet ihn gemeinsam mit Christa, seiner Frau. Aber in diesem Herbst will Lennart trotzdem nachhause fahren.

Die Zwillinge sind in die Schule gekommen. Er ist ihr Patenonkel. Er freut sich schon so, die beiden Racker, wie er sie immer nennt, endlich wieder zu sehen.

Ich soll mit ihm kommen, er bittet mich inständig.

Er will mich seiner Familie vorstellen, endlich, nach viel zu langer Zeit, meint er.

Ich zögere, weil ich kein Geld habe.

Urlaub kann ich mir für zwei Wochen nehmen, das wäre kein Problem. Aber das Geld. Lennart besteht darauf, dass er die Reise bezahlt.

Und so machen wir uns mit seinem alten Renault auf den langen Weg von Hamburg nach Kärnten.

Zwei Tage werden wir brauchen, mehr als 110 km/h, und das auch nur bei Rückenwind und bergab, schafft das Auto nicht. Bergauf bringt er es meistens nur auf höchstens 60 km/h, da ziehen sogar die großen Brummis an uns vorbei. Aber Lennart und mir ist das egal. Wir sind glücklich, weil wir miteinander die Reise machen. Egal, wie lange sie auch dauern wird.

Als wir endlich am späten Nachmittag des übernächsten Tages auf den Hof fahren, kommt als erstes ein wild kläffender riesiger Hund auf uns zu gerannt. Ich springe sofort wieder in den Renault und schließe die Tür.

Lennart beugt sich dem Tier entgegen, dass sich mit aller Wucht gegen ihn wirft.

Vom sicheren Auto aus beobachte ich, dass es Lennart einige Mühe kostet, sich auf den Beinen zu halten. Aber dann balgt er mit ihm. Beide scheinen sich enorm zu freuen.

Er hält den Hund am Halsband fest.

»Hey Hanna, das ist doch nur der alte Fridolin. Komm raus, er will dich begrüßen«. Zögernd steige ich aus. Fridolin, eine zottelige Mischung aus Schäferhund und Bernhardiner, beschnuppert mich schwanzwedelnd.

»Hallo Fridolin«, sage ich jetzt fröhlich.

»Der alte Frido hat schon 10 Jahre auf dem Buckel. Wir haben ihn damals als kleinen Welpen oben auf der Kuhweide gefunden. Der Tierarzt vermutete, dass er etwa drei bis vier Monate alt war. In sengender Hitze lag der kleine Kerl. Elendig zugrunde gegangen wäre er, wenn nicht Simon an dem Tag gerade rausgefahren wäre, um ein Loch im Zaun auszubessern. Jemand hat ihn dort offenbar ausgesetzt. Als Simon mit dem Kerlchen auf dem Arm ankam, dachten wir uns, er könnte, wenn er groß ist den Hof bewachen. Aber sieh ihn dir an. Groß ist er geworden. Aber er ist mehr ein Begrüßungshund als ein Wachhund«, erklärt Lennart lachend und stupst dem fröhlich wedelnden Fridolin sanft auf die Schnauze.

Von hinten aus der Scheune kommen mit lautem Gebrüll zwei kleine

Jungen auf uns zu gerannt. Und nochmals kann sich Lennart nur noch mit Mühe auf den Beinen halten. Der eine Junge ist von hinten auf seinen Rücken gesprungen, während sich der andere vorn an Lennarts Hals hängt.

Ich muss lachen, es sieht ulkig aus, wie Lennart sich mit den beiden Buben balgt.

»Darf ich vorstellen, der hier ist Maxi, und das ist Beppi. Meine beiden Racker.«

Ich begrüße die beiden Blondschöpfe, die mir barfuß, ohne Hemden, nur mit Lederhosen bekleidet, brav die schmutzigen kleinen Hände entgegen strecken. Allerdings muss ich erkennen, dass es mir wohl niemals gelingen wird, die zwei auseinander zu halten. Sie gleichen wie ein Ei dem anderen und ich frage mich, wie Lennart das wohl schafft.

Die weiteren Begrüßungen verlaufen dann weniger stürmisch. Einer nach dem anderen kommt aus dem Haus, um Lennart und mich willkommen zu heißen. Seine Mutter freut sich so, dass sie weint. Sie drückt erst ihren Sohn und dann mich fest an sich.

Ich bemerke sofort die Ähnlichkeit von Mutter und Sohn. Von ihr hat Lennart eindeutig sein Profil, mit der immer etwas streng wirkenden Mundpartie. Auch seine grünen Augen hat er von ihr. Die blonden Locken kommen offenbar von seinem Vater. Wenn auch auf dessen Kopf nicht mehr allzu viel davon übrig sind. Auf Krücken läuft der alte Herr. Er hat nur ein Bein. Große, alte Holzkrücken. Das leere Hosenbein hat er geschickt nach oben gesteckt.

Ich wusste das nicht, Lennart hat es nie erwähnt. Unwillkürlich denke ich an das Foto auf dem Schreibtisch zurück. Aber da steht der Vater hinter den anderen, da kann man das nicht sehen. Mit freundlichem Lächeln lässt er die eine Krücke los und lehnt sie gegen seinen großen Bauch. Dann schüttelt er mir mit festem Griff die Hand. Mit schelmischem Lachen und dem gleichen Profil wie die Mutter und der Bruder streckt mir Anselm die Hand entgegen.

Daneben dann Christa.

Eine sympathische Frau mit rötlichen Haaren und warmen braunen Augen. Sie trägt Gummistiefel, Kopftuch und Schürze. Aus dem Stall sei sie gerade gekommen, vom Füttern.

Schweine und Kälber, sagt sie entschuldigend.

Und zuletzt, in klobigen Arbeitsschuhen, kariertem Hemd und viel zu großen Hosen, die von Hosenträgern gehalten werden, Simon.

Simon mit den Goldzähnen, denke ich unvermittelt, als er mir mit breitem Grinsen, das seine blitzenden Zähne freilegt, seine knorrige harte Hand entgegen streckt.

Alle gehen ins Haus. Lennart und ich bringen unser Gepäck die Treppe hinauf. Eine breite knarrende Holztreppe.

Unser Kammerl, wie hier alle sagen, ist gemütlich, finde ich.

Durch die Dachluke fällt ein breiter Sonnenstrahl und erhellt den kleinen Raum. Unter der Mansarde steht das Bett, mit dem rustikalen Holzgestell. Rechts daneben ein kleiner Tisch mit einem Rattan-Sessel. An der gegenüber liegenden Wand steht ein vermutlich sehr alter Bauernschrank, bemalt mit farbenfrohem Blumenmuster.

»Oh, ist der schön«, rufe ich begeistert aus.

»Ja, der stammt noch von meinen Großeltern«, erklärt Lennart.

Sanft streiche ich über das Holz und die bunten Blüten.

Ich spüre sofort, hier werde ich mich wohl fühlen.

»Wie hat dein Vater sein Bein verloren?«, frage ich Lennart.

»In Russland, Stalingrad. Schon ziemlich am Anfang. Oktober 1942. Er hatte eigentlich Glück im Unglück. Für ihn war der Krieg damit vorbei. Zumindest das Kämpfen war vorbei.

Immerhin ist ihm das Grauen in der Kesselschlacht im Winter 42/43 erspart geblieben. Nachhause kam er allerdings erst 1947, als die Russen wohl endlich erkannten, dass sie mit einem Einbeinigen auf Krücken im Straflager wenig anfangen konnten« erzählt Lennart freimütig.

»Ach, darum musstest du immer zum Ernteeinsatz nachhause fahren? Ich hatte mich manchmal darüber gewundert«

»Ja, zumindest solange, bis Anselm den Hof in eigener Regie führen konnte. Da war ich dann entlastet. Aber irgendwie hat es mir auch Spaß gemacht. Selbst jetzt, wenn ich schon mal da bin, schwing ich mich gern wieder auf den guten alten Fendt.«

Fragend sehe ich ihn an.

»Na unser alter Bulldog. Er steht unten in der Scheune. Ich zeig ihn dir morgen. Er ist schon ein bisschen eingerostet, aber er läuft noch bestens. Wie stolz war mein alter Herr, als er sich den aus Deutschland hatte liefern lassen. Einen Fendt zu haben, das war damals schon was. Inzwischen ist das unser ältestes Modell am Hof. Eigentlich fahre nur ich die Kiste noch«, erklärt Lennart grinsend.

Die nächsten Tage genieße ich das Leben auf dem Land, in diesem Dorf. Hier auf dem Hof mit Lennart und seiner Familie.

Zu gern begleite ich Christa in den Stall und helfe ihr beim Schweinefüttern. Sie schmunzelt dann immer, wenn ich mich über die Stallboxen gebeugt mit den Tieren unterhalte. Sie findet es vermutlich albern. Ich hingegen spüre genau, dass mir die kleinen Steckdosengesichter zuhören.

Abends sitzen wir alle zusammen im Wohnzimmer.

Anselm und Simon geben die lustigsten Geschichten zum Besten, worauf wir alle lauthals miteinander lachen. Ich wünschte, ich könnte noch für Monate bleiben, hier mit Lennart und seiner Familie.

Eines Abends hat sich Lennart mit seinen alten Freunden verabredet. Bauernburschen, mit denen er aufgewachsen ist und die alle die Höfe ihrer Eltern übernehmen werden oder schon übernommen haben. Lennart ist der einzige, der das Dorf verlassen und der Landwirtschaft den Rücken gekehrt hat. Jetzt wollen sie mit ihm zünftig das Wiedersehen feiern.

»Des geht bis spät in die Nacht. Morgen wird eam dann wieder Kopfweh plagen«, sagt seine Mutter lachend.

Sie lädt mich ein, mich auf ein »Achtel Wein« zu ihr in die Küche zu setzen.

»Sag einfach Rosa«, sagt sie lächelnd, als wir miteinander anstoßen. Zusammen sitzen wir an dem großen Küchentisch mit der einst bunten und jetzt vergilbten Wachstischdecke. Wir reden, lachen und stoßen immer wieder an.

Irgendwann, nach zwei weiteren Achteln habe ich den Mut, Rosa auf Simon anzusprechen.

»Simon, eigentlich ein hübscher Mann«, beginne ich.

Wenn nur diese Goldzähne nicht wären, denke ich allerdings insgeheim.

»Ja sicher«

»Ich hab gehört, er ist bei euch aufgewachsen?«

Rosa schweigt einen Moment lang und schaut nachdenklich vor sich hin, während sie ihren Weinbecher in den Händen dreht.

»Ja, des woar a schlimme Gschicht, damals«, beginnt sie dann.

»A Sonntag, am späten Vormittag war's. Alle im Dorf san in der Kirch g'wesn. I hob net kenna. Hatte grad g'hört, dass sie meinen Karl verwundet hatten, in Russland. I hob net g'wusst, ob er schwer oder leicht verwundet war. Net amoal, ob er überhaupt noch am Leben war.

I kam aus'm Hühnerstall, hatte die Eier eig'sammelt.

Mit meim Korb in der Hand sah i eam vor unserer Tür stehn. Den kloana Buam. Den Simon, drübn vom Rosenhof. Bis zum Hals mit Exkrementen beschmiert. Lieber Gott, wie hoat er g'stunkn. Er hoat mi ang'starrt. I hoab eam ang'starrt. Tränen san eam übers Gsichterl g'laufn.

Alle sind weg, hoat er gsagt. Vater, Mutter, das kleine Brüderle, das Schwesterle, Tantchen und Onkelchen und auch Rachel, die Cousine. Die Männer in Uniform hoam's gholt, hoat er gsagt. Mitten in der Nacht. Mit einem großen Lastwagen san's kommen. Hoam alle aufg'laden. Durch die Ritzen der Stalltür hoat er ois gsehen. I wuillts erst net glaubn, aber dann fing i an zu begreifen. Dass die Rosenbergs, Simons Familie Juden waren, hat hier im Dorf natürlich jeder g'wusst. Man hatte a scho g'hört, dass man die Juden in Deutschland net hoam wuillt«.

Rosa hält kurz inne. Sie schaut mich an.

»I red wohl zu schnell«, sagt sie lächelnd. Sie hat wohl meinen ratlosen Blick bemerkt. Es fällt mir schwer, ihrem Dialekt zu folgen. Sie verspricht, es mit etwas weniger Dialekt zu versuchen.

»Aber irgendwie hatten wir wohl gedacht, dass das hier in unserem kleinen Dorf egal wär. Keiner wär auf die Idee gekommen, dass hier so was passieren könnte. I hoab den Buam dann mit ins Haus g'nommen, ließ ihn baden, gab ihm Kleidung, zu essen und zu trinken. Was dann aus ihm werden sollte, hoab i net g'wusst. Mir war aber plötzlich in den Sinn gekommen, dass jemand im Dorf die Familie möglicherweise denunziert hatte. Da hoat's diesen Bauern Niederrainer geb'n, drei Höfe weiter, a Stückerl die Anhöhe nauf. Die oide Magdalena, die Bäuerin, die hoat öfter mal a Bemerkung g'macht. Über den Judenhof, hoat's immer g'sagt, wie es dort zugeht, dass die sich net in'd Dorfgemeinschaft einfügen und dass die net hier her passen tät'n. Manche hoam dann lachend g'nickt, widersprochen aber neamands. War wahrscheinlich der Neid. Die Rosenbergs hatten den reichsten und prächtigsten Hof. Mir war jedenfalls plötzlich klar, dass niemals oaner aus dies'm Dorf den kloana Buam sehn darf.

Auf'm Heuboden hoab i eam versteckt. Nur nachts, wenn wirklich alle g'schlafn hoam, hoab i eam für a paar Stund ins Haus g'holt. I ließ eam in eurem Kammerl, was später Lennarts Zimmer wurde, schlafen. Allmählich wurde es immer schwieriger. Irgendwie, ganz schleichend, hat's dann auch bei uns ang'fangt. Dieses G'red, wer für oder gegen Hitler wäre, wer kei aufrechter Österreicher woar, wer a Sozi woar und wer sich schon immer mit dene vom Judenhof gemein g'macht hatte. Plötzlich woar des a Klima aus Angst, Verrat und völlig damischer

Kriegsverherrlichung. I hoab mei eigene Freund und Nachbarn net mehr g'kennt. Und i hoab schreckliche Angst g'hoabt.

Nachts hoab i mir einbuild, i würd a'n Lastwagen hören.

I hoab denkt, vuilleicht hatte ja doch jemand meinen Simon g'sehn und mi verratn.

I bin ja vollkommen alloans g'wesn.

Mein Karl war nach dem Lazarett in das russische Gefangenlager gekommen. Ach Hanna, des san schlimme Zeiten g'wesn. Der kloane Simon woar vollkommen traumatisiert und i manches Mal überfordert.

Mit der ganz'n Arbeit, den Sorgen um moan Karl und die Angst um den Buam. Jede Nacht hoat er diese Alpträume g'hoabt. Hoat ausgekühlt vor lauter Angstschweiß im Bett g'sessn. Verkrampft mit offenem Mund hoat er g'starrt, so wia, als ob er aus Leibeskräften g'schrien hätt. Es is aber neamals a oanziger Schrei, net amoi a Laut g'kommen. Und bei jedem Auto, das er g'hört hoat, hoat er sich oben auf dem Heuboden so tief in das Heu verkrochn, dass er fast zu ersticken drohte. Es hat vuil Joahr dauert, bis er laut gnua g'sprochn hoat, dass man wenigstens hören konnt, was er hoat sagn wuillen.

Aber was glaubst du wohl, wie schnell sich alle auf mei Seiten g'schlagn hoam, nachdem der Krieg aus war und das mit dem Simon rauskommen is. Ha, alle waren plötzlich scho immer gegen Hitler und den Krieg g'wesen und diese armen Rosenbergs, wie fleißig und nett die doch gewesen san. Plötzlich bestand des ganze Dorf nur noch aus guade Freund der Rosenbergs.«

Als Rosa ihre Geschichte beendet hat, spüre ich einen großen Kloß in meinem Hals.

»Hat man später erfahren, was aus den Rosenbergs geworden ist?«

»Sie san alle tot. In Ausschwitz ermordet«.

»Und wie hat Simon das verkraftet?«

»Wie hat er das verkraftet…wahrscheinlich gar net. Wie hätt's auch gehen sollen …

Aber er ist prima. Als der Krieg ausg'wesen is und mein Karl net hoam kam, war Simon mei oanzige Stützen.

Er hat mir so vuil zurückgebn. Er sprach zwar, wie i scho g'sagt hoab, fast gar net und wenn, dann so leise, dass i zuerst nichts verstandn hoab. Aber i hätt damals net g'wusst, wie i des ois ohne eam hätt schaffen sollen. I woar ja selbst noch so jung.

Später, als meine Buam geboren wurden, hoat er mit eana g'spuilt, hoat sich kümmert und allweil auf sie aufpasst. Net amoi a Gelsen hätt a Chance g'hoabt, einen von beiden zu stechen.«

Die Erinnerung an Simons Eifer, die Buben zu beschützen, lässt Rosa lächeln und ihre Augenwinkel legen sich in tausend kleine Fältchen.

»Und heut noch, schuftet er Tag und Nacht für unseren Hof. Wir alle hier hoam eam halt narrisch gern. Leider hoat er nie a eigene Familie gegründet. I hätt's eam g'wünscht.

Aber des hoat er wohl net mehr können, nach all dem, woas er erlebt hoat.«

Die Nacht ist schon weit vor gerückt.

Draußen hört man die Grillen zirpen. Ich liebe das Geräusch. Es erinnert mich immer daran, dass ich auf dem Land bin. Weit weg vom Trubel meiner Wohnung in der Großstadt.

Ich gehe schlafen. Lennart ist immer noch nicht da.

Wann er wohl kommt?

Wir wollen doch morgen mit dem alten Fendt auf das Feld fahren, zur Maisernte.

Ich freue mich schon so darauf, das erste Mal auf einem Traktor mitzufahren.

# 17

Es hatte Hanna bereits einige Überzeugungskraft gekostet, letztlich aber war es dann wohl doch Viktors Einfluss, der Natalie zum gemeinsamen Besuch mit ihr bei der VAF bewog.

Es war Dienstag am frühen Abend.

Wie beide es verabredet hatten.

Hanna wartete vor ihrem Hauseingang im Auto auf ihre Mandantin. Allmählich wurde sie ungeduldig, weil sie schon seit einer Viertelstunde warten musste.

Im Radio sang Jimmy Cliff gerade »I can see clearly now«, eines von Hannas Lieblingsliedern. Sonst bekam sie dabei immer gute Laune. Aber jetzt wollte das nicht recht funktionieren. Nervös kramte sie in ihrer Aktentasche, und zog einige Unterlagen hervor. Sie wollte die Wartezeit nutzen und wenigstens so tun, als würde sie arbeiten. Wirklich konzentrieren konnte sie sich aber sowieso nicht.

Wie das Eindringen in die Höhle des Löwen, so stand der Anwältin der Besuch in der VAF-Hochburg bevor. Sie hatte Angst vor der Begegnung mit Natalies Freunden und hoffte inständig, dass Viktor schon vor ihnen dort sein würde.

Zudem würde es das erste Zusammentreffen mit Natalie seit Noahs Tod sein. Es fiel ihr schwer, sich vorzustellen, wie das Mädchen reagiert haben mag. Hanna hatte es der Polizei überlassen, Natalie zu informieren. Sie wusste, es wäre ihre Aufgabe gewesen, aber sie konnte und wollte nicht. Vermutlich hatte sie Angst vor einer allzu kalten Reaktion. Und dass dann eine Verteidigung für sie unmöglich geworden wäre.

Endlich kam Natalie auf das Auto zu, öffnete die Beifahrertür und setzte sich ohne Gruß neben Hanna.

Das Mädchen schien extrem angespannt, denn sie biss wie immer, wenn sie angespannt war, nervös auf ihrer Unterlippe herum. Auf ihren Wangen und ihrem Hals hatten sich rote hektische Flecken gebildet.

Die kräftigen Locken hatte sie, wie es Hanna schien, heute zu einem besonders strammen Pferdeschwanz gebunden.

Mit verbissener Mine und ohne ein Wort starrte sie geradeaus vor sich durch die Windschutzscheibe.

»Natalie«, fing Hanna zögernd an.

»Was«, zischte sie, ohne den Blick zu ändern.

»Zuerst mal Hallo«

»Hallo«

»Hey, ich verstehe, dass das jetzt schwierig für dich ist. Aber glaube mir, auch für mich ist das alles andere als einfach. Wenn du allerdings eine realistische Chance haben willst, hier einigermaßen gut aus dem Schlamassel rauszukommen, sehe ich keinen anderen Weg, als eine Wiedergutmachungsgeste zu zeigen und wenigstens Jerome sein Amulett zurück zu geben.«

»War's das? Können wir jetzt fahren?«, fragte Natalie in barschem Ton.

Hanna atmete kurz durch und startete den Motor.

Ihre Rechnung schien nicht aufzugehen.

Wie sehr hatte sie gehofft, Natalie würde nach dem Besuch bei Jerome, spätestens aber nach Erhalt der Nachricht von Noahs Tod ihre Einstellung ändern, sowohl zu ihrer schrecklichen Tat als auch zu ihren Freunden, ihren eigenen Gedanken und zur VAF. Hanna hatte bereits Pläne, ihre Mandantin in einem Aussteigerprogramm für Neonazis unterzubringen und so auf einen neuen Weg zu begleiten.

Für den Moment schwanden ihre Hoffnungen jedoch vollständig, denn Natalies Verhalten sprach eine andere Sprache.

Also schwieg Hanna und fuhr mit ihr in dem gleichen mulmigen Gefühl durch die Stadt, wie damals zu ihrem gemeinsamen Besuch bei Jerome.

Jimmy Cliff hatte inzwischen zu Ende gesungen.

Moby löste ihn ab und sang »Why does my heart feel so bad«.

Schon passender, dachte sich Hanna.

Endlich zeigte das Navi in einer abgelegenen Seitenstraße, dass die beiden Frauen ihr Ziel erreicht hatten.

Ein marode wirkender grau-beiger Häuserblock aus den fünfziger Jahren stand neben ihnen.

Etwa zwei Meter entfernt war die Leuchtreklame einer Biermarke zu sehen, darunter prangte ein verrostetes Schild mit der verblassten Aufschrift: »Zum deutschen Hof«.

Hinter den verschmutzten Scheiben schimmerten helle Lichter und vergilbte Vorhänge.

Puh, wirkt das hier heruntergekommen. Ne echte Spelunke, dachte Hanna unwillkürlich.

Natalie ging forsch voran und öffnete die Tür.

Im Schankraum waren keine Gäste zu sehen. Die Holzbänke waren mit moosgrünem Samt überzogen, fleckig und abgewetzt.

Auf den rustikalen Tischen lagen kleine beigefarbene, an den Rändern ausgefranste Deckchen, darauf standen grüne Glasaschenbecher von der gleichen Biermarke, wie schon draußen auf dem Schuld zu lesen war. An der Decke hingen Lampen mit weißen Plastikschirmen, die wie vergilbte Joghurtbecher aussahen und den Raum in ein ebenfalls vergilbtes Licht tauchten.

Aus den Lautsprechern, die oben an der Decke befestigt waren, ertönte ein alter Schlager. »Weiße Rosen aus Athen«, sang Nana Mouskouri mit ihrer unverwechselbaren Stimme. Ein glatzköpfiger Mann mittleren Alters, offenbar der Wirt, stand hinterm Tresen und zapfte Bier.

Als er Natalie sah, nickte er grinsend. Hanna war klar, er und Natalie kannten sich und vermutlich war er schon über ihren gemeinsamen Besuch informiert.

Natalie nickte ebenfalls nur kurz und ging unbeirrt weiter auf die vor ihnen liegende Treppe zu, die beide dann in den Keller hinabstiegen. Unten, in dem langen dunklen Gang, schallten ihnen gedämpft die gleichen wummernden Rhythmen samt der aggressiv-kreischenden Stimmen entgegen, wie Hanna sie schon bei ihrem Besuch in Natalies Wohnung gehört hatte.

Auf ihren fragenden Blick antwortete das Mädchen kurz, »Stahlgewitter, eine der geilsten Bands.«

Am Ende des Kellergangs öffnete sie schließlich die Tür und der Lärm von Stahlgewitter wurde ohrenbetäubend.

Im Raum saßen etwa zehn junge Männer und eine Frau. Einige etwa in Natalies Alter, die meisten vermutlich etwas älter. Sie trugen Springerstiefel und Bomberjacken, die Männer Glatzen, die Frau eine Stoppelfrisur.

Natalie begrüßten sie mit vorgestrecktem rechtem Arm, die Hand zur Faust geballt.

»Heil dir, Natalie«, riefen ihr einige entgegen.

Die anderen starrten Hanna mit unbeweglichen Gesichtern schweigend an.

Im Hintergrund schrie »Stahlgewitter« sein »Hohelied auf die Herkunft« heraus und gleich danach «die Idee bleibt unbesiegt«.

»Immer vorwärts Germanen, hier wehen nur eure Fahnen« dröhnte es in Hannas Ohren.

Deutsche Ehre, deutscher Sieg, Kanakenschweine, deutsche Heimat, dann wieder Kanakenschweine, deutsch, deutsch, deutsch, dominierten die Unterhaltungen an den Tischen in dem spärlich eingerichteten Kellerraum. Es waren die einzigen Worte, die Hanna wirklich raushören konnte. Unschlüssig blickte sie sich um.

Sie sah Glatzen, zornige Gesichter, Hände auf den Bierkrügen, mit den Buchstaben HASS auf die Fingerknochen tätowiert. Und über allem die ohrenbetäubenden, aus tiefster Kehle geschrienen Growls, mit den dumpfen Bässen und den quietschenden Gitarrensaiten von Stahlgewitter.

Diese düstere, tumbe Atmosphäre erregte in Hanna Fluchtgedanken.

Was mach ich nur hier … mein Gott, ich schwitze … ich will weg hier … kann ich nicht einfach umdrehen … die Tür ist direkt hinter mir … ich kann einfach rausgehen … nein, jetzt bin ich hier … ich zieh das jetzt durch …

Leider konnte sie Viktor nirgends entdecken.

Weshalb sie sich plötzlich allein und hilflos fühlte.

Ausgeliefert an diese Meute hier.

Dann würde sie es eben ohne ihn versuchen, beschloss sie, all ihren Mut aufbringend.

Die Begegnung mit Ronny und Tom verlief allerdings, wie sie es befürchtet hatte.

Beide glatzköpfig, in der gleichen martialischen Aufmachung wie alle anderen, saßen sie in der hintersten Raum-Ecke.

Sie setzten sich betont aufrecht hin, als Hanna sich ihrem Tisch näherte. Natalie hatte sich inzwischen neben die beiden gesetzt und warf Hanna einen distanzierten Blick zu.

Als diese die beiden Jungen auf Jeromes Amulett ansprach, nein, aufgrund des Lärms wohl eher anschrie, setzten sie ein dümmliches Grinsen auf.

»Was geht uns der kleine scheiß Nigger an?«, fragte der eine und »der kann doch froh sein, dass er noch lebt«, johlte der andere.

»Hey du Schlampe, lass gefälligst die Kameraden in Ruhe. Verpiss dich lieber«, schrie von hinten einer zu Hanna rüber.

Sie drehte sich um und blickte in ein so hasserfülltes Glatzengesicht, dass sie Angst bekam.

Von Natalie selbst kam kein einziges Wort, lediglich ein verlegenes Lächeln konnte Hanna an ihr wahrnehmen.

Ratlos verharrte die Anwältin einige Sekunden mit dem Trio am Tisch.

Was mach ich jetzt bloß ... der reinste Hexenkessel ... oh Mann Viktor ... wo bleibst du...

Sie versuchte ihre Gedanken zu ordnen, aber es wollte ihr nicht gelingen. Nicht in dieser Hass getränkten Atmosphäre, in diesem ohrenbetäubenden Lärm.

Wie erleichtert sie war, als sie endlich Viktors Erscheinen bemerkte.

Plötzlich hatte er im Raum gestanden. Aufrecht und mit ernster Miene. Irgendwie imposant, dachte Hanna spontan. So, wie sie ihn einst gekannt hatte. Er trug einen offenen schwarzen Ledermantel. Die Hände hatte er lässig in die Taschen gesteckt. Darunter sein schwarzer Rolli, den sie schon im Cafe an ihm gesehen hatte.

Viktor blieb mitten im Raum stehen und sah sich schweigend um. Jemand stellte die Musik ab. Die Gespräche verstummten.

Es herrschte Stille.

Beim bloßen Anblick ihres Anführers schnellten sämtliche rechte Arme nach vorn. Die Hände zur Faust geformt. Während Hanna Übelkeit verspürte, fühlten sich Ronny und Tom offenbar durch Viktors Anwesenheit im Aufwind.

»Hey, diese Schlampe hier meint doch glatt, wir sollen dem Scheiß-Nigger das Amulett zurückgeben«, grölten sie Viktor entgegen.

Der allerdings warf einen schnellen Blick auf Hanna und schien verärgert über das Verhalten seiner Kameraden.

Mit raschen Schritten trat er an den Tisch heran und zischte die beiden, ohne Hanna eines weiteren Blickes zu würdigen, an, »haltet sofort die Klappe. Ihr redet euch um Kopf und Kragen«.

Wie zwei bei einem Streich erwischte Buben zogen Ronny und Tom ihre Köpfe ein und verstummten gehorsam.

Unter den anderen VAF-Mitgliedern entstand indes ein bedrohliches Gemurmel.

In Hanna kroch eine gespenstische Angst hoch.

Reicht Viktors Einfluss wirklich aus, mich vor ihrem Hass zu schützen … ich weiß nicht … sieht grad irgendwie anders aus … was mach ich jetzt bloß … was für eine dämliche Idee herzukommen … hoffentlich komm ich heil hier wieder raus …

Viktor packte sie plötzlich brüsk am Arm und schob sie schweigend zur Ausgangstür. Ihr blieb nichts anderes, als neben ihm her zu tippeln. Er öffnete die Tür und forderte Hanna mit knappen Worten zum Gehen auf. Allein und ohne noch etwas zu sagen verließ sie klopfenden Herzens den Raum. Natalie blieb zurück bei ihren Freunden.

Als Hanna, vorbei am Tresen und dem grinsenden Wirt auf die Straße gelangte, schossen ihr die Tränen in die Augen.

Zitternd schloss sie ihren Jeep auf und setzte sich hinter das Lenkrad. Erst jetzt spürte sie, wie fest Viktors Griff gewesen war. Ihr ganzer Arm schmerzte.

Hannas Hände zitterten immer noch, als sie nach einer Weile den Schlüssel in das Zündschloss steckte und losfuhr. Sie schaltete das Radio ein.

»I bin so schee, i bin so toll, i bin der Anton aus Tirol« schallte ihr entgegen. Hektisch drehte sie den Sender weiter. Ein Oldie-Sender.

»Cry, Baby, cry« schrie Janis Joplin.

Ja, das passte.

Hanna drehte die Lautstärke auf und fuhr in rasender Geschwindigkeit durch die Stadt, mit Janis Joplin im Ohr und schmerzendem Arm.

Hauptsache, sie bekam endlich Stahlgewitter aus ihrem Kopf.

Zuhause empfing sie wieder die leere Wohnung.

Ohne Lennart.

Mit großem Hunger, aber ohne Appetit schob sie sich irgendein Nudelgericht in die Mikrowelle.

Seit Lennart weg war und nicht mehr kochte, ernährte sich Hanna nur noch von Fertigkost. Was hätte sie auch kochen sollen, für sich allein. Die Mikrowelle klingelte, sie nahm das Essen raus und setzte sich mit dem Teller und einem Glas Wein in das Wohnzimmer. Jazz wollte sie jetzt hören.

Die CD's waren hier unten, die meisten gehörten Lennart.

Hanna stellte den Teller mit den Nudeln und das Weinglas auf den Glastisch vor dem Sofa. Sie lehnte ihren Kopf an die Sofalehne, ließ den Wein langsam die Kehle hinunterlaufen und lauschte der Musik.

»Summertime and the livin is easy..«, sie liebte diesen Song.

»Rainy night in Georgia«, das passte heute so gut zu ihrer Stimmung.

Und dann, bei »Cry me a river«, da weinte auch sie einen Fluss.

Ach Lennart, komm doch zurück.

Der Jazz machte sie traurig. Der Wein benebelte ihr die Sinne. Die Nudeln hatte sie vergessen. Sie waren längst kalt geworden.

Zwei Tage später fand Hanna das Amulett in ihrem Briefkasten.

## *Hanna.*

Das Jahr 1980.

Wenige Tage vor Neujahr ist Studentenführer Rudi Dutschke an den Spätfolgen des Attentats von 1968 auf ihn gestorben.

Die Sowjetunion marschiert in Afghanistan ein.

57 Länder boykottieren daraufhin die olympischen Spiele in Moskau, darunter auch Deutschland.

Ein Attentat auf dem Münchner Oktoberfest erschüttert das ganze Land. Dreizehn Menschen sterben, über 200 Menschen werden schwer verletzt. Ein Rechtsradikaler hat eine Bombe gezündet, kurz hinterm Haupteingang, beim Wies'n-Treff. Er selbst ist dabei auch ums Leben gekommen.

In der Toskana in Italien werden die beiden Töchter des Fernsehjournalisten Dieter Kronzucker entführt.

Nach 68 Tagen kommen sie gegen ein Lösegeld von 4,3 Millionen DM wieder frei.

Das afrikanische Südrhodesien wird unabhängig und heißt künftig Simbabwe.

Reggae-König Bob Marley gibt sein letztes Konzert. Er ist schwer krank, Lungenkrebs.

Der Schauspieler Steve McQueen stirbt in Mexico mit 50 Jahren.

Zum Ende des Jahres dann noch der große Schock für die Musikwelt: Ex-Beatle John Lennon wird in New York von dem geistig verwirrten Mark David Chapman erschossen.

Es ist kurz vor Weihnachten.

Ich packe meine Tasche. Viel werde ich nicht brauchen, es sind ja nur wenige Tage. Ich fahre über die Feiertage nachhause.

Lennart ist schon am Vortag nach Kärnten abgereist. Er wird sicher wieder weiße Weihnachten verleben. Hier wird das irgendwie immer seltener.

Im letzten Jahr hatte ich Lennart begleitet. Da wäre ich sonst ganz allein gewesen. Denn damals hatte ich noch nicht wieder den Kontakt zu meiner Familie aufgenommen.

Wie froh bin ich da gewesen, mit Lennart fahren zu dürfen. Seine Familie ist immer so nett und herzlich zu mir. Wenn ich daran zurückdenke, muss ich lächeln. Simon hat so lustige Scherze auf Lager. Er schafft es selbst in der staden Zeit, wie die Österreicher die Weihnachtszeit nennen, alle lautstark zum Lachen zu bringen. Maxi und Beppi kugeln sich dann und halten ihre kleinen Bäuche. Selbst die stille Christa, die immer ein wenig ernster ist als alle, vermutlich weil ihr Mann Anselm schon genügend Schalk im Nacken hat, gluckst dann fröhlich vor sich hin.

Jedes Mal, wenn ich aus Kärnten zurückgekehrt bin, in mein Apartment am Schulterblatt, habe ich mich einsam gefühlt und Heimweh bekommen.

Seit einigen Wochen ist das anders.

Ich darf wieder in mein Elternhaus kommen. Nach Hause zu Mama, Papa und Ragnhild.

Eigentlich habe ich es gerade Ragnhild zu verdanken.

Sie hat vermittelt.

Hat eines Tages unangemeldet bei mir vor der Tür gestanden. Ich solle doch nach Hause kommen, ich wisse doch, wie unsere Mama sei und dass sie das natürlich nicht so gemeint habe, als sie zu mir sagte, ich solle nie wieder kommen. Und dann bin ich wenig später in mein Auto gestiegen und zu meinen Eltern gefahren.

Als Mama die Tür öffnete, hat sich ein freudiges Lächeln auf ihrem Gesicht ausgebreitet, sie hat mich in die Arme geschlossen und nur gesagt: »Schön, dass du gekommen bist«.

Von da an bin ich wieder regelmäßig gekommen. Zwar ist die Stimmung noch sehr zerbrechlich, jedes kleinste Wort könnte alles wieder zerstören. Aber offenbar will niemand, dass so etwas passiert. Also gehen wir alle vorsichtig und freundlich miteinander um.

Sogar Lennart habe ich schon mal mitbringen dürfen. Gott sei Dank habe ich schnell gemerkt, dass Mama und Papa ihn recht nett finden. Trotz seiner Locken, seiner Jeans und seiner Lässigkeit. Über Politik haben sie zum Glück nicht gesprochen. Vermutlich hätten sie Lennart dann nicht mehr nett gefunden.

Ich habe ihm im Vorfeld von der Einstellung meiner Eltern erzählt und ihn gebeten, seine Meinung ein bisschen weniger deutlich kundzutun, als er das üblicherweise macht. Und er hat sich daran gehalten.

Über die Heimattreue Sturm-Jugend spricht bei uns zu Hause eigentlich schon lange keiner mehr.

Ragnhild ist froh, dass ich nicht mehr dabei bin, Papa hat sich auch früher kaum darüber geäußert und Mama ist so enttäuscht, dass sie mich nicht mehr für würdig hält, über dieses Thema zu reden. Einmal noch, da habe ich im familiären Postkorb, den ich immer durchstöbern darf, einen Brief von der Frau des Bundesführers gefunden.

Darin tröstet sie Mama.

»Es sind schwere Zeiten für unsere Jugend. Die Verführungen des Zeitgeistes sind stark. Da braucht es stabile und starke junge Menschen, die sich dem widersetzen können. Hanna ist im Grunde ein gutes Mädel. Aber sie ist wohl zu schwach, um gegen die Verführungen des Zeitgeistes anzukämpfen«

Ich finde zwar, dass mir dieses Bild nicht gerecht wird. Trotzdem ist es für mich in Ordnung so.

Dann gibt es wenigstens nichts mehr darüber zu reden.


Ich habe meine Tasche fertig gepackt.

Bevor ich gehe, werfe ich noch einen kurzen Blick aus dem Fenster. Draußen ist es grau. Auf den blattlosen Bäumen auf der anderen Straßenseite sitzen zwei große Krähen. Der Straßenlärm ist in diesen Tagen viel weniger. Es ist beinah ruhig. Weniger Autos, weil vermutlich viele in die Weihnachtsferien gefahren sind. Weniger Menschen auf der Straße, weil im Winter niemand draußen im Straßencafe sitzt. Da kann ich sogar die Krähen von gegenüber hören.

Ich freue mich auf die kommenden Tage.

Allerdings werde ich einige Dinge mit Mama und Papa zu besprechen haben.

Lennart hat eine Stelle in München angeboten bekommen.

Er wird sie annehmen. Er hat sich über das Angebot gefreut, weil er dann in Nähe seiner Heimat sein kann.

Kärnten, das war für ihn immer so verdammt weit weg.

Er hat es oft gesagt, auch wenn er niemals von Heimweh gesprochen hätte.

Ich werde mit ihm gehen. Zur Abendschule will ich gehen. Das Abitur nachmachen und dann Jura studieren.

In München will ich mir meinen großen Traum erfüllen und doch noch Rechtsanwältin werden.

Mama und Papa sind traurig darüber. Sie finden jetzt umgekehrt, dass München so verdammt weit weg ist. Ich verspreche, sie oft zu besuchen. Und vielleicht werden ja auch sie mal kommen. In meiner Wohnung am Schulterblatt haben sie mich niemals besucht. Nach mehreren vergeblichen Einladungen habe ich mich damit abgefunden.

Mama sagte, sie könne dieses Apartment nicht betreten.

Zu viele traurige Erinnerungen, zu viel Schmerz beim Gedanken an meinen Weggang damals. Seit sie das ausgesprochen hat, haben wir kein Wort mehr darüber verloren.

In München werde ich mit Lennart zusammen leben.

Mama und Papa finden das grundsätzlich nicht in Ordnung, aber sie nehmen es hin. Skeptisch sind sie, dass ich schaffen werde, was ich mir vorgenommen habe. Auch Ragnhild glaubt nicht daran.

Aber ich bin mir ganz sicher. Ich werde es ihnen zeigen.

Ich werde mir meinen Traum erfüllen und eines Tages in schwarzer Robe vor Gericht stehen.

Als Strafverteidigerin.

Für gesellschaftliche Außenseiter.

# 18

Da war es also, das Amulett von Jerome. Ein in der Mitte aufklappbares, ebenholzschwarzes Amulett, geformt wie ein Baobab, dem für Afrika typischen Affenbrotbaum. Vorsichtig klappte Hanna die beiden Hälften auseinander und fand das Bild einer alten Afrikanerin darin. Vermutlich Jeromes Großmutter.

Von ihr hatte er es offenbar geschenkt bekommen. Eine lächelnde Frau mit gütigen schwarzen Augen. Ein Gesicht, dessen Falten von Weisheit, Humor und jeder Menge Lebenserfahrungen erzählten.

Ob du wohl weißt, was deinem Jerome passiert ist, dachte sich Hanna. Oh mein Gott und deinem Noah?

Sie erschrak plötzlich über ihre Indiskretion und klappte die beiden kleinen Holzflächen rasch wieder zusammen.

Gedankenverloren wendete sie das Amulett in ihren Händen hin und her, während sie überlegte, auf welche Weise sie es Jerome am besten zukommen lassen wollte.

Sie kam zu dem Entschluss, dass es Natalies Aufgabe war.

Zwar hatte Hanna wenig Hoffnung, dass ihre Mandantin es aus Reue heraus tun würde, vielleicht aber für ein milderes Gerichtsurteil.

Seit ihrem gemeinsamen Besuch im Keller der VAF hatte sie sie nicht mehr gesehen.

Dieser Abend steckte Hanna immer noch in den Knochen.

Sie dachte an Viktor.

Wie er da im Raum gestanden hat … wie alle ihn begrüßten … wie einen Führer … wie wenig sich doch seit damals geändert hat …

genauso hatte er damals vor den Stürmern gestanden ... genauso hatten alle ihn respektvoll bewundert ... und jetzt hat er das wieder geschafft ... er ist gefährlich ...

Mit seinem Charisma würde er immer wieder junge Anhänger finden. Selbst wenn sie es schaffen sollte, Natalie zur Umkehr zu bewegen, würde es eine neue Natalie geben.

Die gerade eine schwierige Lebensphase hat ... vielleicht gemobbt wird ... die sich voller Dankbarkeit von ihm beschützen und gern die eigene Verantwortung abnehmen lässt ... Die ihn anhimmeln und den leergewordenen Platz ausfüllen wird ...

Hanna bemühte sich, ihre Gedanken in den Hintergrund zu drängen.

Sie rief Natalie an und fragte, ob sie vorbei kommen könnte. Sie hätte ihr etwas zu geben. Mit hörbarem Widerwillen bejahte das Mädchen.

Wie damals bei ihrem ersten Besuch, stieg Hanna mit beklommenem Gefühl die Treppe zu ihrer Wohnung hinauf.

Und genau wie damals stand auch diesmal wieder Natalies Stiefvater Roland mit unangenehmem Grinsen und ebenso unangenehmer Kampfhundmischung an seinem Arm in der Tür. Nur, dass er Hanna diesmal sofort mit einem kurzen Kopfnicken Einlass gewährte.

Allerdings stutzte sie einen Augenblick.

Aus Natalies Zimmer drangen neben den wummernden Rhythmen samt kreischenden Stimmen von Stahlgewitter noch andere Stimmen.

Offenbar hatte sie Besuch.

Zögernd öffnete Hanna die Zimmertür und steckte erst einmal vorsichtig den Kopf durch den Spalt. Eine beißende Mischung aus Rauch und Bierdunst schlug ihr entgegen.

Die kreischenden Stimmen änderten sich.

Anscheinend kreischten jetzt »Landser«, »Lunikoff-Verschwörung«, »Zyklon B«, oder wie auch immer die Gruppen hießen.

Drei glatzköpfige Männer starrten Hanna an. Hatte sie die nicht schon bei der VAF gesehen? Sie war sich nicht sicher. Es fiel ihr schwer, die Glatzen auseinanderzuhalten.

Ronny und Tom waren nicht dabei, das erkannte sie immerhin sofort.

Natalie kauerte wieder mit angezogenen Beinen auf ihrem Bett. Sie hatte offenbar geweint.

Ihre Augen waren gerötet, das schwarze Make-up verschmiert.

Die Männer saßen jeder mit einem Dosenbier in der Hand um sie herum. Alle auf dem Bett. Niemand sagte etwas.

Während die drei Hanna weiter anstarrten, wischte sich Natalie mit einem Taschentuch über die Augen. Ihren Blick hielt sie gesenkt.

»Natalie hat jetzt keine Zeit. Kapierst du das nicht?«, schnauzte jetzt doch einer von den dreien los.

Dann nahm er einen tiefen Zug aus seiner Zigarette, die er zwischen Daumen und Mittelfinger hielt und blies Hanna provokant den Rauch ins Gesicht. Sie hustete kurz, unterdrückte es aber in der nächsten Sekunde gleich wieder. Unschlüssig verharrte sie einen Moment.

Wieder starrten alle mit unbeweglichen Gesichtern den ungebetenen Gast an. Hanna nahm ihren Mut zusammen und wandte sich an Natalie.

»Natalie, ruf mich an. Ich muss etwas mit dir besprechen.«

Dann drehte sie sich abrupt zur Tür und ging hinaus.

Im Gang stand Roland und grinste ihr hinterher.

Hanna war gerade eine Stunde zuhause, da klingelte ihr Handy. Es war Natalie. Sie klang sehr aufgewühlt.

»Hanna, das ist alles scheiße. Ich hab riesige Probleme«

»Natalie, wer waren die drei?«

»Freunde aus der VAF.«

»Viktor hat mir das Amulett von Jerome zugeschickt. Du selbst solltest es dem Jungen zurückgeben.«

»Das geht nicht. Ich kann das nicht tun.«, sagte Natalie abrupt.

»Bitte, das wäre wichtig für dich. Jetzt noch mehr als vorher … jetzt wo Noah gestorben ist«

»Niemals«

»Was ist los, Natalie?«

Am anderen Ende der Leitung hörte Hanna das Mädchen leise weinen.

»Du weißt ja nicht, was die mit Verrätern machen.«, schluchzte sie plötzlich laut in den Hörer.

»Haben die drei dich bedroht? Ich denke, das sind deine Freunde«

»Seit du wegen diesem beschissenen Amulett bei uns gewesen bist, natürlich nicht mehr«

»Das sollte dir zu denken geben«

»Ach, und wer beschützt mich, wenn sie mich verprügeln? Und wer gibt mir neue Freunde, wenn die mich nicht mehr bei sich haben wollen?«

»Natalie, ich kann dir helfen. Ich vermittle dir den Kontakt zu einer Aussteiger-Organisation. Die helfen dir dabei, den Weg aus der VAF zu finden. Die können dich sogar bei der Suche nach Arbeit unterstützen. Oder du machst deinen Schulabschluss nach.

Natalie, du hast noch Chancen, aus allem gut raus zu kommen. Es ist nicht zu spät für dich«

Schweigen am anderen Ende.

Hin und wieder das leise Schluchzen.

»Hey Hanna, ich hab ne Scheiß Angst«, rief sie ins Telefon.

»Ich weiß Natalie. Es tut mir sehr leid. Ich kann dich besser verstehen, als du denkst. Auch ich habe einst erkennen müssen, wie aus Freunden Feinde wurden. Das geht sehr schnell in diesen Kreisen. Die Sache, der zerstörende Kampf gegen Andersdenkende, das ist alles was zählt.

Niemals geht es um wirkliche Freundschaft.

Nie um den einzelnen Menschen«

Hanna versicherte Natalie, dass sie ihr helfen und die nötige Unterstützung durch eine Aussteiger-Organisation besorgen würde.

Als sie den Hörer aufgelegt hatte, fühlte sie sich einen kurzen Moment lang schuldig.

Aber wofür eigentlich … schuldig … weil ich Natalie in diese Lage gebracht habe … ihr die Freunde genommen, sie in Gefahr gebracht hab … dafür vermutlich … ich hätte wissen können, was ich mit meinem Besuch bei der VAF anrichten würde … hab's doch schließlich selbst zu spüren bekommen … wie die stets proklamierte Kameradschaft nur gilt, solange man sich den Gedanken, Ideen und Taten vollständig unterordnet … wie allein der kleinste Zweifel, die geringste Frage diese Kameradschaft ins Wanken bringt … hab's trotzdem geschafft … auszusteigen … allein … ohne Hilfe … war ne Scheißzeit damals …

Hanna fiel das Lied »Die Gedanken sind frei« ein.

Wie oft hatten sie das in den HSJ-Lagern gesungen.

Vor allem an die dritte Strophe musste Hanna denken.

»Und sperrt man mich ein im finsteren Kerker, das alles sind rein vergebliche Werke. Denn meine Gedanken zerreißen Schranken und Mauern entzwei: Die Gedanken sind frei.«

Als der Vater von Sophie Scholl 1942 wegen Hitler kritischer Äußerungen inhaftiert wurde, hat Sophie ihm am Abend die Melodie vor der Gefängnismauer auf der Flöte gespielt.

Was für eine Ironie ist das doch gewesen … diese Lieder von Freiheit … die sie bei der HSJ immer gesungen hatten.

Hanna war klar, sie hatte jetzt die Verantwortung für Natalie.

Es gab nur einen Weg, mit dem sie spontan eine ernste Gefahr für das Mädchen abwenden konnte.

Viktor.

Hanna rief ihn an und sagte ihm, dass sie ihn dringend sprechen musste.

Offenbar erfasste er die Lage umgehend, denn er lud sie ein, noch am gleichen Abend zu ihm nachhause zu kommen.

Für den Bruchteil einer Sekunde hielt Hanna das für keine gute Idee.

Aber schon im nächsten Moment saß sie ohne große Überlegungen im Auto und startete den Motor.

In Giesing wohnte er. In Untergiesing, dem schöneren Teil.

Er blickte Hanna durchdringend an, als er ihr die Tür öffnete.

Er küsste sie kurz auf die Wange und ließ sie eintreten. Wow, riecht der gut, dachte Hanna, als ihr sein Parfüm entgegen wehte.


Sein Wohnzimmer war weitgehend schwarz möbliert.

Der einzige Farbtupfer war die Couch, in Stahlblau.

Und die Bilder, helle Aquarelle, Landschaften, Blumen.

Na klar, keine abstrakte Kunst. Nichts was den Anschein haben könnte, entartet zu sein, dachte Hanna spontan.

Viktor bot ihr ein Glas Wein an. Deutschen Wein.

Sie stießen an. Er lächelte.

Eine weiße Kerze in einem blauen Glasständer flackerte leicht. Im Hintergrund spielt leise das Violinen Konzert D-Dur von Brahms.

Geschickt lenkte Viktor das Gespräch. Hin zu unverfänglichen Themen wie Hannas hübschem Kleid, zum Alltag in seiner Berufsschule, zur Wohngegend hier in Giesing.

Vor allem aber weg von Natalie, dem Amulett und der VAF.

Während Hanna vor Aufregung zu hastig trank, fragte sie sich plötzlich, wieso er eigentlich überhaupt hier gelandet war, in München, in Giesing. Da gab es doch auch mal eine Freundin. Deren Tod hatte er doch mal erwähnt.

»Viktor, was hat dich nach München verschlagen?«, fragte sie jetzt geradeaus.

Er presste die Lippen zusammen und sah Hanna mit finsterem Blick an.

»Es gab Schwierigkeiten oben, in Berlin. Ich hatte zusammen mit einigen Kameraden ein Waffenlager der Bundeswehr überfallen. In der Nähe der holländischen Grenze. 1979 war das, kurz nach unserer Trennung.

250

Wir flogen auf, jemand hatte uns vermutlich verraten.«

Hanna erinnerte sich. Sie hatte damals davon in der Zeitung gelesen. Fast hatte sie über die Jahre vergessen, dass sie auch Viktors Namen damals in dem Artikel entdeckt hatte.

»Ich hatte Glück. Ich bekam ein mildes Urteil. Zwei Jahre Haft mit Bewährung. Drei Jahre dauerte die. Danach war klar, für Aktivitäten im Norden war ich verbrannt.

Also bin ich nach dem Ende meiner Bewährung hierher abgetaucht.«

Hanna schluckte.

»Und hast dann gleich deine VAF gegründet«, sagte sie dann.

»Nein, nicht sofort. Erst einige Jahre später, als über mich niemand mehr sprach«.

»Viktor, du erwähntest mal was von einer Freundin«, wagte sie dann noch zu fragen.

»Ja, Gisela. Ich war fünf Jahre mit ihr zusammen. Sie war ein wunderbares Mädel. Leider habe ich sie nie geheiratet. Ich hatte ja gesehen, was so eine Ehe aus zwei Menschen machen konnte. Heute bereue ich es, sie nicht geheiratet zu haben.«

»Wie hast du sie kennengelernt?«

»Auf einer Lehrerfortbildung. Als ich meine Weiterbildung zum Berufsschullehrer machte, besuchte sie gerade ein Seminar für Grundschullehrer. Und dann hat's schnell gefunkt zwischen uns.«

Beim letzten Satz huschte ein Lächeln über sein Gesicht.

»Teilte sie deine politische Einstellung?«

»Anfangs nicht ganz konsequent. Aber ich konnte sie letztlich doch von der rechten Gesinnung überzeugen.«

Das ist mir klar, dachte Hanna bei sich.

»Und dann? Was ist passiert?« fragte sie leise.

»Ein scheiß betrunkener Autofahrer ist passiert. Er war auf den Gehweg gerast, gerade, als sie auf dem Heimweg von einem Elternabend war.

Sie hatte keine Chance, sie war sofort tot«, sagte Viktor.

Beinah unmerklich war seine feste Stimme ins Schwanken geraten.

Hanna wusste nicht mehr, was es war … der Wein, die alte Vertrautheit zwischen ihnen oder beides. Sie überkam mit einem Mal das Bedürfnis über sich selbst zu reden.

»Viktor, stell dir vor, ich wurde adoptiert«

»Wie kommst du denn jetzt darauf?«

»Ich habe einen Brief im Nachlass meiner Mutter gefunden. Meine Eltern hatten ein Baby. Marianne hieß sie. Sie ist gestorben, als sie erst vier Wochen war. Ein halbes Jahr später haben sie dann mich adoptiert.«

Viktor blickte sie verblüfft an.

»Ja, und woher stammst du dann?«

»Von einem viel zu jungen Elternpaar. Beide minderjährig. Sie wohnte noch bei ihren Eltern, er wollte zur See fahren. Schlechtes Timing eben.«

»Und du hast es nie gewusst?«

»Nein. Bis zu diesem Tag, als ich den Brief las, habe ich nichts gewusst. Aber ich habe immer gespürt, dass ich anders war. Hab mich oft als Außenseiterin in der eigenen Familie gefühlt. Nicht, dass sie mich nicht geliebt hätten. Das haben sie, sehr sogar. Aber ich hatte immer das Gefühl, selbst nicht gut genug zu sein.«

Hanna redete und redete. Ihren Kopf hatte sie plötzlich gedankenlos an Viktors Schulter gelehnt.

Da war es wieder, dieses alte Vertrauen.

Der gleiche Geruch, die gleichen Berührungen, die gemeinsamen Erinnerungen, so wie damals.


Es war spät geworden.

Über das Amulett hatten sie nicht geredet.

Hanna spürte, dass sie nicht mehr nachhause fahren konnte. Zu viel Wein. Sie dachte an den »scheiß betrunkenen Autofahrer«, der Gisela um ihr Leben gebracht hatte. Sie wollte sich ein Taxi nehmen. Aber Viktor bot ihr an, bei ihm zu schlafen. Er überließ ihr sein Bett. Ganz der Kavalier, der er immer war.

Jetzt standen sie im Wohnzimmer und umarmten sich.

Viktor begann sie sanft über den Rücken zu streicheln. Einen Moment lang ließ Hanna es geschehen.

Es fühlte sich gut an.

So vertraut.

Doch im nächsten Augenblick wich sie erschrocken zurück.

»Nein Viktor. Ich lebe mit Lennart und ich liebe ihn. Ganz sicher werde ich ihn jetzt nicht mit dir betrügen«, sagte sie und wand sich aus seiner Umarmung.

Er lächelte sie enttäuscht an.

»Ja, dann … Schade. Schlaf gut.«

Sie legte sich in sein Bett, atmete seinen vertrauten Geruch. Ein sonderbares Gefühl stieg in ihr hoch.

Es war Scham.

Darüber, dass sie kurz davor gestanden hatte, sich wieder auf Viktor einzulassen.

Und wäre es auch nur für eine Nacht gewesen.

Ihr fiel ein, wie sie umgekehrt einst Viktor betrogen hatte. Damals mit Lennart.


Am nächsten Morgen frühstückten sie schon sehr früh miteinander. Beide mussten schließlich in die Arbeit.

Viktor war kurz angebunden.

Plötzlich sah er Hanna wieder mit seinem durchdringenden Blick an.

»Du bist gestern Abend vermutlich wegen Natalie und dem Amulett gekommen?«, fragte er unvermittelt.

Hanna bejahte. Er habe schon gehört, dass es hier offenbar Ärger gebe, meinte er darauf.

»Bitte Viktor. Du hast Einfluss auf deine Freunde. Du bist wahrscheinlich der Einzige, der wirklich Einfluss auf sie hat. Bitte hilf Natalie, dass sie aus allem gut raus kommt. Dass sie ihr nichts tun.

Ich möchte ihr Hilfe durch eine Aussteiger-Organisation besorgen.«

Bei ihren letzten Worten fuhr Viktor ruckartig auf.

Fast verschluckte er sich.

»Wie bitte? Ich soll dich dabei unterstützen, Natalie von uns zu entfernen? Das kann ja wohl nicht dein Ernst sein«, entfuhr es ihm wütend.

»Ich dachte, du hast auch eine Verantwortung für das Mädchen. Und irgendwie auch für den toten Jungen«, murmelte Hanna leise.

Als sie wenig später im Treppenhaus stand, wandte sie sich noch einmal um.

Viktor lehnte im Türrahmen seiner Wohnungstür.

Sein Gesicht verriet nicht, was er wohl gerade dachte.

»Ist gut. Ich werde sehen, was ich tun kann«, sagte er.

Erleichtert lächelte sie ihn an.

Fast unmerklich lächelte er zurück.

Es war das letzte Mal, dass Hanna ihn gesehen hat.


Für Natalie war die Welt indes buchstäblich aus den Fugen geraten. Während Hanna für sie um Viktors Hilfe kämpfte, hatte sie sich in ihr Zimmer verkrochen und wusste nicht ein und aus. Im Grunde bestand sie nur noch aus Angst.

Ohnehin plagte sie schon die Angst vor einem harten Gerichtsurteil, jetzt nachdem Noah gestorben war. Und nun kam noch die Angst vor den eigenen Kameraden hinzu. Nicht zuletzt hatte sie die furchtbare Folge ihrer Tat zutiefst erschreckt. Wie sollte sie je damit klar kommen?

Wie gern hätte sie jetzt ihren Manne neben sich gehabt, seinen Arm um ihrer Schulter gespürt, seiner beruhigenden Stimme gelauscht, einfach die ganze Wärme seines Daseins empfunden.

Ihr schien alles so lange her und so weit weg zu sein.

Ihr blieb also nichts anderes, als sich wie bereits in den vergangenen Wochen an ihren Schreibblock zu klammern.

»Manne, du weißt ja nicht, was hier grad abgegangen ist. Benno, Ricky und Uwe waren bei mir.

Manne, die haben mich beschimpft und bedroht! Haben gesagt, ich soll darüber nachdenken auf welcher Seite ich stehe.

Und ob ich 'ne Scheißverräterin wär, nicht loyal und son Zeug. Dass Treue das Allerwichtigste ist und all so was haben die gesagt. Aber ich hab doch niemanden verraten. Ich war doch den Kameraden und der Sache immer treu. Ich hatte so eine Scheiß-Angst. Vor allem vor Benno. Der war der Schlimmste. Dabei mochte ich ihn immer, er war so verdammt cool. Ich dachte, er haut mir eine rein. Ich glaube, er stand kurz davor. Als die weg waren, hab ich gleich versucht, Viktor anzurufen.

Aber der ist nicht rangegangen.

Hat auch nicht zurückgerufen.

Manne, ich weiß nicht…ich glaube, die sind jetzt alle angepisst auf mich. Alle unsere Kameraden. Und jetzt sagst auch du noch, du willst mich weiterhin nicht sehen. Am Anfang hab ich das ja kapiert. Aber jetzt brauch ich dich!

Seit die Anwältin bei der VAF aufgetaucht ist, ist nichts mehr, wie es war.

Nur Viktor ist immer noch nett. Ich glaube, er steht immer noch auf meiner Seite.

Nachdem er nicht ans Telefon gegangen ist, hab ich bei der Berufs-schule auf ihn gewartet. Ich war echt froh, als er dann raus gekommen ist. Erst hat er so komisch geschaut und ich dachte, er ist vielleicht ange-pisst, weil ich einfach vor seiner Schule war. Er hat mir dann aber den Arm um die Schulter gelegt und ist mit mir in den Park gegangen.

Er hat dann gesagt, das wird schon alles wieder. Ich soll nur stark bleiben. Und wenn alles vorbei ist, dann haben wir alle noch Großes vor. Komisch, er klang irgendwie so müde.

Aber wie soll ich denn stark bleiben, wenn alle mir link kommen?

Ja und dann, ich weiß nicht, die Polizei kam dann noch und sagte, dass der eine von den beiden Typen tot ist. Hey Manne, gib dir das, wir haben den Typen eiskalt umgebracht.

Aber das wollten wir doch nicht! Ich dachte, wir wollten denen nur paar aufs Maul geben. Konnten doch nicht wissen, dass der eine gleich schlapp macht. Scheiße, was wird denn jetzt mit uns?

Die Anwältin sagt, ich soll zu einer Frau gehen.

Die hilft mir, aus allem raus zu kommen.

Morgen soll ich dahin. Kann ja nicht besser kommen.

Ich weiß nicht.

Ich will keine Verräterin sein.

Viktor sagt immer, er hasst Umfaller und ich soll bloß keine Umfallerin werden.

Aber ich bin jetzt so allein.

Ich glaub, ich geh da morgen hin.


## Viktor

Mein Liebes,

heute ist ein besonderer Tag.

Es wird das letzte Mal sein, dass ich dich hier besuche. Dass ich hier bei dir auf der Bank sitze. Das letzte Mal, dass ich Blumen für dich gekauft habe. Ich habe sie wieder an die gleiche Stelle gestellt, wie immer.

Deine Lieblingsblumen.

Verdammt, nun bin auch ich irgendwie ein Umfaller geworden ... ich weiß, Liebes, du würdest jetzt sagen, dass das nicht stimmt, dass ich im Grunde keine Wahl hatte. Ich weiß, irgendetwas in der Art würdest du jetzt sagen. Aber du hättest nicht Recht damit. Ich hatte eine Wahl, man hat immer eine Wahl. Ich hätte mich weigern können, Hanna das Amulett zu schicken. Ich hätte mich weigern können, wieder Gefühle für sie zu entwickeln. Liebe Güte, wie sehr ich mich dafür hasse.

Ich hätte für heute eine andere Entscheidung treffen können. Aber ich hätte auch Natalie besser schützen können, vor dem Zorn der Kameraden. Andererseits, hätte ich das wirklich? Sie wurde zum Problem für uns alle, für mich, für die Sache. Ich konnte mich nicht mehr auf sie verlassen.

Und jetzt bin ich müde geworden.

Zu müde, mich anders zu entscheiden, mich wieder und wieder mit Umfallern zu umgeben. Umfaller haben Deutschland kaputt gemacht, durch Verrat und Kumpanei mit Juden und dem ganzen Ausländerpack. Aber Umfaller haben auch mein eigenes Leben zerstört. Umfaller wie meine Mutter, die unsere Familie auseinanderriss. Umfaller wie Hanna, die unsere große Sache und all unsere Ziele verriet. Und jetzt wird vermutlich auch Natalie zur Umfallerin, aus purer Feigheit. Wie soll man das bloß alles ertragen? Soviel Dilettantismus, Illoyalität und elendige Schwäche.

Und jetzt muss ich auch noch vor Gericht aussagen. Als Zeuge bin ich geladen. Weil diese dämliche Natalie zu viel von der VAF und mir erzählt hat. Da laufe ich natürlich selbst Gefahr, irgendwann eingesperrt zu werden. Und das ist nun wirklich das Allerletzte, was ich zulassen werde.

Auf alle Fälle hat mich der ganze Rechtsverdreher Apparat bereits im Visier. Mir bleibt kaum noch Spielraum, irgendwelche Aktionen straffrei anzupacken.

Den Kameraden habe ich noch einen Auftrag erteilt. Eine Unterkunft mit diesem ganzen Asylantenpack sollen sie abfackeln. Ich hoffe, sie packen das etwas geschickter an, als die anderen vier das mit diesen Neger-Jungen getan haben. Aber egal wie sie das anpacken. Wenn es vollbracht ist, werde ich nicht mehr da sein. Vermutlich lasse ich meine Truppe nun irgendwie im Stich. Entweder sind sie so treu und stark wie ich hoffe sie gemacht zu haben, dann werden sie auch ohne mich weiter kämpfen. Oder es ist ein Haufen von Umfallern und Schwächlingen, dann haben sie sowieso nicht verdient, dass ich weiter an ihrer Seite kämpfe. Mein Abgang tut letztlich kaum etwas zur Sache.

Und nun sitze ich hier bei dir. Zum letzten Mal.

Zum allerletzten Mal.

Vielleicht begegnen wir uns ja wieder.

In einer anderen Welt. Du allein könntest mir sagen, ob es sie gibt. Du weißt etwas, was wir alle nicht wissen können.

Wie schade, dass Du es mir nicht verraten kannst.

Dann hätte ich vielleicht so etwas wie Vorfreude …

So aber, bin ich nur unendlich traurig.

Traurig über die unerfüllten Pläne, die unerreichten Ziele und die zerstörten Hoffnungen. Aber vielleicht lohnt sich auch alles gar nicht. Jedenfalls nicht in diesem Leben.

Bleibt mir also nur die Hoffnung auf ein Wiedersehen mit Dir. Werde ich etwa in meiner letzten Stunde noch religiös?

Bestimmt kannst du mir irgendwo die Frage beantworten:

Bin ich ein Umfaller oder doch ein Aufrechter?

# 19

Hanna wusste an diesem Morgen, was sie zu tun hatte. Wie eine Eingebung erschien ihr der Gedanke, der ihr als erster nach dem Aufwachen in den Sinn kam.

Sie wollte in der Kanzlei anrufen. Genau wie Lennart wollte sie sich eine Auszeit nehmen. Sie wollte ihre Sachen packen und nach Kärnten fahren. Es war noch sehr früh, bereits am Nachmittag könnte sie dort sein.

Die Stunden während der Fahrt war sie mit aller Kraft bemüht, keinesfalls über das erste Zusammentreffen mit Lennart nachzudenken. Zu groß war ihre Angst darüber, dass er wütend, abweisend oder herablassend kalt reagieren könnte.

Sie kannte ihn. Alles war möglich.

Ließ sie diese Gedanken jetzt aber an sich heran, wäre ihr eine Weiterfahrt unmöglich gewesen.

Also dachte sie über ihre Verteidigungsstrategie nach. Wenigstens versuchte sie es.

Auf der Autobahn herrschte wenig Verkehr. Wie in Trance lenkte Hanna den Wagen durch den Tauerntunnel.

Wenn sie zurückkehrte galt es, die Aussteigerorganisation anzurufen, gemeinsam mit Natalie das Amulett an Jerome zu übergeben und sich nochmals jedes Aktendetail zu dem Überfall auf die Jungen anzusehen. Welche Rolle genau Natalie hier übernommen hatte. Jeder Schlag, jeder Tritt, den sie gegen Jerome, vor allem aber gegen Noah ausgeführt oder unterlassen hatte, konnte das Urteil beeinflussen.

Sie würde Geduld und gute Nerven brauchen.

Beides fehlte ihr im Moment.

Erst musste sie die Sache mit Lennart in Ordnung bringen.

Es war am späten Nachmittag als Hanna mit ihrem Auto auf den Hof fuhr. Die Sonne stach an diesem Tag für die Jahreszeit ungewöhnlich heiß. Immerhin war es schon Herbst.

Anselm erblickte den Ankömmling als Erster. Er kam aus dem Stall, mit freiem Oberkörper, Arbeitshosen und Gummistiefeln. Er schob eine schwere Schubkarre vor sich her, beladen mit Mist. Als er Hanna erblickte, stellte er die Schubkarre ab und ging mit bedächtigen Schritten auf sie zu.

Sein sonnengebräuntes Gesicht verzog sich zu einem strahlenden Lächeln.

»Servus Hanna«, sagte er und küsste die Schwägerin auf beide Wangen.

Es schien ihn kaum zu wundern, sie hier zu sehen.

»Schön, dass du da bist«, sagte er jetzt ernst.

Lennart sei mit dem Fendt raus gefahren. Auf das Maisfeld am Ende des Dorfes. Aber er komme sicher bald wieder.

»Wart im Haus auf ihn« sagte Anselm mit einem bedeutsamen Blick in den Himmel.

Da sah auch Hanna es. Hinten am Horizont türmte sich eine schwarze Wolkenwand auf. Ein Gewitter rollte auf das Dorf zu. Daher diese stechende Hitze also.

Inzwischen hatten auch Rosa und Karl sie begrüßt. Christa und Simon waren mit den Buben, beides längst junge Männer, in die Stadt gefahren. Der inzwischen auch schon alte zweite Frido musste zum Tierarzt.

Hatte sich eine Pfote verletzt, irgendwas eingezogen.

Oben im Kammerl stellte Hanna ihren Koffer ab und ließ sich erschöpft von der Fahrt auf das Bett fallen. Neben ihr lag ein nachlässig hingeworfenes T-Shirt. Sie musste lächeln. ›Typisch Lennart‹, dachte sie. Das Shirt erkannte sie allerdings sofort. Es war das Schwarze mit dem grauen Aufdruck eines stilisierten Gitarristen. Lennart hatte es in Griechenland, in dem gleichen Urlaub anfertigen lassen, als sie sich für rote Mohnblumen auf schwarzem Carmen-Shirt entschieden hatte. Hanna nahm das Shirt liebevoll in den Arm und drückte es fest an sich. Als ihr der vertraute Geruch entgegen wehte, hielt sie es nicht mehr aus.

Sie beschloss, Lennart entgegen zu laufen.

Das herannahende Gewitter sollte sie nicht davon abhalten.

Im Hof versuchte Anselm sie von ihrem Vorhaben abzubringen. Vergeblich. Achselzuckend gab er schließlich auf.

Wind war inzwischen aufgezogen, als Hanna die verlassene Landstraße entlang lief.

Die Sonne brannte noch unbarmherzig vom Himmel herab. Unbeirrt lief sie weiter. Die Wolkenwand kam mit immenser Geschwindigkeit näher. Der Wind wurde heftiger, blies ihr mit Wucht entgegen.

Erste Zweige der Alleebäume flogen ihr um die Ohren.

Die Sonne verschwand hinter den schwarzen Wolken.

Gleich würde es zu regnen anfangen. Das erste Donnergrollen war bereits zu hören. Trotzdem lief Hanna weiter. Die ersten kräftigen Tropfen fielen.

Wegen des starken Windes hatte sie ihn nicht kommen hören. Den alten Fendt. Aber sie sah ihn am Horizont über den Hügel der Straße fahren.

Inzwischen goss es in Strömen, heftiger Platzregen. Es blitzte und donnerte.

Hanna fror und hatte zitternd vor Kälte die Arme um ihren Oberkörper geschlungen, als sie vollkommen durchnässt am Straßenrand stehen blieb und dem herannahenden Fendt entgegen sah.

Ruckartig brachte Lennart den Traktor zum Stehen und blickte verblüfft zu ihr hinunter. Ohne ein Wort zu sagen, reichte er Hanna die Hand und zog sie zu sich auf den Beifahrersitz.

Bevor er wieder Gas gab, sah er sie kurz kopfschüttelnd, aber mit dem Anflug eines Lächelns von der Seite an.

Es war am frühen Abend.

Das Gewitter hatte aufgehört.

Lennart und Hanna nahmen sich eine Flasche Wein, zwei Gläser, eine Isomatte und gingen zusammen an den nahegelegenen See. Das Gras am Seeufer war noch nass, aber mit der Isomatte machte das nichts aus. Sie setzten sich, schenkten sich jeder ein Glas Wein ein und hielten schweigend inne.

Offenbar wusste keiner von beiden, wie er anfangen sollte. Hanna blickte auf den See und nahm wie in höchster Konzentration jeden Tropfen wahr, der noch von den Bäumen auf das Wasser fiel. Pling, Pling, Pling, so verfolgte sie jeden kleinen Aufprall, der jedes Mal einen winzigen Kreis um sich bildete. Lennart hielt den Blick in die gleiche Richtung. Sie wusste nicht, wie lange sie wohl schon auf diese Weise schweigend dort am Seeufer saßen. Aber dann sahen sie sich an. Aus traurigen Augen, mit einem zaghaften Lächeln auf dem Gesicht.

Hanna sprach als Erste.

Anfangs noch zögernd und verhalten, dann mit jedem Wort eindringlicher, offener und freier redete sie sich alles von der Seele. Alles, was sie in den Jahren ihres Zusammenlebens mit sich herum getragen hatte.

Vor allem aber erzählte sie von ihrer Angst, die stets wie ein Damokles-Schwert über ihr geschwebt hatte. Von ihrer verzweifelten Angst, Lennart eines Tages zu verlieren, sollte er jemals von ihrer Vergangenheit erfahren.

»Lennart, du warst so anders, so vollkommen frei aufgewachsen. Deine ganze Familie war so anders als es bei mir zu Hause war. Als ich damals bei dir zum ersten Mal in deinem Apartment von Simons Geschichte hörte, fasste ich den Entschluss, niemals ein einziges Wort über die heimattreue Sturmjugend zu verlieren. Es war fast, als hätte es das Kapitel in meinem Leben nie gegeben.

Und dann hatte sich das irgendwie verselbstständigt.

Dann hatte die Lüge bereits so lange bestanden, dass es keinen richtigen Zeitpunkt sie aufzudecken mehr gab.

Jeder Zeitpunkt wäre der Falsche gewesen«

Hanna erzählte Lennart auch von ihrer Adoption, von dem Baby Marianne, von ihrem Gefühl eine Außenseiterin zu sein und der Erkenntnis, dass wohl die Seele ihrer Mutter durch den Tod des Babys in zwei Hälften zerbrochen war.

Und Lennart hatte zugehört und geschwiegen.

»Verzeih mir, Lennart. Verzeih mir, dass ich dir niemals etwas von der langen Zeit in der Sturm-Jugend erzählt habe. Das war nicht richtig, das weiß ich und wusste es immer. Ich habe mich nur in all den Jahren so sehr geschämt«, sagte sie am Ende zu ihm.

Er dagegen sagte weiterhin nichts.

Aber er legte seinen Arm um sie und drückte sie fest an sich.

Da wusste Hanna, selbst wenn es Zeit brauchte, sie und Lennart würden es schaffen. Wieder nach vorn zu blicken, offen und ohne Geheimnisse, den Weg zusammen weiter zu gehen.

Und auch sie würde es schaffen.

Ihre Erinnerungen, ihre Selbstzweifel, ihre Schuld anzunehmen, als Teil ihres Lebens und ihrer eigenen Geschichte.

## Lennart

Ja, wie du siehst, bin ich wieder im Lande. Schön dich zu sehen. Hanna und ich haben uns ausgesprochen.

Sie hat mir alles erzählt. Es war gut.

Seitdem fühle ich mich irgendwie befreit.

Diese bedrückenden Wahrnehmungen, dieser ständige Druck, all das ist nun endlich vorbei. Aber es wird eine lange Zeit brauchen, bis es wieder so sein kann, wie es mal zwischen uns war. Bis wir das zerstörte Vertrauen wieder aufgebaut haben. Vor allem, weil unsere Liebe von Anfang an von dieser Lebenslüge überschattet war. Aber ich kann es jetzt zumindest verstehen. Darüber bin ich sehr froh.

Ich hatte es natürlich auch immer leicht, vollkommen offen und ehrlich zu sein. Bei mir zu Hause konnte jeder frei aussprechen, was er gerade dachte. Mein Gott, wie dankbar bin ich meinen Eltern für ihre Erziehung in Freiheit und Toleranz. Ich habe das eigentlich nie richtig zu schätzen gewusst. Es war immer völlig selbstverständlich.

Vielleicht ist es dafür gut, ich meine diese Erfahrung mit Hanna.

Dass ich meinen Eltern einmal Danke sage.

Auch wenn Hanna und ich sicher noch einen weiten Weg vor uns haben, bin ich doch ganz sicher, dass wir es gemeinsam schaffen werden.

Dieses dunkle Kapitel unseres Lebens hinter uns zu lassen.

# 20

Zurück in München stand für Hanna Natalies Prozess-Auftakt unmittelbar bevor. Als Neuigkeit hatte sich inzwischen ergeben, dass Manne gemeinsam mit Ronny, Tom und Natalie auf der Anklagebank sitzen würde. Gutachter hatten ihm persönliche Unreife bescheinigt, weshalb er ebenfalls trotz seiner 21 Jahre vor das Jugendgericht gestellt werden sollte.

Mit Natalie hatte Hanna inzwischen das erste Kennenlernen mit Martina von »Kehrtwende«, der Aussteiger-Organisation. Hanna hatte schnell das Gefühl, dass Natalie hier gut aufgehoben war. Die Chemie zwischen den beiden jungen Frauen schien zu stimmen. Für den Prozess war damit zumindest ein guter Grundstein gelegt, fand Hanna.

Allerdings hatten sich die Chancen einen milden Prozess zu bekommen, für alle vier inzwischen unabhängig von Noahs Tod nochmals dramatisch verschlechtert. Aus den Nachrichten war zu hören, dass Unbekannte eine Asylbewerberunterkunft in Brand gesetzt hatten. Drei Menschen aus Eritrea, zwei Männer und eine Frau waren dabei ums Leben gekommen. Sie hatten das obere Stockwerk bewohnt. Da die Täter Brandbeschleuniger benutzt hatten, konnten die drei Afrikaner das Haus nicht mehr rechtzeitig verlassen. Sie hatten keine Chance. Qualvoll waren sie am Rauch erstickt.

Glücklicherweise konnten sich alle anderen Bewohner retten. Von den Tätern fehlte jede Spur, hieß es. Lediglich ein Zeuge hatte ausgesagt, er habe in dieser Nacht auf seinem Hundespaziergang drei Männer in der Nähe des Hauses gesehen. Nur ihre Glatzen habe er erkennen können.

Man vermutete einen rechtsextremen Hintergrund.

Hanna nahm diese Geschichte sehr mit. Allerdings ganz und gar nicht wegen möglicherweise auftretender Schwierigkeiten im Prozess. Das Schicksal dieser drei Menschen war es, die in dieses Land geflüchtet waren, um Krieg und Elend zu entkommen und hier nun den Tod gefunden hatten. Unwillkürlich musste sie an Viktor und seine hasserfüllten Kameraden von der Volkstreuen Aktionsfront denken. Steckte er etwa hinter dieser abscheulichen Tat?

Und auch an ihre Mutter musste Hanna denken.

An die Liebe und Fürsorge, die sie ihr stets entgegen gebracht hatte.

An ihren lebenslangen Hass gegen Juden und alles Fremde.

An ihre unbeirrbaren Bemühungen, ihre Töchter auf den gleichen Weg zu bringen.

Den Weg von Hass und Menschenverachtung.


Letztlich dachte Hanna aber auch an die Notizen in dem kleinen Tagebuch.

Sie fasste einen spontanen Entschluss.

Sie musste mit ihrer Mutter reden. Endlich ihren Frieden mit ihr machen.

Bis zum Prozess-Auftakt waren es noch knapp zwei Wochen. Für zwei Tage wollte sie nach Hamburg fliegen.

Das Grab ihrer Eltern besuchen, ihrer Mutter ihre Gedanken sagen und danach mit freiem Herzen das Plädoyer ihres Lebens verfassen.


Die Blumen waren schon verwelkt.

Anscheinend war Ragnhild länger nicht mehr hier gewesen.

Hanna stand eine ganze Weile an dem Grab. Schweigend blickte sie auf den schön gemeißelten Stein mit den Namen und den Geburts-und Sterbedaten ihrer Eltern.

Hanna beugte sich hinab und tauschte den verwelkten Strauß gegen ihre mitgebrachten Blumen ein.

Kurz hielt sie noch einmal inne.

Ganz leise sprach sie dann zu ihrer Mutter.

›Mama, du hast mich nicht geboren.

Warum hast du es mir nie erzählt, nie mit mir gesprochen? Wer ich war, wer mich geboren hat?

Ich meine, ich hätte es doch wissen sollen.

Es wäre doch ok gewesen.

Ich habe euch doch immer geliebt, dich, Papa und Ragnhild. Ihr ward doch meine Familie. Ich weiß, du hast es gut gemeint, wolltest mich schützen vor der Wahrheit.

Aber du hast dich geirrt, Mama. Nichts, wirklich gar nichts ist besser als die Wahrheit. Denn hätte ich die Wahrheit gekannt, hätte ich mich vielleicht nicht als Außenseiter in der eigenen Familie gefühlt.

Und warum sollte ich mich denn auch als diesen fühlen?

War ich tatsächlich so anders als ihr? Waren meine Gene wirklich weniger wert als eure?

Hast du deshalb immer gemeint, mich vor allen Widrigkeiten, allen Versuchungen, ja, vor dem Leben selbst schützen zu müssen?

Auch hier hast du dich geirrt, Mama.

Ich habe es so gern versucht, erfahren, gelebt und gelitten, dieses wunderbare Leben.

Jetzt habe ich dein Tagebuch gelesen.

Ich weiß, was dir angetan wurde. Wie oft hatte ich mich in all den Jahren gefragt, was wohl das traurige Geheimnis deines Lebens gewesen sein mochte. Immer hatte ich gespürt, dass es da etwas Unaussprechliches, Dunkles gab, das du mit dir herum trugst. Aber immer hatte ich mich auch gefragt, warum Ragnhild und ich in dieser oft so depressiven und zerstörenden Atmosphäre aufwachsen mussten.

Ach Mama, im Grunde hattest du doch ein großes Herz, in dem so viel Liebe und Wärme steckte. Du hattest so viel zu geben. So vieles könnte ich da aufzählen.

Aber du trugst auch so viel Hass und Ekel in dir.

Hass auf jeden Juden, auf deinen Vater.

Ekel vor einer allzu gefühlsgeladenen Lebensfreude und jedweder Körperlichkeit zwischen Mann und Frau. Vielleicht wäre der Hass auf deinen Vater gerechtfertigt gewesen.

Mama, war er, der Unaussprechliche, gar das Monster?

Oder hasstest du ihn für sein Unvermögen, dich vor dem Monster zu schützen?

Was es auch war, du hattest wohl durchaus Recht, ihn zu hassen.

Keinesfalls hattest du aber Recht mit deinem Hass auf Juden, auf Menschen anderer Kulturen und Lebensweisen, sowie auf die unbändige Freude, Freiheit, Leben und Liebe zu genießen.

Mama, dein Hass hat dir die Chance auf Glück und mir die Jugend genommen.

Wegen meiner nicht gelebten Jugend habe ich oft mit dir gehadert.

Dass du dem Glück in unserem Haus durch dein Festhalten am Hass zeitlebens den Weg versperrt hast, tut mir jedoch aus tiefstem Herzen leid. Für Papa, für Ragnhild, für mich und auch für dich.

Einmal musste ich es dir sagen.

Ich musste es sagen, um nicht mehr zu hadern, um endlich meinen Frieden machen zu können.

Mama, all dein Schmerz, den du in deinem Leben aushalten musstest, tut mir unendlich leid.

Ich weiß nicht, ob es mir je gelingt dir vollständig zu verzeihen.

Aber ich denke, ich bin auf dem richtigen Weg.«

Indes schien in Natalies Herzen, nach der Begegnung mit Martina von »Kehrtwende« eine tatsächliche Kehrtwende Einzug zu halten. Zwar zögerte sie noch, aber dann kritzelte sie ihre Gedanken in ihren Block.

Hey Manne,
ich war bei dieser Frau. Martina heißt sie.
Die ist echt nett.
Ich weiß, du willst nichts davon wissen. Weil sie ist halt auf der anderen Seite.
Aber Martina sagt, ich soll mir vorstellen, wie sich die Jungs, du weißt schon, dieser Noah und Jerome, gefühlt haben. Und dass der Jerome das, was ich gerade durchmache, vielleicht jeden Tag durchmachen muss.
Naja, der Noah nun nicht mehr.
Dass er beschimpft und bedroht wird und so.
Nur, dass die Menschen, die das tun, vorher nicht seine Kameraden waren. Martina sagt, die Menschen lehnen ihn ab, weil er ein Schwarzer ist. Wir haben's ja auch so gemacht.
Sie hat mir einen Film gegeben. »American History X« – der war schon hart. Da hat auch einer einen Gangster umgebracht, weil er so einen Hass auf Schwarze hatte. Und der Kerl war halt schwarz. Und im Gefängnis war es dann halt ein Schwarzer, der ihn vor dem Hass der anderen Gefangenen beschützt hat. Und am Ende schlägt der Hass zurück und sein Bruder, der auch immer Schwarze bedrohte, wird selbst umgebracht. Einfach krass.
Martina sagt auch, dass damals im Hitler Deutschland, vor allem die Juden, aber auch Menschen, die den Hitler abgelehnt haben, oder irgendwie behindert waren, immer die
schlimmsten Dinge erleben mussten.
Und dass die alle gequält und getötet wurden. Nur so, weil sie anders waren oder dem Hitler nicht gefallen haben.
Sie hat mich dann gefragt, ob es uns denn mit dem Hass auf die Ausländer besser gegangen wäre.

Ob wir damit glücklicher gewesen wären.

Ganz ehrlich Manne, ich bin nie glücklich gewesen.

Im Gegenteil, ich glaube sogar, dass mich dieser ganze Hass irgendwie total abgefuckt hat.

Wir haben mit einigen Leuten von »Kehrtwende« auch Ausflüge gemacht und so. Einmal hat mich Martina zu einem Reggae-Konzert mitgenommen. Da waren krass viel so Nigger mit solchen Haaren wie Jerome, weißt schon, so Rasters.

Aber ganz ehrlich, du wirst es nicht glauben, es war echt cool. Und die waren alle so gut drauf. Ganz anders als bei uns im VAF-Keller. Die haben getanzt und gelacht und waren richtig nett.

Manne, ich weiß nicht … ich glaube, es war nicht richtig.

Wir haben echt übertrieben, was wir da gemacht haben. Und dass der Noah stirbt, hast du doch bestimmt auch nicht gewollt, oder?

Martina will mir auch helfen, einen Job zu finden. Irgendwas soziales oder so … Sie meint, das wäre gut. Auch für den Prozess.

Scheiße, wie wird es wohl für dich laufen?

Aber ich will mich morgen erstmal mit Viktor treffen.

Mal sehen, was er zu all dem sagen wird.

Er ist immer so klug. Er weiß, was richtig und was falsch ist. Ich hab aber auch echt Panik davor.

Ich meine, er wird es wahrscheinlich nicht richtig finden, dass ich mich mit diesen anderen Leuten abgebe.

Aber er ist für mich immer noch mein bester Freund und Anführer. Irgendwie wie son Vater.

Manne, beim Prozess sehen wir uns ja wieder. Das hat auf jeden Fall meine Anwältin gesagt.

Ist halt alles scheiße gelaufen, aber ich freu mich trotzdem richtig dolle, dich wiederzusehen!

Wir haben uns echt lange nicht gesehen …

Kuss, deine Natalie

# 21

Schon seit Stunden brütete Hanna an ihrem Schreibtisch über den
Akten. Wieder und wieder betrachtete sie die Fotos der verletzten
Jungen.

Die mit Hämatomen übersäten Gesichter, die ins Leere starrenden
Augen.

Drei Wochen dauerte der Prozess nun bereits.

Da Natalie noch minderjährig war, blieb die Öffentlichkeit ausge-
schlossen.

Auf den Zuschauerbänken im Gerichtssaal saßen lediglich die Eltern
der jungen Täter. Von Natalies Seite war allerdings nur Roland, ihr
Stiefvater gekommen. Ihre Mutter hatte es offenbar an keinem der Pro-
zesstage geschafft.

Hanna bedauerte das.

Sie fand, Natalie hätte die Unterstützung gebraucht.

Immerhin hatte sie als Anwältin erreicht, dass Martina, die Frau von
»Kehrtwende« dabei sein durfte. Die Organisation hatte sich in den
letzten Wochen intensiv um Natalie gekümmert. Es hatte viele Gespräche gebraucht, um sie vom Ausstieg zu überzeugen. So konnte dem
Mädchen jetzt eine gute Sozialprognose bescheinigt werden.

Für das Plädoyer war das von unschätzbarem Wert.

Gleichwohl Hanna immer noch einen Rest an Zweifel in sich trug.

War ihre Mandantin wirklich überzeugt davon, als sie sich von ihren
Freunden in der VAF losgesagt hatte?

Ganz hinten im Saal saßen die Nebenkläger in diesem Prozess,
Jeromes und Noahs Eltern.

Hanna dachte an den Tag zurück, als sie mit Natalie am Krankenbett ihres verletzten Sohnes aufgetaucht war. Wieder sah sie den großen weißen Turban vor sich, der damals um Jeromes Kopf gewickelt war. Damals hatte Noah noch gelebt, hatten die Eltern noch gehofft.

Damals wie heute saßen sie in gebeugter Haltung auf ihren Stühlen und schauten vor sich hin.

Nur ist die Haltung noch gebeugter und die Blicke leerer als damals, dachte Hanna.

Zum ersten Mal hatte Hanna zum Prozessauftakt auch Manne gesehen. Sie hatte Natalie beobachtet, während er in Handschellen von der Polizei zur Anklagebank geführt wurde. Seine kurzgeschorenen Haare waren offenbar bereits gewachsen, zumindest war es keine Glatze mehr. Die beiden hatten sich einen kurzen Blick zugeworfen, bevor Manne sich setzte.

Er saß nicht neben Natalie, sondern am anderen Ende der Anklagebank. Zwischen Natalie und Manne saßen Ronny und Tom.

Hanna saß gemeinsam mit den anderen drei Anwälten auf der Bank hinter den Angeklagten.

Manne sah nicht gut aus, fand Hanna. Die Haft schien ihm hart anzukommen. Die Jugendlichen hatten ihre Köpfe gesenkt gehalten, während die Staatsanwältin die Anklageschrift verlas. Mit schneidender Stimme hatte sie jedes Detail, jede Beleidigung, jeden Tritt, jeden Schlag verlesen, den die vier Angeklagten an jenem Tag gegen Jerome und Noah verübt hatten.

Durch den spärlich besetzten Zuschauerraum war ein Raunen gegangen, der vorsitzende Richter hatte zur Ruhe gemahnt.

Drei Wochen war das nun her.

Inzwischen waren alle Zeugen, Businsassen wie Passanten, gehört und alle persönlichen Angaben von den Angeklagten zu Protokoll genommen. Über eine Leinwand war die Video-Aussage von Jerome gelaufen. Dem Jungen sollte ein persönlicher Auftritt vor Gericht und eine damit verbundene Konfrontation mit seinen Peinigern erspart werden. Hanna schien es, als schauten die jugendlichen Täter noch ein bisschen tiefer zu Boden, als im Großformat Jeromes Erinnerungen an seine Qualen über den Bildschirm liefen.

Von Noah konnte es keine Aussage mehr geben.

Morgen sollten die Plädoyers gehalten werden.

Ein Zeuge hatte allerdings gefehlt.

Er wäre wichtig gewesen, für Natalie, für Ronny, Tom und Manne. Und für Hanna.

Aber Viktor war nicht erschienen.

Er war nicht erschienen, weil er sich wenige Tage zuvor eine Kugel in den Kopf geschossen hatte.

Friedhofsgärtner des städtischen Friedhofs hatten ihn auf einer Bank sitzend, den Kopf vornüber auf die Brust gekippt gefunden. Die Bank stand am Wegesrand neben einem Grab. Jemand musste es erst kürzlich besucht haben.

Die Blumen darauf waren noch frisch.

Auf dem schlicht gehaltenen Grabstein stand nur ein Name.

»Gisela«

Als der Richter zum Prozessauftakt den Tod des Zeugen verkündete, musste Hanna um Unterbrechung bitten.

Sie rannte aus dem Gerichtsgebäude und übergab sich auf das nächste Gebüsch. Sie wusste nicht, ob sie weinen, schreien, sich weiter übergeben oder alles auf einmal tun sollte.

Wie im Zeitraffer sah sie ihn noch einmal vor sich.

Damals am Steinbruch mit dem schwarzen Barrett auf dem Kopf. Später dann im Cafe mit Natalie und zuletzt im Türrahmen seiner Wohnung lehnend mit dem fast unmerklichen Lächeln. Plötzlich kam ihr der Anschlag auf das Asylbewerberheim in den Sinn.

»Du elender Mistkerl, du verdammter Feigling«, schrie sie lauthals aus und schlug mit ihrer Faust gegen den neben ihr stehenden Baumstamm.

Erst eine halbe Stunde später schaffte sie es, den Gerichtssaal wieder zu betreten.

Sie hatte sich höflich für die plötzliche Unpässlichkeit entschuldigt und der Prozess wurde fortgesetzt.

Keinesfalls wollte Hanna einen Zweifel an ihrer Unbefangenheit aufkommen lassen und den Prozess auf die Weise zum Platzen bringen.

Und jetzt, drei Wochen später, saß sie also am Schreibtisch in ihrem Zimmer und zerbrach sich den Kopf über ein perfektes Plädoyer.

Alles deutete darauf hin, dass sich Natalie tatsächlich lediglich der Mittäterschaft schuldig gemacht hatte.

Hanna setzte in ihrem Plädoyer daher stark auf die Wiedergutmachungsgesten, wie die Entschuldigung im Krankenhaus und die Rückgabe des Amuletts, sowie auf den Umstand, dass Natalie sich in die Obhut von »Kehrtwende« begeben hatte.

Es klopfte leise an ihrer Tür. Lennart trat ein und brachte ihr ein Tablett mit Tee und Keksen. Hanna lächelte. Das verstand er wahrlich gut. Sie genau dann mit kleinen Dingen zu erfreuen, wenn sie es am dringendsten brauchte.

Am Abend hatte Hanna ihr Plädoyer fertig.

Sie lehnte sich in ihrem Stuhl zurück und atmete tief durch. Jetzt musste sie morgen nur noch überzeugend sein.

Wie immer, wenn ein schwieriges Plädoyer vor ihr lag, nahm sie ihre Geige und spielte.

Tango, tam tam taram tam tam…

# Jerome

Morgen ist das große Abschlussfest.

Hastig gehe ich in meinem Kopf nochmal die Liste mit den Liedern durch.

Ich bin aufgeregt.

Weniger wegen der Verteilung der Abiturzeugnisse. Sorgen brauche ich mir da keine zu machen. Ich habe einen guten Notendurchschnitt erreicht.

Trotz allem.

Vielmehr ist es der große Auftritt, der mir bevorsteht und mich zunehmend aufgeregter werden lässt.

Der erste große Auftritt, gemeinsam mit meiner Schülerband. Wie oft und manchmal auch verzweifelt wir geübt haben.

Wie wir uns einmal fast zerstritten haben.

Ausgeflippt bin ich da, weil die anderen eine wichtige Passage von »Stir it up« nicht hinbekamen. Ich liebe doch dieses Lied so. Alles hinwerfen wollte ich da.

Und wie sie dann zu mir gekommen sind und mich überredet haben, weiter zu machen.

Alles das kommt mir jetzt wieder in den Sinn.

Ein weiter Weg ist es für mich gewesen.

Seit damals.

Auch diese Bilder kommen mir wieder in den Sinn.

Dieser Mittag im Bus, die vier Gesichter, der Hass, die vielen Mitfahrenden mit ihren stummen Blicken aus den Fenstern oder auf den Boden.

Ich erinnere mich noch gut an meinen Schmerz, an Noahs Schreie. Fühle noch einmal die Angst in diesem Moment.

Wie ich im Krankenhaus das Fehlen meines Amuletts bemerkte. Wie ich geweint habe, weil doch dieses Amulett die letzte Erinnerung an

Großmama war, die wir in Afrika zurück lassen mussten, weil sie so eine lange Reise nicht mehr geschafft hätte und die zwei Jahre später gestorben war, ohne unsere Familie je wieder gesehen zu haben.

Ich habe meine Großmutter so sehr geliebt.

Und jetzt war es weg.

Das Amulett, das einzige, was mir von ihr geblieben war. Außer meinen Erinnerungen.

Die hatte ich immerhin noch und die würde mir keiner nehmen können.

Anders als Noah. Mein Bruder wurde mir genommen.

Für immer.

Hier gibt es keine Hoffnung, dass irgendwer kommen und ihn uns zurückbringen wird.

Für unsere kleine Familie, Mama, Papa und mich ist seitdem nichts mehr wie es war. Diese Stille, die uns täglich aus Noahs Zimmer entgegen kriecht und die mir geradezu laut erscheint, ist kaum auszuhalten.

Vermutlich werde ich mich irgendwann daran gewöhnen.

Papa wird weitermachen mit seinem Gemüseladen, wie zuvor.

Und Mama …?

Später hatte ich dann das Amulett wieder. Dieses Mädchen hat es mir gebracht.

Eigentlich mutig, finde ich im nach hinein.

Eines Tages ist sie zu mir nach Hause gekommen, zusammen mit dieser Anwältin und noch einer anderen Frau.

Von so einer Aussteiger-Organisation ist die gewesen.

Dieses Mädchen, ich weiß nicht einmal mehr ihren Namen, sie hat sich bei mir entschuldigt und mir das Amulett in die Hand gedrückt.

Ich hab sie danach nicht wieder gesehen.

Zu dem Prozess bin ich nicht hin gegangen. Ich konnte es nicht. Zu schlimm, diese Erinnerungen an damals.

Meine Eltern sind dort gewesen. Milde Urteile habe es gegeben. Zu milde, fanden sie. Nur den einen, den ältesten von denen, hätten sie eingesperrt. Das hätten die anderen auch verdient, haben meine Eltern gesagt. Nach allem, was sie mir, unserem Noah und damit auch ihnen angetan haben.

Stimmt eigentlich, denke ich jetzt. Wie lange habe ich nicht schlafen können. Wie sehr haben Mama und Papa geweint … immer wieder … bis heute …

Ich hatte es schwer, erneut den Anschluss in der Schule zu finden. Das Schlimme aber war die Angst, die mich verfolgte und bis heute noch verfolgt. Vor jedem glatzköpfigen Menschen, überhaupt vor Jugendlichen, jedenfalls wenn es mehr als drei sind.

Und meine Band, das schien mir das Allerschlimmste, die konnte ich erst ein Jahr später gründen.

Erst als alles verheilt war.

Zumindest die äußerlichen Wunden.

Ob sie wirklich ausgestiegen ist, frage ich mich.

Ich werde es wohl nie erfahren.

Aber ich weiß, ich wäre froh darüber.


## Hanna

Seit zwei Wochen bin ich schon hier.

Auf dieser kleinen griechischen Insel, in dem kleinen Dorf.

Die Häuser alle weiß, mit blauen Fensterläden.

Die schmalen Gassen sind ebenfalls weiß.

Die letzten Tage ist der Meltemi über die Insel gefegt.

Der trockene Nordwind. Der weht oft hier.

Ich mag ihn nicht, weil er das Wasser so aufpeitscht.

Mein geliebtes Meer erscheint mir dann immer bedrohlich. Und die letzten Tage hat der Meltemi besonders kräftig geweht. Da habe ich das Getöse der Brandung bis in mein Schlafzimmer gehört. Morgens beim Aufwachen schon.

Die Wellen haben in der Nacht den ganzen Strand überspült.

Aber heute in den frühen Morgenstunden wurde es ruhiger, da hat er sich endlich wieder gelegt. Als ich nach dem Frühstück zum Schwimmen ging, war die Sonne schon dabei, den Sand am überspülten Strand wieder zu trocknen.

Es ist früher Abend, ich bin zu den Klippen gegangen, zusammen mit Willi. Hechelnd läuft er am Strand auf und ab. Manchmal bleibt er unmittelbar vor mir stehen und sieht mich mit seinem Knautsch-Gesicht an. Ich streichele ihn und freue mich, dass er bei mir ist. Ein Jahr ist es schon her, seit er bei uns lebt. Lennart hat ihn aus dem Tierheim geholt. Zuerst wollte ich nicht.

Ich wollte keinen Hund und am allerwenigsten wollte ich eine Bulldogge. Inzwischen liebe ich ihn. Ich finde, er hat Charakter.

Ich stehe am Strand und fitschele. Immer wieder hebe ich Steine auf und lasse sie über das glitzernde Wasser tanzen.

»Eins, zwei, drei, jawoll«, rufe ich wie früher aus. Allerdings nur in meinen Gedanken.

Und während ich den Tanz meiner Steine über das glitzernde Wasser verfolge, kommen die Erinnerungen.

An meinen ersten Kuss. Von Viktor, damals in Finnland, in dieser Mittsommernacht. Da hatte ich auch gefitschelt. Und genau wie jetzt, hatte damals die untergehende Sonne den Strand und das Meer mit einem rötlichen Schimmer belegt.

So lange ist das schon her.

Zwei Dinge hat Viktor mir vermacht. Das kleine grüne Liederbuch der heimattreuen Sturmjugend und das bronzefarbene Amulett. Beides hatte ich ihm damals, als wir uns zu einem letzten Mal trafen, im Hotel zurückgelassen. Das Buch, weil es ein ständiger Begleiter auf unseren

Fahrten gewesen war und ich jenes Kapitel meines Lebens endlich abschließen wollte. Das Amulett, weil es eine Liebesgabe von ihm gewesen war und ich ihm die Rückgabe nach dem Ende meiner Liebe schuldig zu sein glaubte.

Beides habe ich dem Meer überlassen.

Ich denke an Natalie, an ihre Tat, ihren Prozess.

Eigentlich könnte ich zufrieden sein.

Ist doch alles gut gelaufen.

Eigentlich.

Natalie ist mit 120 Sozialstunden weg gekommen.

120 Sozialstunden für eine Tat, die Noah das Leben und Jerome vermutlich Jahre seines Lebens gekostet hat, denke ich bei mir.

Ich hole aus und werfe den nächsten Stein.

Eine bisschen wütender vielleicht, als die vorigen.

Aber wenigstens hat er sein Amulett zurückbekommen. Mit Hilfe von Martina, der netten Frau von »Kehrtwende« ist es mir gelungen, dass Natalie es ihm sogar persönlich gebracht hat. Wie er sich gefreut hat, als sie es ihm überreicht hat.

Ronny und Tom haben jeweils eine Bewährungsstrafe erhalten. Zwei Jahre. Während ihrer Bewährungszeit müssen sie beide 200 Sozialstunden ableisten.

Manne sitzt im Gefängnis. Fünf Jahre wegen schwerer Körperverletzung in zwei Fällen, in einem Fall mit Todesfolge.

Natalie habe ich seit dem letzten Prozesstag nicht mehr wiedergesehen.

Hat sie es wirklich aufrichtig gemeint, als sie mir sagte, sie wollte aussteigen? Als sie mich so dringend anflehte, ihr den Weg in die Aussteigerorganisation zu ebnen? Als sie mir ihre Reue, ihre Abkehr von der VAF, ihre Abbitte gegenüber Jerome und Noah bezeugte?

Oder war es letztlich doch nur der bloße Versuch von allem? Angetrieben von Angst.

Angst vor dem Hass ihrer einstigen Kameraden, Freunde.

Angst vor einem harten Urteil, vor einer Gefängnisstrafe, vor dem eigenen Gewissen.

Ich weiß es nicht.

Immerhin ist Viktor nicht mehr da. Mit ihm ist auch sein zerstörender Einfluss verschwunden. Ich denke, das erhöht die Chance für Natalie.

Viktor – trotz allem hätte ich ihn gern noch einmal wieder gesehen.

Ich wünschte, alles wäre anders gekommen.


Bevor wir hier her gekommen sind, habe ich Ragnhild getroffen. Ich war einige Tage in Hamburg.

Habe das Grab unserer Eltern besucht, Blumen abgelegt, leise an beide gedacht. Die Erinnerung an ihr Schicksal macht mich immer noch traurig.

Das Schicksal ihrer langen Trennung im Krieg, ihrer ungelebten Träume, das Schicksal ihr Baby verloren zu haben. Vor allem aber macht es mich traurig, dass jeder von ihnen letztlich allein mit seinem Unglück war.

Meine Mutter, die Kummer und Schmerz in ihrem Innern behalten und auf zwei Seelenhälften verteilt hat und mein Vater, der versucht hat, schwere Gedanken in seiner Arbeit zu vergessen.

Traurig macht mich auch, dass ich nicht mehr mit ihnen über mich sprechen kann. Darüber, warum sie niemals mit mir über Marianne, ihren Tod und meine eigene Ankunft in ihrem Leben gesprochen haben. All das haben sie mit in's Grab genommen.

Ragnhild habe ich gesagt, dass ich ihre Eifersucht und rückblickend auch ihre Verachtung mir gegenüber inzwischen verstehen kann. Und vielleicht kann ich auch irgendwann verzeihen.

Sie hat nichts darauf erwidert. Aber ich glaube, für uns beide war es gut, dass ich es ausgesprochen habe.

Ich setze mich auf die Klippen und sehe über das Wasser.

Wie die kleinen Wellen in der untergehenden Sonne glitzern. Wie unzählige Sterne, die über das Wasser tanzen. Ich liebe diesen Ort. Mindestens einmal in jedem Jahr komme ich hier her.

Wenn ich an die unausgesprochene Verzweiflung meiner Eltern denke, fällt mir unwillkürlich meine eigene Lebenslüge ein. Die ich solange vor Lennart geheim gehalten habe.

Und die beinah unsere Beziehung gekostet hätte.

Meine Scham hatte mich gehindert, ehrlich zu sein.

Ein Teil dieser Scham wird wohl für immer bleiben.

Aber sie hat sich verändert.

Ich kann jetzt dazu stehen.

Verändert haben sich auch meine Erklärungsversuche, warum Menschen rassistisch, ausgrenzend und menschenverachtend handeln.

Ich kann es nicht verstehen und will es nicht mehr erklären, woher all der Hass auf Menschen kommt, nur weil sie anders sind, anders denken, eine andere Hautfarbe haben, oder einen anderen Glauben.

Es mag viele Gründe dafür geben. Für meine Mutter, Viktor und Natalie können die Ereignisse in ihrem Leben solche Gründe gewesen sein.

Aber ich bin mir nicht mehr sicher.

Ich bin mir nicht sicher, ob es bei meiner Mutter wirklich die traumatischen Erlebnisse, bei Viktor der prügelnde Vater und bei Natalie die fehlende Bildung war. Warum hielten sie alle an ihrem Hass fest, wenn doch Maren, trotz ihrer schlimmen Kriegserlebnisse gerade frei von jedem Hass war?

Oder Simon, hätte er nicht wahrlich Grund genug gehabt, jeden Deutschen bis an sein Lebensende zu hassen?

Und ich selber?

Bin ich wirklich frei von Schuld gewesen, als ich sechs Jahre lang an der heimattreuen Sturm-Jugend festhielt?

War wirklich alles nur meiner strengen Erziehung geschuldet?

Ich denke, jeder Mensch kann sich aus sich selbst heraus entscheiden. Es braucht keine äußeren Gründe, sich für den Hass auf andere Menschen zu entscheiden.

Und auch nicht, sich für ein Umdenken und gegen eine Welt aus Menschenverachtung und Hass zu entscheiden.

Ich denke, die Gedanken kommen aus uns selbst heraus. Wir können sie beeinflussen, wir selbst haben es in der Hand. Wir haben immer eine Wahl. Jeder von uns.

Ich fühle eine Hand auf meiner Schulter.

Es ist Lennarts Hand. Ich habe ihn gar nicht kommen hören.

Ich lege meinen Kopf schief, so dass meine Wange auf seiner Hand ruht und schließe für einen Augenblick die Augen.

Hier in der Abendsonne, auf den Klippen am Meer, neben mir Willi, und auf meiner Schulter Lennarts Hand.

Einen Moment wünsche ich mir, so würde es für immer bleiben.

# Epilog

Das Jahr 2000 ... 2001 ... 2002 ... 2003 ...

Acht türkisch stämmige und ein griechisch stämmiger Mitbürger werden in einem Zeitraum von sechs Jahren in verschiedenen Städten Deutschlands erschossen.

In der Presse wird über Jahre von den »Döner-Morden« gesprochen. Erst zehn Jahre später wird erstmals ein rechtsextremer Hintergrund in Betracht gezogen.

Aussteiger-Organisationen wie z.b. »Exit« wird zunehmend der staatliche Geldhahn zugedreht.

Bereits 2009 steht Exit kurz vor der Pleite.

Seit 16 Jahren findet in der Innenstadt von Gera die Großveranstaltung »Rock für Deutschland« statt. Organisiert und durchgeführt vom Geraer NPD-Ortsverband und sogenannten örtlichen »freien Kräften«. Sie nennen sich »Vollstrecker Gera« und »Volkszorn Gera«. Ziel ist die Verbreitung menschenverachtender Inhalte mittels Musik. Angesprochen werden vor allem Jugendliche und junge Erwachsene.

Die militanteste und radikalste rechte Jugendorganisation Wiking-Jugend wurde 1994 vom Innenminister verboten. Später wurde auch der Bund Heimattreue Jugend verboten.

Der 1987 gegründete rechte Jugendbund Sturmvogel, eine Abspaltung der Wiking-Jugend, ist bis heute aktiv und erlaubt.

Der Sturmvogel ist nur einer der rechten Jugendbünde, die bis heute aktiv und erlaubt sind.

In vielen Ländern herrschen Gewalt und Krieg.

Unzählige Menschen versuchen daher, die rettenden Küsten Europas zu erreichen. Tausende sterben bereits auf dem Weg übers Mittelmeer in ihr neues Leben.

In Deutschland, einem der reichsten Länder Europas, wird viel über die Asylproblematik diskutiert.

Zahlreiche Menschen und Kommunalregierungen sind bereit, den traumatisierten Flüchtlingen zu helfen.

Immer wieder sind Rettungsschiffe mit couragierten Menschen an Bord, unterwegs auf dem Mittelmeer, um in Seenot geratene Flüchtlinge vor dem Ertrinken zu retten.

Es wurden Unterkünfte gebaut, Sporthallen zur Verfügung gestellt, Helferkreise gegründet.

Aber es gibt auch Bürgerinitiativen, die zu Protesten gegen die Aufnahme von Flüchtlingen aufrufen.

Und es gibt Menschen, die Synagogen brutal angreifen, Asylbewerberheime niederbrennen, die Menschen fremder Herkunft beleidigen, demütigen, misshandeln oder gar ermorden.